中公文庫

新装版

# ジウ III

## 新世界秩序

誉田哲也

中央公論新社

# 目次

# ジウⅢ

## 新世界秩序《NWO》

# 序章

今も思い返すたび、胸の奥底から、あの強烈な刺激臭を伴った黒煙が立ち昇ってくるような、そんな錯覚に囚《とら》われる。

城西信用金庫西大井支店爆破事件。

それでも東《あずま》は思い返す。考え続ける。

それが、生き残った者の務めだからだ。

十月十三日、木曜日。

あの日、東は朝から歌舞伎町《かぶきちょう》での聞き込み捜査に当たっていた。だが午後三時過ぎに、宇田川舞《うたがわまい》が行方不明になったとの知らせを受け、門倉美咲《かどくらみさき》と共に、渋谷区松濤《しょうとう》にある宇田川邸を訪れた。

大体の事情を聞き終えると、美咲は母親の急病を理由に持ち場を離れた。そのときは、特に問いただしはしなかった。その後いったんは歌舞伎町に戻り、最終的には一人で霞《かすみ》が関《せき》の本部に帰った。

捜査本部のある六階の会議室では、管理官の三田村《みたむら》警視が飽きもせず、「信金立てこもり事件」のテレビ中継を見ていた。だがなんの気なしに画面を覗《のぞ》き込み、東は思わず声をあげた。

「これ、ここ、ジウです、ジウッ」

即座に四人の捜査員を連れ、立てこもり事件の現場へと向かった。

西大井駅に着いたのは夜の八時半頃。現場である城西信金西大井支店は改札の右手。だが、そっちは立ち入り禁止のテープと数人の警察官で封鎖状態になっていた。

テレビで見たときは、えらい数の野次馬だなと思った。だが実際にきてみると、それも無理からぬことなのだと分かった。普段は改札から右手にいく人々も、今はすべて左に進まされる。そんな状態で、人がさっさと歩くはずがない。事件現場を遠目に眺めながら、誰かの噂話《うわさばなし》に耳を傾けながら進むのだ。野次馬が野次馬を足止めし、混雑がさらなる混雑を呼ぶ。そんなふうにして、この黒山の人だかりはできあがっていたのだ。

「どうするんですか、主任」

訊《き》いたのは直属の部下、殺人班三係の佐々木《ささき》デカ長（巡査部長刑事）だった。

「とにかく、手分けして捜すしかないだろう」

本部から連れてきたのは佐々木と、その相方の萩島《はぎしま》巡査。それと、特捜二係と赤坂署のデカ長コンビだ。

二対三に分かれて、歩道の内側と外側から野次馬をチェックしていった。テレビで見たジウは、金髪に白いブルゾン姿だった。決して見分けのつけづらい恰好《かっこう》ではない。だが、結果からいえばその夜、ジウを確保することはできなかった。本部にいる三田村とも連絡をとり合い、現場前線本部からも数名の応援要員が出されたが、十時過ぎから雨が降ってきたこともあり、捜索は打ち切らざるを得なくなった。

直後、東はロータリーをはさんで現場の真向かい、マンションの住民用集会所に設置された前線本部に呼ばれた。

戸口から覗き込むと、通信機材を設置したコーナーの前に和田《わだ》捜査一課長がいた。四人を連れて中に入る。声をかけると、和田は振り返って腕を組んだ。

「……どういうことだ。説明しろ」

東は「はい」と姿勢を正した。

「本部でテレビ中継を見ておりましたら、野次馬の中に、例の連続誘拐のホシと思われる少年の姿がありました。それで……」

「飛んできたというわけか」

頷《うなず》くと、隣の佐々木が憐《あわ》れむような目でこっちを見る。

「間違いなかったのか」

「私は、そう、確信しました」

「本部からここまで、何分かかった」

「……三十数分です」

自分でいって、寒気がした。

「なぜ真っ先に、こっちに連絡をよこさなかった」

「それは……」

なぜだろう。自分でもよく分からない。

「何がなんでも、自分の手で挙げたかったか」

「いえ、決してそのような……」

「自分じゃなければ、奴の顔は見分けられないとでも思ったか」

そういう思いがなかったとはいいきれない。だが認めることもできず、東は黙るしかなかった。

和田が顔をしかめる。

「東。君が碑文谷《ひもんや》からずっと、一連のアレにどんな思いで取り組んできたのか……私なりに、承知はしているつもりだ。葛西《かさい》の手柄も相当に評価し、継続捜査の陣容も優遇してきたはずだ。テレビにホシが映ったからといって、はずしたときのことを考えたら大騒ぎはしづらい。そういう考え方もあるだろう。だがどこに、どういう恰好で、何時何分にいたのか……それさえ知らせてくれていたら、私なら、五人でも十人でも、即座に出すことはした。三田村の説明は要領を得ないし、こっちから君に直接、連絡をとるのは難しかった。三田村が確認して折り返してきたときには、君らはもうこっちに着いていた」

溜《た》め息《いき》をつくようにひと呼吸置く。

「……これについての責任は問わない。だが映像を取り寄せての確認作業だけはしろ。そして、その結果を報告しろ」

東は深く一礼し、前線本部を辞した。


本部の帳場（捜査本部）に連絡を入れてはみたが、当然のことながらすでに会議は終わっており、三田村には「報告は明日でいい。もう帰れ」といわれた。

仕方なく、四人を連れて近くのラーメン屋に入った。二軒あったが、話がしやすいように空《す》いている方を選んだ。

「……ご苦労だったな。なんでも、好きなものを頼んでくれ」

ビールでもどうだといってみたが、佐々木が遠慮すると他の者も倣《なら》った。結局チャーシューメンを五つ、チャーハンを三つ注文した。

「どうします、主任」

佐々木は、店主に聞こえないようテーブルに身を乗り出して訊いた。東は、さっきまでいた前線本部の光景を思い返した。

集会所の中央には会議テーブルの島があった。そこを立って囲んでいたのは、太田《おおた》警視監を始めとする警備部幹部と、西脇《にしわき》警視監ら刑事部の幕僚団だった。立てこもり事件も発生から三日が過ぎ、人質の体力、精神力も限界にきている。現場は明らかに、強行突入に関する最終調整段階に入っていた。

「……あの感じからすると、朝は待たないな。たぶん、今夜入るつもりだろう」

「というと、終電が出たあと、くらいですか」

壁の時計は十一時を数分回っている。

佐々木の隣で、萩島巡査が内ポケットから手帳を取り出した。

「ちなみに終電は、〇時二十二分です」

東は思わず、彼の手帳を覗き込んだ。上りと下り、ちゃんと両方調べてある。

「用意がいいな」

萩島は嬉しそうに笑みを浮かべた。

「さっき、佐々木さんに、メモしとけって」

佐々木は「バカ」と萩島をつついた。このコンビもかれこれ十ヶ月。決して浅い付き合いではない。

東は、誰にともなく頷いてみせた。

「とにかく、もう特一に収められる状況でもないからな。当然、ＳＡＴが入ることになるんだろうが、ホシが本当に西尾《にしお》だったら、なんとしても事情聴取をする必要がある。さて、どうやったらこっちに持ってこられるか……」

だが、そう簡単にいいアイデアなど出るはずもない。東たちはラーメンとチャーハンを平らげ、十二時頃に店を出た。

前線本部に出入りするのも気が引けたので、コンビニエンスストアでビニール傘を調達し、現場近くの、営業を終えたスーパーの軒下で時間を潰した。皮肉なことに、そこはちょうどジウがいたと思われる辺りだった。

東は、他の者には先に帰るよう再三いった。だが、佐々木が付き合うというと、萩島も従い、特捜と赤坂署のデカ長コンビもそれに倣った。結局、いい大人が五人でブツクサいいながら、半ば野次馬のように現場を眺めて過ごした。いや、本当の野次馬は雨模様の深夜というのもあり、もうほとんど周囲にその姿は見られなかった。まだ頑張っているのはマスコミか警察、そんな感じだったと思う。

現場周辺はえらく明るかった。所轄署が設置したのか、あるいは特殊班かは分からないが、フライさえ上げなければ野球くらい問題なくできる、そんな明るさだ。

それが、午前一時五十五分。

「……あっ」

「ん？」

信金店舗内と周辺の明かりが、いっぺんに消えた。一瞬、停電かと思ったが、改札右手にある駅前交番の蛍光灯は点《つ》いている。

「入ったかな」

佐々木が、現場と前線本部のあるマンションの辺りを見比べる。

数秒して、小さくだがピストルと思《おぼ》しき銃声と、サブマシンガンらしきそれが交錯して聞こえた。

「SAT、入ったな」

「どうします、いきますか」

そう、佐々木がいった瞬間だった。

信金店舗の窓という窓がパッと白く光り、

「なッ」

ドーンと、足下をすくうような轟音《ごうおん》が鳴り響いた。

光った窓は瞬時に吹き飛び、代わってマグマの如き赤い炎が噴き出してきた。それは鎌首をもたげるように浮き上がると、たちまち、黒煙へとその姿を変えていく――。

　現場周辺の照明が再び点けられ、ロータリーを囲むマンションの窓にも、次々と明かりが灯《とも》っていった。

　駅前交番から、マンションの前線本部から、警官が続々と表に飛び出してくる。ロータリーに待機していたカメラマンたちはスタンドを捨て、可能な限り現場に近づこうと走っていく。報道規制線など、もはやあってないようなものだった。

　周囲の角から、あるいはロータリーに沿って建つマンションの玄関から、待ってましたといわんばかりに野次馬があふれ出す。

「いくぞ」

「はいッ」

　東たちも傘を捨て、ロータリー右手を迂回《うかい》して駅の改札を目指した。

「どいてくださいッ」

　だが野次馬は増殖する一方で、どけてもどけてもきりがない。終《しま》いには喧嘩腰になった。

「どけ、どけよコラッ」

　ようやく交番前までできた。すでに、立ち入り禁止のロープと立番警官が野次馬をシャットアウトしていた。東は、濡《ぬ》れたスーツのポケットから「捜一」の腕章を出して掲げた。

「本部だ」

「お、お願いしますッ」

交番の中では、制服警官たちが電話と無線連絡に忙殺されていた。それを横目で見ながらテープをまたぎ、改札に向かう。急にその辺りから目が痛み出し、鼻腔《びこう》を突くような刺激臭を感じるようになった。ハンカチを出して口と鼻に当てる。滲《にじ》んだ涙を手の甲で拭う。

――なんてこった……。

それでなくとも、現場前は暗雲に呑《の》まれたように視界が利かなくなっていた。中にちろちろと赤い炎が見えはするが、何が燃えているのかも分からない状況だった。風で煙が押し流されると、周囲の照明も覆われて現場全体が暗転する。そんな頃になって、ようやく改札口の蛍光灯が点いた。

切符売り場の前に何人かいるのが目に入った。私服警官か、そう思ったときだ。

信金前の黒雲から、燃え盛る何かが飛び出してきた。人だ。

「ウオォォォーッ」

「ああッ」

「し、シバさん、こっち……こっちィ」

私服警官たちは咳《せ》き込《こ》みながら叫び、その「シバさん」に駆け寄っていく。

よく見ると、飛び出してきたのは一人ではなかった。「シバさん」と呼ばれたその男は、誰かを背負っていた。火ダルマになった誰かを背負って、こっちに逃げてきたのだ。

「誰か……消火器……」

「シバさん……」

力尽きたか、彼はその場に倒れ込んだ。

背負われていた火ダルマが地面に転げる。

火は、背負ってきた彼の背中にも燃え移っていた。

燃えながら転げ回る。

一方、その場に寝かされた火ダルマの方は、ピクリとも動かない。

女性捜査員が泣き叫ぶ。

「イヤァーッ」

「早く……」

誰かが口を覆ったまま指示する。

「駄目だ……間に合わん……」

一人の男が上着を脱いだ。

「ウアァァーッ」

彼は叫びながら上着をかぶせ、なお自ら、その火ダルマにしがみついた。

「クソッ」

「オォォォーッ」

男たちはみな叫びながら、次々とその火ダルマに覆いかぶさった。居ても立ってもいられず、東も、まだ燃えている足の辺りにしがみついた。

胸が焦げそうになった。腹の皮を毟《むし》り取られるような痛みが走った。風で流れてくる煙よりも、その体の発する熱で息が詰まった。肉の焼ける臭い。衣服の表面から立ち昇る煙。目も口も開けられず、自分まで窒息しそうになった。

数秒して、けたたましい足音が聞こえた。顔を向けると、消火器を持った制服警官がそこにきていた。

「どいてくださいッ」

彼が消火器を構えると、かぶさっていた数人は一斉に脇によけた。むろん東も。入れ替わるように白煙が噴きつけられると、半ば消えていたのか、火はすぐに見えなくなった。

「……水、み、水汲《く》んでこい」

誰かがいい、誰かが走った。

「救急車……こっち、回せ」

気づけば、すぐそこまでサイレンが近づいてきている。

向こうの地面にいた、火ダルマを背負ってきた男がのっそりと体を起こした。だいぶ煤《すす》けてはいるがよく知った顔だった。『利憲《としのり》くん事件』のあの日、世田谷代田《せたがやだいた》で東と共に、田辺春子《たなべはるこ》の乗ったタクシーを見送ったデカ長、柴井《しばい》巡査部長だった。

彼が叫ぶ。

「係長ッ」

それで初めて東は知った。この火ダルマになった男は、特殊班一係長、羽野《はの》警部なのだと。

消火器の白粉をかぶってはいるが、それでも分かるほどの真っ黒焦げだった。顔などは、ほとんど判別不能なまでに焼《や》け爛《ただ》れている。助からない。残酷なようだが、ひと目でそう確信した。

「係長ッ」

「羽野さんッ」

ロータリーには、次々と消防車が入ってきていた。こうなってしまったら、もはや警官にできることなどそう多くはない。せいぜい消火活動の邪魔にならないよう現場を警備し、不審者を中に入れず、また外に出さないよう注意するくらいだ。

――西尾……。

なぜ爆発が起こったのか。このときの東にはまったく分からなかった。だがもし、ホシがあの爆発から身を守る術《すべ》を持っていたのだとしたら、この現場から逃《に》げ果《おお》せるのはさして難しいことではないだろう。そんなことを、ぼんやりと考えた。

「羽野さん、羽野さん……」

特一の捜査員は全員、黒焦げの死体にすがって泣いた。

東は立ち上がり、立ち尽くす佐々木の肩を叩《たた》いた。

「いくぞ」

「え、どこに……」

「野次馬の整理、マスコミの排除……俺たちがすべきことは、他にある」

ロータリーに向かおうと踏み出した途端、右手から流れてきた黒煙に視界を、呼吸を奪われた。目を閉じて数秒やり過ごし、再び開いたとき、手に握っていた白いハンカチは、黒い雨にだいぶ汚されていた。

――ジウ……。

あの白いブルゾンも、今どこかで、こんなふうに、黒く染まっているのだろうか。

――ジウ、教えてくれ。お前の狙いは、なんなんだ……。

辺りは、まさに地獄絵図の様相を呈していた。

漏れ聞こえる無線の音声、怒号、サイレン。パチンパチンと、何かが燃えて爆《は》ぜる音。

――ジウ、お前は一体、何を……。

東は初めて、殺意を抱くというのがどういうことか、少しだけ、理解した気がしていた。

# 第一章

## 1

十月十四日、金曜日。

俗に「西大井信金立てこもり事件」と呼ばれていた案件は、同所が爆発炎上、直後に無線式爆弾の部品と思われるものが現場内から発見されたことにより、『城西信用金庫西大井支店爆破事件』と命名され、本格的な捜査が始まった。

十二名いた人質のうち、四名が死亡、三名が重体、四名が重傷、一名が軽傷を負った。強行突入を行ったSAT制圧二個班では、死者七名、重体一名、重傷二名、全十名が被害に遭った。通常、制圧一個班は六名、二個班で十二名になるのだそうだが、雨宮《あまみや》巡査の殉職、伊崎基子《いざきもとこ》巡査部長の異動によってできた欠員がまだ埋まっていなかったため、不幸中の幸いというべきか、SAT内の被害者はこの十名に留まった。

ただしもう一人、警察側には被害者が出ていた。犯人の誘導役を自ら買って出た、刑事部捜査第一課特殊犯捜査第一係長、羽野警部だ。彼は事件当時、爆発場所の真ん前におり、ほとんど即死状態だったという。

なんと東は、その羽野警部の最期を看取《みと》ったと語った。

「……全身、黒焦げだった。みんな、泣いてた……」

あんなにひどい殉職は見たことがない、とも彼は付け加えた。

当然、その近くにいた犯人も死亡した。そちらもひどい黒焦げだったらしいが、DNA鑑定に耐える程度の細胞は採取できたという。陸上自衛隊の保管しているデータと照合すれば、犯人が元自衛官の西尾克彦《かつひこ》であるかどうかは、一両日中に判明するものと考えられた。

二十四人の死傷者を出すに至った『信金爆破事件』に寄せられる世間の関心は極めて高い。事件の全容解明が求められる中、大井警察署に設置された特別捜査本部が最初に行ったのは、五反田《ごたんだ》にある城西信金本部が管理する店舗内映像の検証だったという。犯人が籠《ろう》城《じょう》している間は、主に現場内の様子を知るために利用されていたそれが、今は事件の全容を知るための、ほとんど唯一といっていい手掛かりになってしまったわけだ。

まずしなければならないのが、誰がどうやって爆弾を仕掛けたのかという点の解明だが、美咲たち部外者がこれについて即座に知ることはなかった。

それを知ったのは三日後、十月十七日月曜午後のことだった。

美咲たちは相も変わらず、新宿歌舞伎町での聞き込み捜査に当たっていたのだが、

「……分かりました。すぐに向かいます」

東の携帯に連絡が入り、五反田の城西信金本部に出向くことになった。

東はあの日以来、ひどく口数が少なくなっていた。だがそれも、無理からぬことだと美咲は思っていた。

警視庁内では「正月の黒星」と呼ばれ、マスコミにも大々的に叩かれた『利憲くん事件』で、その経歴に最も深い傷を負ったのは他でもない、殉職した羽野警部だった。東は、いまだ『利憲くん事件』が未解決であることの責任の多くは自分にあると考えている。そんな彼が、羽野警部の殉職に際して何を思うか。美咲には、容易に察することができた。

ただ、口数が少ないといっても、落ち込んでいるというのとは少し違った。むしろ怒りに燃え、その熱の凄《すさ》まじさゆえ容易に口が利けない。そんな様子だった。事件の翌日、警視庁管内全署で殉職者に黙禱《もくとう》を捧げる機会があったが、その後に発したひと言が、彼の精神状態を最も端的に表していたと美咲は思う。

「……ジウは、羽野さんを、二度殺した」

その後に続く言葉を、東はあえて呑み込んだ。少なくとも、美咲にはそう見えた。

——羽野さん。奴は、必ず俺が捕まえてみせます。

それならまだいい。

今、東の目にある炎は、あまりにも激しく燃えすぎている。俺がジウを殺す。彼がそういい出したとしても、美咲は決して驚かない。

——主任……。

実は、美咲は彼に、相談に乗ってもらいたいことがあった。爆破事件の直前、美咲は嘘《うそ》をついて持ち場を離れている。それは、謎の人物からの電話に従い、伊崎基子を保護しにいったためだったのだが、その顚末《てんまつ》についてまず彼に報告したかった。そしてできることなら、あの奇妙な出来事について、彼に意見を求めたかった。

だが、とてもではないがそんなことを持ち出せる雰囲気ではなかった。伊崎基子がなんだ。謎の人物がどうした。無事帰ってきたんだろう。彼女は無事保護できたんだろう。だったらいいじゃないか。一件落着じゃないか。声を荒らげてそんなふうにいわれたら、もう、美咲に返す言葉はなくなる。だったら、今いわなくてもいいかな、今日じゃなくてもいいかな、と思ってしまう。そんなふうに、つい延び延びになってしまっている。

「警視庁捜査一課の、東です」

「碑文谷署の門倉です」

城西信金本部一階の受付で身分証を提示すると、四階中央通路の突き当たり、第九会議室を訪ねるよう、女性職員にいわれた。

四階でエレベーターを降り、彼女の言葉に従って進むと、かなり大きな会議室にいき当たった。プレートを確認する。間違いない。第九会議室だ。

「失礼します。捜査一課、東です」

ドアを開けると、まだ昼間だというのに室内は薄暗かった。正面に壁はなく、すべて腰高の窓になっているようだが、今そこには、白っぽいカーテンが端から端まで引かれている。理由は訊くまでもない。明るいとモニター画面が見づらいからだ。

左右の壁際には会議テーブルが据えられており、その上にはテレビモニターが七台ずつ載せられている。それぞれを一人ないし二人の捜査員が注意深く見ている。ここは、西大井支店の店舗内映像を検証するための特命本部なのだ。

また部屋の中央にも机の島があり、そこにいた何人かが立ち上がった。その一人は、一時期『沙耶華《さやか》ちゃん事件』の捜査本部にも参加していた殺人班十一係の主任、柿崎《かきざき》警部補だ。東が不在だったのをいいことに、美咲を散々苛《いじ》めた、あの柿崎だ。

「悪かったな、わざわざ」

早速だが、と柿崎は、東を部屋の端にいざなった。しかし東は従わず、その背後にいる殺人班十一係長、丹羽《にわ》警部に向き直った。

「ホシのＤＮＡ鑑定の結果は出たんですか」

丹羽はちらりと柿崎を見た。柿崎はあからさまに嫌そうな顔をした。

「……東ぁ、その話はあとにしろや」

「どうなんです。ホシは西尾だったんですか、違ったんですか」

マズい、と美咲は思った。あまりこの方向で強い姿勢を示すのは得策ではない。

「柿崎さん、どうなんです。ホシは西尾だったんですか、え？　どうだったんです」

丹羽は、仕方ないというふうに頷いた。柿崎は、だいぶ薄くなった頭を掻《か》きながら顔をしかめた。

「……ああ。ＤＮＡ鑑定の結果、信金立てこもり事件のホシは、西尾克彦であると、そう断定できたよ。だがな」

東は、その続きを遮るように息を漏らし、力強く頷いた。

「でしょう。そうでなくては辻褄《つじつま》が合わない」

「おい、東」

丹羽が二人の前に進み出る。

「そういう色眼鏡では見てくれるなよ。それじゃあ、わざわざ君を呼んで確認してもらう意味がない」

「大丈夫です。私はいつだって冷静ですよ」

そういう言い方をするから、余計に興奮して受け取られるのだ、と美咲は思った。案の定、丹羽も柿崎も、半ば諦めたような表情で部屋の端に向かう。美咲は東と、彼らの後ろに続いた。

窓際の、何も映っていないモニターテレビ。あらかじめ東のために空けられていたような一台。

柿崎がテレビの脇に置いてあったリモコンを手にする。

「……これから見てもらうのは、十日の午後三時前、人質籠城事件が発生する直前の、西大井支店内の様子だ」

テレビの脇にあるのはビデオデッキではない。ハードディスクレコーダーとか、その手の機器だ。

黒かった画面に、パッと鮮明な映像が映し出される。画面右側、ATMのある入り口付近には、西日が斜めに射し込んでいる。画面中央、店舗内部は照明も点いていてとても明るい。カメラは、カウンターの中から表に面した窓を撮る角度に固定されている。

窓口担当の、女性の後ろ姿が大きく映っている。カウンターの向こうにいる客は年配の女性だ。さらにその向こう、窓の手前にはベンチシートが何脚か並んでおり、三人ほど順番待ちの客が座っている。そこに一人の痩《や》せた男が入ってきて一番後ろ、窓際のベンチに腰を下ろす。まもなく受付番号で呼ばれ、その斜め前にいた中年男性がベンチを立つ。さっき入ってきた男が立って出ていく。そこで柿崎はボタンを押し、映像を止めた。

「分かったか」

「……は？」

「じゃあ、もう一度だ」

美咲も、よく分からなかった。本腰を入れるというのでもないが、さっきより姿勢を低くして画面を注視する。

同じ場面。痩せた男が入ってくる。中年男性が立ち上がる。痩せた男が出ていく。

「……バッグか」

東が漏らすと、柿崎は深く頷いた。美咲は、まだよく分からなかった。巻き戻し、もう一度同じ場面を見る。

「この男が、こう……スポーツバッグを置いて……出ていく。まさにここで、爆発が起こった」

なんと。

東の、生唾《なまつば》を飲む音が、やけに大きく聞こえた。

「つまり、この男が、爆破犯……」

再び柿崎が頷く。

「もう一回、見せてください」

「ああ、何度でも見りゃいいさ」

リモコンを受け取り、東は自分でプレーヤーを操作した。

痩せた、さして目立たない体格の男が、バッグを持って、ベンチに座る。キャップをかぶっている。決して目深《まぶか》にではないが、カメラ位置が遠いため、顔の判別まではつきそうにない。

ただその、ベンチから立って、出ていくとき、ほんの一瞬だけ見せた後ろ姿の、キャップからはみ出た髪の色が——。

「ジウか」

東にいわれるまでもなく、美咲もそう思った。背丈も百七十センチ前後。状況からも、そう考えるのが妥当なように思えた。

「柿崎さん、他にもっと、はっきり映ってるのはないんですか」

だが彼は、肩をすくめながらかぶりを振った。

「残念ながら、いま見せたのが一番はっきり映ってるやつだ。実は、この本部が管理している店舗内映像ってのは、いわゆる防犯のためにあるのではなく、まあその……むしろ職員が、何か不正を働いたりしないか、そういう観点で仕掛けられているものらしいんだな。俺たちでいえば、監察の視点ってわけさ。

他のを見てみれば分かるが、たとえば何をシュレッダーで刻んだかとか、机の上に何があるかとか、どれもそういうところにピントを合わせてある。今のだって、実は窓口嬢の手元を監視するためのものだったんだ。だから、待合ベンチの客の顔なんてのは、端《はな》から眼中にない。そういうもの……つまり、外からきたものに対する、一般的な防犯目的のカメラ映像は、店舗内で管理されていた。だがそっちの方は、ビッチョビチョーのドロドロだ。洗って乾かしても、使い物になるかどうかは分からない」

東は舌打ちしてうつむいた。

「じゃあ、なんのために……」

まあまあ、と柿崎がその肩を叩く。

「こっちだってな、お前がこれを見たら、ジウだというだろう、そんなこたァ分かってて見せてんだ。俺だってこれがジウならいいと思うさ。自分に繋《つな》がる糸を断ち切るため、ジウが西尾を消した。こんなに分かりやすい話はないからな。でも、そうは問屋が卸さない、ってわけだ」

東は肩越しに、背後の柿崎を睨《にら》みつけた。

「だから、だったらなんのために俺に見せたんだと訊いてるんです」

「落ち着け若造」

柿崎は内ポケットからタバコの箱を取り出した。

「このままじゃ、こっちはこっち、そっちはそっちで捜査しろって話になるだろう……そうしたら、爆破犯がジウかもしれねえって、そういう話はお前の耳には入らなくなる。そこんとこを俺様の判断で、先んじて見せてやったんだ。毒づくなんざァもってのほかだ。感謝されたっていいくらいだと俺は思うがな」

納得できなかったのか、東は「それは哀れみですか、老婆心ですか」と訊いた。柿崎は煙を吐きながら笑った。

「どっちでもねえな。強いていうならば、貸しだよ。俺の定年までに、何かしらで返しやがれ」

そういって、軽く東の肩を拳で突く。

――ふーん……。

少しだけ美咲の、柿崎に対する印象は変わった。

夜になって捜査本部に戻ると、例の、ジウが映っているという中継シーンを録画したビデオが、テレビ局から届いていた。

「……どれだよ、東」

「これですよ、これ」

だが、東が具体的に画面を指差してみせても、周囲からは、そういわれてみれば似ているかもしれない、程度の反応しか得られない。

「門倉、君はどう思う。ん？」

相変わらず嫌なことを訊くな、と思いつつ、美咲は三田村に答えた。

「似ている、とは思います。ただ……直《じか》にジウを見たことがあるのは、この捜査本部では、東主任だけですので……」

隣で東が眉をひそめる。裏切り者。そんなふうにいいたげに奥歯を嚙《か》み締《し》める。

――まっずいなぁ……。

でもすべり込みセーフ。上手《うま》いこと、いいアイデアが浮かんだ。

「あ、ただ、この映像を、えっと、たとえば岡村《おかむら》であるとか、笹本《ささもと》であるとか、他の中国人たちに確認させたら、ある程度は情報としての精度も、増すのではないでしょうか……」

「そうですね」

乗ったのは特捜二係の石田《いしだ》主任だった。東の後輩である彼は、よく美咲の肩も持ってくれる。

「そうなれば、少なくとも爆破当夜、ジウは現場にいたと考えていいことになる。五反田本部の映像は、どうだったんです？」

東は「あまりはっきりしなかった」と答えた。

「ならこれと合わせて、『有効』くらいの評価には持っていけるんじゃないですかね」

だが、三田村は「その必要はない」とかぶりを振った。

「この件は、私から一課長に報告しておく。必要があるならば、大井の帳場が拘置所に出向いて確認をとるだろう」

そのままマイクをつかむ。

「おーい、捜査会議始めるぞぉ。席につけぇ……」

ちょっと、美咲には納得がいかなかった。だが、他でもない東が、溜め息をつきながらも頷いてみせたのでは従わざるを得ない。仕方なく、美咲は東のあとを追っていつもの席についた。

捜査一課殺人班三係、同特捜二係、碑文谷署と赤坂署の強行犯係員などで編成された、総勢四十四名の捜査本部。警視庁本部庁舎六階の会議室に置かれたこの帳場は、俗に「ジウ捕捉班」と呼ばれているが、正式名称は『柿の木坂・男児、赤坂・女児、連続営利誘拐事件特別合同捜査本部、被疑青年捕捉班』と異様なまでに長い。つかえずにいえる捜査員は、果たしてこの四十四名の中に何人いるだろう。

「起立、礼……着席」

まずは東が、歌舞伎町での聞き込みと、五反田城西信金本部で見た店舗内映像について報告した。

爆弾が入っていたと思われるバッグを窓際のベンチ下に置き、現場から逃走した男がいる。自分が確認したところ、ジウに似ているように見えたが、映像自体の精度がさほど高くないため、確証を得るには至らなかった。よって、ジウは信金爆破犯かもしれない、程度の情報として頭の隅に置いておいてもらいたい――。

これについての質問は、特になかった。すんなりと、三係の荒木《あらき》主任に発言の順番が移る。

「えー、こちらはちょっと、動きがありました。先日、石田主任から報告がありました、伊崎基子巡査部長について、関連があるであろう情報が得られましたので、報告します……」

美咲は、滝の勢いで冷や水を浴びせられるような、そんな衝撃を覚えた。

――まさか、私が迎えにいったところを、見てたんじゃ……。

だが、荒木の報告はまったく違う内容だった。

「歌舞伎町一丁目八番に『きよみ』という一杯飲み屋がありまして、これはそこの常連客から聞き込んだ話です。話したのはサカモトシゲユキ、五十七歳、近くのうどん屋の厨房《ちゅうぼう》で働いている男です。このサカモト、二日か三日にいっぺんは、この『きよみ』で飲むらしいんですが、先週火曜の夜も、やはりそこで飲んでいた。それが〇時頃……過ぎていたかどうかは定かでないんですが、二階からバタバタと、いきなり若いカップルが、血相を変えて下りてきた。すると店主の、これは〝スマ〟の愛称で知られた名物女将《おかみ》だそうですが、そのスマが、どいてやってェ、と、声を荒らげていったのだそうです。その二人は、そのまま店を飛び出していった。写真で確認したところ、女の方は伊崎基子、男の方は木《き》原毅《はらつよし》であるようでした。二人がどこにいったのかは……うちの吉井から」

代わって立ったのは、三係荒木班の吉井デカ長だ。

「はい……日付としては十二日ということになるでしょうか。深夜過ぎ、区役所通りを、人込みを掻き分けて走っていく若い女性の姿が、目撃されています。どうもその女は、ある若い男を追いかけていたようだった……それも、まるで刑事が泥棒を追いかけるような、そんな感じだったという話でした。もう一つ、野村から」

野村も荒木班のデカ長だ。他班の人間の意見ははさませず、自分たちだけで発言を回していこうというのか。

「はい。これは職安通りに面した二丁目三十一の△、エスニック料理店『タオタオ』の店員の話ですが、やはり若い男を追って走っていく、女の姿が目撃されています。写真でも確認しましたが、やはり伊崎基子に酷似している。しかも、追われていた男の方は金髪。もしやと思ってジウの似顔絵を見せると、ちょうどそんな感じだったという証言が得られました」

二人のデカ長は、自分の報告が終わると椅子に座った。荒木だけが立っている。依然、発言権は自分にあるとでもいいたげな振舞いだ。

「……以上の報告が、もし正しい何かをいい当てているのだとすれば、伊崎基子は木原毅と結託し、見事ジウに接触し、追尾した可能性があります。石田主任の報告にあった彼らの動きも、つまりそういう目的だったと読むことができる。追尾した結果がどうなったかは分かりませんが、一応、確認するだけの価値はあるんじゃないでしょうか」

恐る恐る振り返ると、荒木は得意げな顔でこっち、東の背中を見ていた。それを見て美咲は、ようやく合点《がてん》がいった。

そもそも、こんなにいっぺんに情報が出そろうこと自体が不自然だった。たぶん荒木は、自分の班内で情報を溜め込み、発表できる段階まで温めていたのだ。それによって彼は、遅れて捜査に参加した自分たちと、東班の差を埋めようとしているのだ。

――セコいわね、まったく……。

寒気を堪《こら》えながら前に向き直ると、立ち上がった三田村が、ホワイトボードに貼った歌舞伎町の地図で番地を確認していた。

「……おい荒木、その『きよみ』って店は、区役所の裏か」

「ええ、そうです」

「じゃあそこは、沼口《ぬまぐち》の担当地区じゃないか」

東の真後ろにいる沼口デカ長が小さく頷いた。地取り捜査を始め、刑事捜査員の間には、互いの担当地区や区分を侵さないという暗黙の了解がある。

荒木はわざとらしく、一つ咳払《せきばら》いをしてみせた。

「……管理官。私は、うどん屋で働いている男に聞いた、といったまでです。決して区役所裏の、その店にいったとはいっていません」

三田村が、ねっとりと絡みつくような視線を荒木に向ける。

「私も、それがいけないなどとはひと言もいってないよ。沼口の担当地区なんだから、その店に聞き込みにいく権利は、沼口にあるよね、と確認したかっただけだよ」

「ええ、当然そうなりますな。むしろ私は、それぞれの持ち場から上げられるはずの情報は、しっかり各々がすくい上げろと、各捜査員に改めていいたかっただけです……報告を終わります」

その後は特に、目新しい情報は出てこなかった。

——やっぱり、東主任にだけは……。

基子のことを相談しておこうと、美咲は改めて思った。

## 2

あの日、基子は薬の入った水を勧められた。

「……本当に、シャブは入ってないの」

ミヤジはことをなげに頷いた。

「あなたをシャブ漬《づ》けにしても、大した意味はありませんからね。あなたは、外部からなんの影響を与えられなくとも人殺しをするし、しかもそれを、自分で認められる、実に強い精神の持ち主でもある。薬の力など、あなたには不要でしょう。これに入っているのは、ただの睡眠薬ですよ」

「なんで、眠らせる必要があるの」

「この場所を、まだ知られたくないからです。ここからは、眠った状態でお帰りいただきたい……こっちもそれなりに、用心はしているのですよ。ご理解ください」

その水を飲み干したあとのことは、よく覚えていない。気がつくと、夕暮れの空を見上げていた。なぜ自分がこんな状態なのか、朦朧《もうろう》とした意識の中で考えていたら、声をかけられた。

「伊崎さんッ」

声の主を確かめようと見回した。こっちに駆け寄ってくる女の姿が視界に入る。

――門倉、美咲……。

その名前が頭に浮かんだ途端、なぜだか、急に逃げ出したくなった。

手を突っ張り、立ち上がろうとするが、上手く力が入らない。結局、へたり込んだまま美咲を迎える恰好になった。

「……どうしたの、門倉さん……」

そういうと、怪訝《けげん》な顔をされた。

「伊崎さんこそ、どうしたの」

どうしたの、って、監禁されて、そこで、人を三人ばっかし、殺してきたんですよ。一人はフリーライター、一人はプロレスラー崩れ、もう一人は、年端もいかないメスガキでした。あたしは警察官どころか、人間失格なんですよ。でもそれで、一体なんの不都合があるっていうんですか。そりゃあんたはお優しくて、綺麗《きれい》で可愛くて、女らしいイイ子ちゃんなんでしょうけど、こっちは違うんですよ。自分を抱いた男を、まだ十代の頃に、この手で縊《くび》り殺《ころ》してるんですよ。そうやって生きてきたんですよ、あたしは。

「大変……どうしたの、誰にやられたの」

誰って、だからプロレスラー崩れと、変態フリーライターっすよ。それと、ジウ。あんたが必死こいて追っかけてる、あの金髪中国人だよ。

「……なんでも、ないっすよ」

「なんでもないことないでしょう。見せて」

「いいって」

「いいから」

「やめろようるさいなッ」

思わず力んだら、腹の傷が痛んだ。あの小便臭いガキに刺されたところだ。畜生、忌々《いまいま》しい。だが殺してやった。そう、あたしはあのガキも、刺し殺してやったんだ――。

「ほら、つかまって」

美咲が肩を貸そうとする。セミロングの髪が揺れ、シャンプーの匂いがふわりと鼻先に漂った。目の前に喉元の白い肌がある。食い千切《ちぎ》ってやりたい衝動に駆られる。

「いいって」

「怪我《けが》してるでしょう」

「してないよ」

「いいからつかまって」

「お節介《せっかい》なんだよあんたはッ」

フェンスをつかみ、なんとか自力で立ち上がる。美咲は、さも悲しそうな表情を浮かべてこっちを見た。

「なんでなの、伊崎さん……こんなところで、怪我して座り込んでて、そんなんで、大丈夫なはずがないでしょう？　あなたは、私のことを仲間だなんて思ってないのかもしれないし、ましてや、友達だなんて、思ってないんでしょうけど、でも、私は違うの。あなたを仲間だと思ってるし、友達だと思ってる。何度も助けてくれた、命の恩人だとも思ってるの。だったら、心配するのが当たり前でしょう？　違う？」

何をいっているんだ、お前は。

あたしはお前を、平気で殺せる人間なんだよ。ギタギタに切り刻んでやったっていいし、目玉も舌も顔からはみ出るくらい首を絞めてやったっていい。それなのに、それでもなお、お前はあたしを、友達だなんて思えるのかい。あたしを本当に、命の恩人だなんていえるのかい。

——哀れなもんだ……。

思わず、笑ってしまった。

「……鬱陶《うっとう》しいんですよ、そういうの。そういう、甘ったるいこといわれると、ほんと、反吐《へど》が出そうになるんすよ」

背筋を伸ばして、深く息を吸ってみた。さほど、悪い気分ではなかった。ミヤジが飲ませたあの薬は、本当にただの睡眠薬だったようだ。五感に異常はない。特別興奮しているわけでもないし、妙な活力が湧いてくることもない。

ではこの、異常なまでの殺意は——。

そう。これが、自分で自分を認めた結果なのだろう。自分は人殺しなのであり、今までもそうやって生きてきて、これからもそうしていく、そう、自らに確かめたゆえの変化なのだろう。

「今日のことは……見なかったことに、してください……」

腹の痛みを堪えて歩き出す。

美咲がついてくるかどうかは、もうあまり、気にならなかった。

かといって、中央公園辺りでホームレスになるのは嫌だったし、いきなり風俗に落ちることもないだろうという思いもあり、とりあえず月島《つきしま》の女子寮に帰った。

「あら基ちゃん、どうしてたの」

食堂の前を通ると、めざとく賄《まかな》いのおばさんが声をかけてきたが、手を振って追い払った。はっきりいって、顔を見るのもわずらわしかった。

部屋に入ると、最近替わった名前もよく知らないルームメイトは留守だった。お陰で朝まで、ぐっすり眠ることができた。もしかしたら、そのときはまだ体内に薬が残っていたのかもしれない。

だが、さすがに翌日は、これからどうしたものかと考えあぐねた。

テレビを見ると十月十四日、金曜日となっている。どうやらどこかで、爆発事故か何かがあったらしい。まあそれはいいとして、ということは、非番を除外しても、自分は明らかに二日の無断欠勤をしている勘定になる。一般企業なら二日くらいでクビにはしないだろうが、警視庁はどうなのだろう。

そんなことを考えていたら、誰かが電話だと呼びにきた。分かったと下りていくと、寮の代表電話の受話器がはずれている。どうせ髪の薄い田中係長かトラフグだろう、くらいに思って出ると、なんと、相手はＳＡＴの橘《たちばな》部隊長だった。

『なんだ、いるじゃないかッ』

う、うるさい。

「ええ……いますけど」

『上野署に連絡したら、ここんとこ無断欠勤していて連絡もとれないと聞いたぞ。何をしてるんだキサマは』

大きなお世話だ。監禁されてレイプされて、ついでに人殺しをしてたなんて、お前は本当に聞きたいのか。

「別に、何もしてませんが……」

『携帯電話くらい持ってないのか』

持ってたけど、監禁されたときに取り上げられたよ。

「……失くしました」

『なぜ休んでいた』

しつこいな。

「……まあ、ちょっとした体調不良です」

『どういう類《たぐい》の体調不良だ』

生理だとでもいわせたいのか。

「別に。どうってことないです」

腹の傷は、思ったより深くなかった。

『じゃあ、週明けから復帰できるか』

「は？」

復帰？

『だから、来週アタマからSATに復帰できるかと訊いてるんだ』

「なんですか、いきなり」

『なんですかって、第一小隊が全滅したからに決まって……キサマ、まさか知らんのじゃないだろうなッ』

うるさいな、まったく。

「……知らないです」

橘は、信金だの籠城だの、色々ごちゃごちゃと説明をし始めた。さっきのテレビの騒ぎがそれなのだと気づくのに、さして時間はかからなかった。

「……その、籠城は、なんとなく」

『まあいい。とにかく月曜から訓練に入って、一週間で隊員を仕込んで二十四日、きっかり一週間後には新第一小隊を編成しなければならん』

一週間でですか、と訊くと、橘は「アア」と、さらなる大声で返してきた。

『君には制圧一班の班長を務めてもらう。と同時に、小野《おの》小隊長の右腕として、隊を引っ張っていってもらわなければならない。君はＳＡＴの貴重なＯＧだし、教育係としても大いに期待している。以上だ』

返事をする前に、電話は切られた。

日曜には、第一小隊長の小野からも架かってきた。

『明日からだからな。間違いないよう、よろしく頼む』

その頃には、事件の概要もテレビで見て把握していたので、小野の調子に合わせることができた。

「八人、死んだらしいっすね」

『ああ……制圧一班が三人、二班が四人、合わせて七人。それと、特殊班の羽野警部が、亡くなった……』

羽野ならよく知っている。あの係長が死んだのか。

「……ちなみにあたし、上野を何日か、無断欠勤してるんですが」

『それはなんか、上がどうにかしたみたいだ。心配しなくていいんじゃないか』

「そうですか。分かりました……いきます。月曜はちゃんと」

小野はまだ何かいいたげだったが、基子は電話を切った。

翌日、十月十七日月曜日。第六機動隊庁舎五階にある、ＳＡＴ部隊長室で簡単な入隊式を終え、そのまま訓練に入った。

制圧二班の新班長、亀田《かめだ》巡査部長以外は、全員がＳＡＴ初入隊の巡査ばかりだった。十人を、隊庭に一列に並ばせる。

「小隊長の小野だ。周りは〝呪われた第一小隊〟などと揶揄《やゆ》しているらしいが、そこに君らは、臆することなくきてくれた。それに対しては大いに、感謝の意を表したい。だが実際の、日々の訓練についてこられなければ、結局はどこか田舎の駐在所にでもいってもらうほかなくなる。心して、この試験入隊特別訓練に取り組んでもらいたい。以上……では、伊崎班長」

「はい」

基子はクリップボードを持って、一歩前に出た。

「まずは基礎体力五種。握力、背筋、懸垂《けんすい》、腹筋、腕立て。続けて立ち幅跳び、土のう運搬、砲丸投げ。午後からは百メートル、八百メートル、五キロ走を行う。時間があれば最後に、拳銃検定を行う。場合によっては明日に持ち越す。何か質問は」

特に何もなかった。

「では始める。まずは握力から。全員器具を持て」

かつて自分もやらされた基礎体力テスト。だがこうしてみると、自分が出した数字も、決して悪くはなかったのだと納得できる。

ただ、やはり凄《すご》い奴は凄い。特に今回は、上位五人と下位五人の差がはっきりと出てしまった。

白石守《しらいしまもる》、平山浩一、吉田謙、三上英司、千葉貴匡《たかまさ》。

この五人は並はずれて成績が良かった。しかも体力だけでなく、拳銃検定でも高い能力を示した。まるでSATに入るために、準備訓練でもしていたのではないかと疑うほどの優秀さだ。

「本日の訓練はこれにて終了する。解散」

初日を終え、基子たちは部隊長室で食事をしながら、少し話をすることになった。一度は断ったのだが、小野にどうしてもといわれ、仕方なく応じた。メンバーは橘と小野、基子と亀田の四人。食事というのは、近所の食堂からとった出前のカツ丼だ。

「ま、優秀なのはいいことだ……ちょうどいい。その五人は伊崎、お前に預ける」

そういった橘を、亀田は少し怪訝な目で見た。だが意見はしなかった。亀田は橘が部隊長になる以前の隊員のようで、いま隊にいるほとんどの人間とは面識がないという。自然と態度は、基子よりも遠慮したものになりがちだ。

代わりにというわけではないが、基子から訊いた。

「……強いのばっか、固めない方がいいんじゃないっすか」

橘は「いや」とかぶりを振った。

「どこでもそうだが、番号の若いところというのは、それに比例した実力が期待されるものだ。第一機動隊、第一方面本部、捜査第一課……いうなれば第一小隊の制圧一班は、SATの顔だ。実力者がそろうに越したことはない。特に今回は、上からもそういう編成にするようしつこくいわれているしな。それに、この前はああいったが、やはり教育係となると、経験豊富な方が何かと安心だ。そこはまあ、亀田班長に、期待したい」

亀田は恭《うやうや》しく頭を下げた。

今後の訓練日程について打ち合わせをし、その夜はそれで部隊長室を辞した。亀田は、まだ自室に荷物を運び入れていないので失礼すると、足早に去っていった。

小野が基子の肩を叩く。

「コーヒーでもどうだ」

「いや、いいです」

「そういうな」

踵《きびす》を返し、彼は隊の食堂に向かって歩き始めた。本気で面倒臭かったのだが、断る理由を考える方がもっと面倒だった。仕方なく、一杯だけ付き合うことにした。

夜九時。蛍光灯はまだ皓々《こうこう》と点いているものの、夕飯はすでに終わっているのか、並んだテーブルに人影は数えるほどしかなかった。ただ厨房は洗い物をしているのか騒がしく、蒸れた空気がカウンターの辺りから漏れ漂ってくる。

「どれがいい」

「適当で」

「なんかいえよ」

「じゃあ、ブレンド。ブラックで」

頷く小野に背を向け、少し離れたところに席をとる。

すぐに小野は、同じカップを両手に持って向かいに座った。その一方を差し出す。

「……どうも」

ひと口すると、思いのほか熱かった。これじゃあ、ごくごく飲んでさっと帰る、というわけにはいかないな、いっそアイスにしとけばよかったな、などと思っていたら、

「……どうしたんだ、その傷は」

小野が、基子の右頬を指差した。

「ああ、これ……」

指でなぞると、まだ少し痛みが走った。

あの連続誘拐犯にナイフで切られた、などとはいえない。仕方なく言い訳を考える。

「これは……例の騒ぎで、マスコミから逃げ回ってたら、ちょっと、有刺鉄線で」

小野は呼気を漏らしたが、笑いはしなかった。

「どこに逃げ込んだら、そんなことになるんだよ」

人が人を平気で殺す、地獄のようなところですよ、と思ったが、そこは苦笑いで誤魔化した。

視線をはずし、辺りを見回す。毎日のように雨宮と、この食堂で一緒に食事をした頃を、まるで昨日のことのように思い出す。初めて彼と会ったのは、そこの廊下をずっといったところの、女子用シャワー室の前だった。

――雨宮……。

彼は、あのミヤジタダオの仲間だった。ということは、ジウとも通じていたことになる。そしてあの日、基子が押し込められた部屋の隣に訪ねてきて、ミヤジと喋《しゃべ》っていた誰かとも――。

しかしなぜ、雨宮は殺されなければならなかったのだろう。門倉美咲は、雨宮を射殺した元自衛官は、竹内亮一《たけうちりょういち》という名前だといっていた。その男もまた、ジウやミヤジの仲間であったはず。だとしたら竹内は、なぜ雨宮を殺したのだろう。仲間割れか。いや、ひょっとして雨宮は、あのときホシを捕りにいったのではなく、口封じのために、竹内を消しにいったのかもしれない。だが、思いがけず反撃に遭った――。

基子はテーブルにカップを置いた。

「そういえば、雨宮巡査の葬儀って、どうなったんですか」

葛西の一週間後、基子は辞令を受けて上野署に異動になった。写真雑誌の報道などでバタバタしていたせいか、当時、そういうことを知るチャンスはなかった。

小野も頷きながらカップを置いた。

「……なかなか、お父上とも連絡がとれなくてな」

雨宮の父親。敬虔《けいけん》な、クリスチャン――。

「何やってる人なんすか」

「うん。カナダで、民間の山岳救助隊みたいな仕事をしている人らしい。当時も山に入っていて、ようやく連絡がついたときも、すぐには下りてこられないということだった」

「直接、話したんですか」

「いや。対応したのは総務とか、そういうところの人間だろう。俺はそれを、部隊長から聞いただけだ」

思い出したようにひと口飲む。

「……で結局、日本で火葬して、骨をカナダに送ってくれ、ってことになったらしい。遺品は適当に処分してくれって。……崇史《たかし》の殉職に関しては誇りに思う、とかいったらしいから、まったく情のない人というわけでもないんだろうが、なんかそういう、形見《かたみ》とか、そういうものには、頓着《とんちゃく》しなくなっちまうのかな。海外生活が長いと、自然と、そういうふうになるのかな……」

雨宮の、骨、遺品――。

「遺品って、なんですか」

小野が、微《かす》かに頰を引《ひ》き攣《つ》らせる。

「……興味ありか」

さらに上目遣いでこっちを見る。

「いえ、別に」

「興味ないのか。俺が預かってて、ずっと部屋に置いてあるんだが」

「えっ……」

預かってる、ずっと部屋にある？

――雨宮の、遺品……。

キュッ、と胸の奥で、何かが縮こまるのを感じた。

鼻腔に、あのやわらかな体臭が蘇《よみがえ》る。

「バッグ二つ分の衣類と、ノートパソコンと、携帯と」

好んで着たのは、白いタンクトップ、糊《のり》の利いたシャツ、洗《あら》い晒《ざら》しのジーパン。下着のパンツはボクサー、ときどきビキニ。

「本が段ボールひと箱……ま、そんなもんだ」

聖書とかも、あるのだろうか。

「見せてください」

そういったのが自分であると気づいたのは、小野が驚いた顔をして、ぎこちなく、頷いたからだった。

小野の部屋は個室だった。

「汚いところだが、勘弁しろ」

基子を中にいざない、だがドアは開けたまま、ストッパーで固定する。

「お邪魔します」

いうほど汚い部屋ではなかった。備え付けのベッドと、天板だけのシンプルな机。窓際には、引き出し式のプラスチック衣装ケースが三段。その上には十五型くらいの液晶テレビが載っている。

「雨宮のは……これな」

机の下にもぐり込み、段ボール箱を引きずり出す。その上には閉じられたノートパソコンと、雑に束ねられた電源コードがある。

「……と、これだ」

押入れからバッグを取り出す。ちょうどそのとき、狙撃一班の加藤巡査が部屋の前を通った。いや、この十月から巡査長になったと、昼間挨拶をしたときにいっていたか。

「あ、伊崎班長」

軽く会釈《えしゃく》しておく。

「……どうも」

小野がひょいと外を覗く。

「おお、加藤」

「あ、小隊長……まさか」

加藤は嫌らしく目を細め、わざとらしく口を押さえた。

「ち、違うぞ加藤」

「……ハレンチ」

小野は「おい加藤」といいながら廊下に出ていった。彼のいないうちに、というのでもないが、基子はその場にしゃがみ、急いでバッグのジッパーを引いた。

思った通り、雨宮の匂いが中からあふれ出した。彼のことだから、すべてちゃんと洗濯はしてあるのだろうし、体臭など残っているはずもないのだけれど、それでもこれは雨宮の匂いだった。柄にもなく、中身に顔をうずめたい衝動に駆られる。だが、意地でもそれはしなかった。雨宮と付き合っていたことは秘密だったし、そうでなくとも、死んだ誰かを懐かしむような人間だと、周りに思われたくはない。

——大体、こいつだって、あの連中の仲間だったんだ……。

基子は立ち上がり、段ボールの方を振り返った。

見回すと、机の脇に空いている電源コンセントがある。さして深い考えもなく、基子は埃《ほこり》だらけのコードをほどき、アダプターとパソコンとを繋いで、その空き口に差した。次いでパソコンのフタを開き、電源ボタンを押す。すぐにハードディスクが回転し始め、ウィンドウズのロゴが表示された。

小野は廊下で、まだ加藤と何やら喋っている。

基子はパソコンを床に下ろし、段ボール箱を開いてみた。中身は主に文庫本で、期待したようなキリスト教関係の書物はなかった。

その本と本の間には、見覚えのある携帯電話がはさまっていた。取り出して弄《いじ》ってみると、不思議なことに電池切れにはなっていなかった。ただ、通話履歴、メモリー番号などはすべて消去されている。

なぜ——？

思わず小野に目をやったが、どう考えても彼の仕業《しわざ》とは思えなかった。では一体、誰が。

パソコンの準備が整ったようだった。妙にすっきりとした画面に一抹の不安を覚えながら、不慣れなパッドでポインターを操る。

スタートメニューをクリックすると、その不安は見事、現実のものとなった。

プログラムが、何もない。

いや、むろんメモ帳や電卓といった、ごく初歩的なものは入っている。だがそれ以外の、入っていて当たり前といってもいいインターネット・ブラウザやワープロソフトといったものがない。ドキュメントファイルの類も一切ない。要するに、雨宮崇史が使用していたという、痕跡の一切が消されているのだ。まるで、携帯電話のメモリーと同じように。

なぜだ。

理由は、ふた通り考えられた。

SATに関する情報の漏洩《ろうえい》を防ぐため、警備部の誰かが携帯電話とパソコンを初期化した、という可能性。

もう一つは、雨宮がミヤジタダオと繋がっていた事実を隠蔽《いんぺい》するため、何者かが消した、という可能性だ。ただこの場合、実行者は外部から侵入するか、この第六機動隊に入り込んでいなければならないことになる。最も近くにいた小野が疑わしいのは事実だが、どうも彼があのミヤジと通じているようには、基子には思えなかった。では、一体誰が。

——雨宮。お前は一体、何者だったんだ……。

基子は終了作業をせず、いきなりコンセントプラグを壁から引き抜いた。

振り返ると、戸口に立った小野が、じっとこっちを見ていた。

## 3

あの日、美咲は何者かに呼び出され、怪我を負った伊崎基子を新宿歌舞伎町まで迎えにいった。そのことを告げると、東は今までで一番かもしれないしかめ面をしてみせた。

「なぜ、すぐにそれをいわなかったんだ」

美咲は肩をすくめて頭を下げた。

「……あの、それは、その……母が急病とか、とっさに、変な嘘を、ついてしまったので……」

「それは君が、伊崎基子の身を案じたからだろう。それならそうと、いえばいえただろう」

「……でも、そのあと、例の爆破事件も……」

そこまでいうと、東も「ああ」と納得した顔をした。

「そう、だったな。……確かに俺自身、それどころじゃなかったかもしれない」

だがこのとき、思いきって報告しておいてよかった。

四日後の十月二十一日、金曜日。東は朝の会議のあと、やけに深刻な顔つきで美咲を部屋の端にいざなった。

「……実はな、今日は、聞き込みには、出ないつもりなんだ」

会議室を出ていく、他の捜査員たちの背中をそれとなく横目で追う。東は、あの可愛い後輩であるはずの石田主任にさえ、警戒心を抱いているようだった。

たぶん、自分も似たような顔になっているのだろうなと思いつつ、美咲は声をひそめた。

「では、何を、するんですか」

東は捜査員があらかた出払うと、今度は上座に目を向けた。今日は三田村が休みなので、殺人班の綿貫《わたぬき》三係長と、特捜の脇田《わきた》二係長の二人が残っているだけだ。

「ああ。実は昨夜、古い知り合いから電話が架かってきて、ある警官が俺にコンタクトを取りたがっているので、携帯番号を教えていいかと訊くんだ。俺は、かまわないと答えた」

「……ある、警官？」

「そのあとに架けてきた相手は、オノシゲオと名乗った。他言しないでほしいと前置きした上で、自分は、SAT第一小隊の小隊長だと告げた」

「え、さっ」

シッ、と東が口元に指を立てる。美咲は小さく詫《わ》びた。

「……SAT第一小隊っていったら、殉職した雨宮巡査の所属していたところじゃないですか」

「そして、同時期には伊崎基子もいた。知っての通り、ＳＡＴは外部に一切を明かさない秘密主義の部隊だ。あの電話が誠意に基づいたもので、オノという警部補が実際に存在しているのだとしたら、相手は、かなりの覚悟で何かを語ろうとしていると考えていい」

「ですよねぇ……」

もうそろそろいいだろうと、東は会議室出口に向かった。

刑事総務課でデータベースを当たってもらったところ、警視庁には小野茂夫《しげお》という警部補が一人おり、現在は第六機動隊に勤務していると分かった。空港警備準備隊という、なんともうそ臭い部署名がついている。

「警部補だと、小隊長なんですか」

「ああ、そうだ」

「ちなみに警部だと？」

「中隊長だろう」

「なるほど……」

現在三十四歳、独身。首が太くて口が大きい。それでいて目は妙にぱっちりしている。外見はいかついが、話してみたら案外、繊細な内面の持ち主なのではないか。そんな印象を持った。

「これだけ分かれば充分だ。いくぞ」

「はい」

いつものように本部を出発したが、地下鉄には乗らなかった。東は霞ケ関《かすみがせき》駅の方に少し歩いて、タクシーを拾おうとする。

「なんでタクシーなんですか」

「こっちに変な尻尾《しっぽ》がついていたら、先方に迷惑がかかる。こういうときはまず、こっちが身綺麗であるよう心がけるもんだ」

乗り込むと、行き先を「四谷」と告げる。どっちがいい出したのかは知らないが、それが先方と決めた待ち合わせ場所なのだろう。

車中は互いに無言だった。東はときおり後方を確認したが、特に尾行はされていないようだった。四谷駅までは、大体二十分くらいだった。

四谷見附《みつけ》の交差点でタクシーを降り、聖イグナチオ教会の前から向かいの土手に登る。

「ここが、待ち合わせ場所なんですか」

「一応な」

土手の上の遊歩道に出る。春は桜が咲いて賑わうここも、十月末ともなると葉すらなく、なんとも殺風景な眺めであった。向こうに見下ろすテニスコートも今は無人で、見るべきものは何一つない。

――天気も、あんまりよくないし……。

美咲はなんとなく、待ち合わせの相手は、この遊歩道の向こうからやってくるように錯覚していたのだが、よく考えたら相手だって地下鉄かタクシーでくるわけで、自分たちより到着が遅ければ、当然そこの階段を上ってくることになる。

そう。ちょうどそこまできている、体格のいい男のように。

「失礼ですが、警視庁の……」

遊歩道まで登って東に声をかけてきたのは、思ったよりも背の高い、確かに警察官というよりは軍人っぽい雰囲気を漂わせた男だった。やはり首が太く、アゴもしっかりと丈夫そうで、そのわりには目だけが、妙にぱちくりとしている。間違いない。小野茂夫だ。

向き直り、一礼した東がやけに小さく見えた。

「はい。捜査一課の、東です」

「お電話差し上げました、小野です」

互いに身分証を確認し終えると、小野は美咲に目を向けた。

「こちらは」

「元刑事部捜査一課特殊班二係、伊崎基子の同僚で、今は私と同じ帳場で動いてくれている、門倉美咲巡査です」

東に名前を呼ばれるなんて珍しいよなぁ、などと思いつつ身分証を提示する。

「初めまして、門倉です」

会釈を終えた小野は、きつく眉をひそめた。

「あなたが、門倉美咲さんですか」

「えっ……あ、ご存じ、でしたか」

嫌な予感がした。面識のない人間が自分のことを知っているというのは、つまり、たいがいはあの、タブロイド紙を見たからと相場は決まっているからだ。

だが、この小野だけはちょっと違った。

「ええ。私も、あの葛西の現場にいましたから」

なるほど、そっちか。

「あ、そうですよねぇ……」

ＳＡＴですもんね、と口走りそうになり、慌てて口を閉じる。

東が、咳払いで割り込んできた。

「どこで話をしましょうか。あまり、周りに人がいないところの方が、よろしいんじゃないですか」

「そうですね……」

「ホテルに、部屋でもとりましょうか」

小野は「いえ」とかぶりを振った。

「できれば、レンタカーか何かで、移動しながらというのが望ましいのですが」

そこまでしなければいけないものか、と少々疑問には思ったが、美咲は一応、頷いて同意を示しておいた。

駅の向こうのレンタカーショップで、白いマークXを借りて乗り込んだ。東が運転し、小野が助手席に座った。美咲は後部座席で、尾行がついていないか確かめる役を仰せつかった。

国道に出た途端、東は深くアクセルを踏み込んだ。

「……まず伺いたいのが、なぜあなたが、私に接触してきたのかということです」

皇居方面にハンドルを切る。

「はい……」

小野は幅の広い背中を丸めて頷いた。

「西大井の、あの爆破の数時間前です。刑事部が、現場周辺に犯人の仲間が潜伏している可能性があるとして捜査している、という情報を、私は耳にしました。そのときは、そうなのかなと思っただけでしたし、爆発が起こってからははっきりいって、それどころではなくなりました……。

しかし、よくよく考えてみると、これはやはりおかしいと思うようになったんです。S

ATは葛西で、雨宮巡査を失いました。今回の西大井では、いっぺんに七名を失った。そして西大井の立てこもり犯は、葛西の誘拐犯の一人、竹内亮一の元同僚、西尾克彦……。あなたが爆破前に現場で捜していたのは、俗に〝ジウ〟と呼ばれている、例の連続誘拐の、本ボシだそうですね」

よくご存じで、と東がはさむと、小野はムキになったように肩を怒らせた。

「こっちだって必死なんです。隊内では〝呪われた第一小隊〟なんていわれてるんですよ。こんなんじゃ私だって、いつどんな死に方をさせられるか、分かったもんじゃない……」

東が「それは失敬」と目礼すると、小野は「いえ」と姿勢を戻した。

「もしその、ジウという少年があのとき現場にいたのだとしたら、つまり葛西と西大井は、裏で繋がっていたと考えることができる。ということは、SAT第一小隊がこのような状況に置かれているのも、ジウの仕業ということになる……そういうことなんじゃないんですか、東さん」

東は返事をせず、ただ大きく息を吐き、首を傾《かし》げただけだった。

「そんな……。私は、あなたならこの話を理解してくれる、相談に乗ってくれる、そう思ったからこそ、わざわざ人づてに連絡先を教えてもらい、隊規を犯してまで氏名役職を名乗り、こうして顔を晒しているんです。それを」

「小野さん」

赤信号。東はいったんサイドブレーキを引いた。

「あなたが私に接触してきた経緯は、よく分かりました。殉職という意味では、こっちも係長クラスを一人失っている。弔いたいという気持ちは強くあります。しかし、二つのヤマが裏で繋がっているかどうかは、刑事部が調べるべきことです。安心して訓練に励んでください……とまではいいませんが、少なくともあなたは、警備部の人間としての分は越えている。そうは思いませんか」

ブレーキを解除して発進。小野は短く溜め息をついた。

「……では東さんは、あの伊崎基子が、ＳＡＴに復帰していることは、ご存じですか」

「えっ？」

思わず声をあげたのは、美咲の方だった。

「……それって、いつのことですか」

小野は肩越しに美咲を見て、黙っている東の横顔と見比べた。

「正式には、十七日の月曜日です。ですが、復帰を打診したのは、十四日の午前中……つまり、爆破事件の夜が明けてすぐ、ということになります」

「やけに早いな」

東は遠く前方を睨んでいる。

小野も同じ方角に頷いてみせた。

「しかも、伊崎は連絡を受ける前の二日間、上野署を無断欠勤しているんです」

「そんな……」

二日も、無断欠勤――。

美咲は東の反応を窺《うかが》った。さすがに、彼も頬を強張《こわば》らせていた。前方を睨んだまま、押し黙っている。

「主任、例の……」

それだけで通じる。美咲はそう思って訊いたのだが、東はしばらく、それについての返事をしなかった。この小野という男が、情報交換をするのに相応《ふさわ》しい人物か否かを思案している。そんな横顔だった。

「主任」

さらに促すと、東はようやく、渋々といった顔で頷いた。こいつになら、まあ話してもいいだろう。そういうことだ。

美咲は身を乗り出し、小野の顔を覗き込んだ。

「……小野警部補。実はその、爆発が起こる前の夕方のことなんですが、私はある人物に呼び出されて、新宿歌舞伎町にいっているんです」

「ある、人物？」

小野が肩越しに振り返る。美咲は頷いてみせた。

「それは、お教えできないのではなくて、本当に、私にも誰だか分からないのですが、その相手が、伊崎基子を、引き取りにこいと……」

依然、東は黙っている。

「引き取りに？」

「ええ。それで指示通り、私が歌舞伎町の大久保公園までいってみると、門のところに、伊崎さんが寄りかかって座っていました。なんか、自分がどこにいるのかもよく分かっていないような、そんな、ちょっと朦朧とした感じでした。しかも、頬には刀傷みたいな」

小野が、思わずといったふうに呼気を漏らす。

「それ……」

「はい？」

「その傷は、ついたばかりのようでしたか」

美咲はあのときの、基子の顔を思い浮かべた。

「できて、ちょっと経《た》っていたと思います。それと、どこかは分かりませんけど、お腹《なか》の辺りにも、怪我があったんじゃないかと思います。ちょうど、そんなふうな歩き方をしていました」

腹に傷を負う苦しさは、美咲自身よく知っている。

小野は向き直り、ダッシュボードの辺りに視線を泳がせた。

「……伊崎が無断欠勤をした前日は、非番だったそうです。ということは、都合三日間、伊崎は勤務以外の行動をしていたことになる。その間に、彼女は顔と腹に傷を負った……」

美咲が基子を迎えにいった二日前といえば、先日荒木班から報告のあった十一日だ。十日の勤務を終えてから、基子は新宿歌舞伎町に出向き、木原というフリーライターと共に、ジウに接触した。それから三日の空白を経て、美咲は基子を迎えにいった——。

どこまで、小野に話していいのだろう。

迷っていると、東が口を開いた。

「つまりあなたは、葛西と西大井の裏で暗躍していたのは、ジウだけではなくて、伊崎基子もそうであると、疑っているわけですか」

「違うッ」

シートの中で身をよじり、小野は東の方を向いた。だが、続く言葉はなかなか出てこないようだった。苛立《いらだ》たしげに、シフトレバーの辺りに視線を落とす。

なんて素直な人だろう、と美咲は思った。先の質問はおそらく、東の本心から出たものではない。むしろ小野の反応を見るための〝引っかけ〟だったのだと思う。なのに小野は易々《やすやす》とそれに乗り、声を荒らげた。よくいえば「純朴」、悪くいえば「単純」。むろんそれは、美咲の中では「好ましい人物」という評価に値する。

「私にも、よく分からない……」

困った顔も、美咲の心証をいささかも裏切らない。

「何が、分からないのです」

「彼女が、一連の事件に、係わりがあるのかどうか……」

何かを諦めるように、小野は背もたれに体を戻した。

「葛西では雨宮が死に、伊崎は特進を果たしました。西大井では七人が死に、彼女は班長として復帰してきた。事件のありようとは別に、何か物事が、伊崎に都合のいいように回っている……そんな気は、確かにします。しかし……」

「しかし？」

東特有の冷たい声音《こわね》に、小野は少しハッとなった。

「ええ……しかし私は、そうは思いたくない」

「それは、自分の部下を疑いたくないという意味ですか」

「それも、あります……」

「では、それ以外の部分をお聞かせ願いたい」

車はいつのまにか中野方面に向かっていた。小野にも、美咲たちにも関係のない土地に、東はハンドルを向けていく。

「といっても、特別なことは、何もありません……ただ、ああ見えて伊崎は、以前は、それでもくったくなく笑ったり、案外、可愛いところもあったんです……それが、復帰してきてからは……」

小野が奥歯を嚙み締める。頰の筋肉に、いくつもの険しい縦筋《たてすじ》が走る。

「なんというか、こう……見る者を、居ても立ってもいられない気持ちにさせる、なんとも奇妙な……ほんとに、奇妙としかいいようのない笑い方を、するようになったんです……彼女は」

襟《えり》の後ろから、冷たく乾いた砂を流し込まれたように、美咲の背筋は、一気に凍りついた。

——温度のない、笑み……。

歌舞伎町に迎えにいったとき、彼女は確かに、そんなふうに笑った。あの竹内亮一や、宇田川舞と同じ笑みを、彼女は浮かべた。

——私だけじゃ、ないんだ……。

美咲の彼に対する心証は、すでに親近感に似たものになりつつあった。

午後は聞き込み、夜は会議。両方とも特に大きな進展はなかった。

三係東班のみんなと軽く食事をして、美咲が月島の寮に戻ったのは、ちょうど夜の十一時だった。

「ただいまぁ……」

玄関はまだ明るかったが、すでに食堂の照明は消されていた。日によってまちまちではあるが、ここを夜遅くまで談話室代わりに使う者は多い。十一時で真っ暗なんて珍しいな、と思って覗くと、

「あ、おばさん……」

入ってすぐの席に、賄いのおばさんがうな垂れて座っていた。自販機の明かりが、彼女の横顔に暗い陰影を作り出している。

「どうしたの、電気もつけないで」

スイッチに手を伸ばそうとすると、

「美咲ちゃん……」

彼女は立ち上がり、いきなり美咲に抱きついてきた。

「どうしたの、おばさん」

二、三度しゃくり上げ、見上げた彼女の顔はくしゃくしゃになっていた。

「美咲ちゃん……基ちゃんが、基ちゃんが、おかしいよ……」

ずるずると、その場に崩れ落ちる。美咲はかける言葉を見つけられず、だからといってどうしてあげることもできず、結局は彼女と、一緒になってその場に膝をついた。

「あの娘《こ》は……基ちゃんは、どんなに苛々してても、あたしの作った味噌汁だけは、いつ

もいい顔して、食べてくれたんだよ。ああ美味《おい》しいって、そういう顔、いつもしてくれたんだよ。なのに……」

ここで、何かあったのか——。

照明を点けてぐるりと見回すと、調味料などを入れる食器戸棚、その扉のガラスが、割れているのが目に入った。

「そりゃ、しつこく食べろって、勧めたあたしも悪かったよ……でも、いらねえって、そんなもん食えるかって、手で払《はら》い除《の》けるなんて……そんなこと、する娘じゃなかったんだよ、基ちゃんは……」

その、丸い背中の震えを掌に感じながら、美咲は今一度、他には誰もいない食堂を見回した。新聞掛けが、いつもあるはずの場所になかった。椅子も何脚か足りない。配膳用のワゴンも定位置にない。ここで何か騒ぎが起こったのは、間違いなさそうだった。

「おばさん……」

美咲は彼女の肩を抱き寄せた。

この人が、どれほど寮生の身を日々案じてきたか、美咲はよく知っている。

毎日朝晩欠かさず、食堂の神棚に手を合わせ、かつお節は必ず手で削ったものを使い、塩もしょう油も、えらく遠くまで自転車で仕入れにいき、事件が起これば寝ずに待ち、戻ったらすぐ何か作れるよう、一人食堂で夜を明かすこともある。

そんな彼女が感じとった、基子の変化――。

「美咲ちゃん、基ちゃんを、助けてやってよ……このままじゃ、あの娘、駄目になっちゃうよ……美咲ちゃん、お願いだよ、基ちゃんを助けてやってよ。あの娘を助けられるの、美咲ちゃんしかいないんだよ……」

分からなかった。基子の身に何があったのかも、彼女自身が救いを求めているのかどうかも。また彼女のために、自分に何ができるのかも、何一つ、分からない――。

それでも、美咲の答えは、一つに決まっていた。

「分かったよ、おばさん。だからもう、泣かないで……」

そしてできることといえば、その震える背中を、ただ抱きしめることだけだった。

4

SATは西大井の信金爆破事件の結果を受け、その指揮、命令系統に若干の変更を盛り込もうとしていた。

軍隊では古くから、作戦行動の最小単位として「バディ」と呼ばれる二人ひと組のシステムを採用している。それは、従来のSATも同様であった。六人編成の制圧一個班を例にとれば、前方警戒担当が二名、チームリーダーが二名、援護担当が二名。一個班は三つの「バディ」からできあがっている、という考え方だ。

基子が最初に所属した頃でいえば、基子の「バディ」は雨宮だった。互いに視界を補完し合い、精神的、肉体的異常がないかを監視し合う。また臆病風に吹かれそうになったときも、パートナーの前で無様な真似《まね》はできないと、自らを鼓舞することで、平常心を保つことができる。

狙撃手の場合は、これがさらに重要な意味を持つ。息の合った相棒と同時に引《ひ》き鉄《がね》を引く。結果、どちらの撃った弾《たま》が犯人に当たったのか、あるいは殺してしまったのか、分からなくなる。これによって狙撃手は、「自分がやってしまった」という罪の意識から少なからず解放される。罪悪感を相棒と分かち合うことで、職務から受ける重圧を軽減させることができる。そういう効果も「バディ」にはあるのだ。

そんな「バディシステム」を、より色濃く作戦に反映させた方がいいのではないかという考えが、このところ出てきているらしい。西大井で制圧二個班がいっぺんに壊滅したのは、「班」という単位を重視しすぎた動きになっていたからではないか、もっと「バディ」単位で行動していれば、被害は少なくすんだのではないか、というのがその論拠だという。

「……で、それを小隊長は、真に受けたんですか」

基子はその話を通常待機中の第一教場で聞き、思わず笑ってしまった。

「真に受けたというか、そう指導しろという、下命があった」

「馬鹿馬鹿しい」

活動服の内ポケットから、箱を取り出して一本銜《くわ》える。

「……お前、吸うのか」

小野は、怪訝な目で基子の口元を見た。

「ええ。また吸い始めたんです」

セブンスター。タバコはやはりこれに限る。

窓際にいき、隊庭を見下ろしながら大きくひと口吐いた。大したことはないが雨が降っているので、今はどこも訓練には出ていない。

「しかしお前、馬鹿馬鹿しいはないだろう」

生真面目《きまじめ》な小隊長殿は、先の物言いに少々ご立腹のようだった。

だが、馬鹿馬鹿しいものは馬鹿馬鹿しい。

だったら逆に訊きたい。西大井の失態の原因が、一個班五人という単位にあったなどと、お前は本当に思っているのか。二人ひと組を徹底してホシに接近していたならば、死ぬのはその二人だけですんだなどと、本気で考えているのか。そんな馬鹿な話が、あるはずがない。西大井の爆弾は無線式だった。最終的に、全員が集まったところでドカンとやられたら、最小単位が二人だろうが五人だろうが、はたまた規定人員の六人だろうが、関係ないはずではないか。

悪い例ならいくらでも思いつく。

仮に班よりバディを重視したとして、作戦中に何か不都合が生じ、そこで、じゃあ先にいきますよと、先頭の二人が先行したとしよう。だがそのあとで、その後ろから近づいてくる者とは、一体誰なのだろう。

敵か。味方か。

敵だったら、瞬時に撃ってくるだろう。こっちは端から後ろをとられてるのだから、敵か味方かなど、見分ける間もなく殺《や》られるだろう。だがそこのところを警戒しすぎて、撃たれる前に撃ってやるなどと考え始めたら、必ず味方に誤射する馬鹿が出てくるだろう。そう。かつて訓練中に雨宮を誤射し、怪我を負わせた、あの臼井《うすい》のように。その臼井も、今はもうSATにはいない。先の事件で右足を切断する重傷を負ったと聞いている。ざまあ見ろだ。

そこまで考え、基子は煙を吐き出した。

「……何人で動いたって、駄目なときは駄目ですよ」

「じゃあ、どうしろというんだ」

最近、他人を哀れに思うことが多くなった。この、小野のような甘ちゃんは、特に。

「最後まで、テメェ一人で生き残れ。……そういってやるのが、部下に対するせめてもの思いやり、なんじゃないですかね」

いい終えて腰に手をやると、背後でどっと笑いが起こった。見なくても分かる。無事、試験入隊特別訓練を終え、正式に採用された基子の部下、制圧一班の五人の声だ。拍手までしてひと際大きな声で笑っているのは平山。「班長カッコイイーッ」と奇声を発したのは吉田だろう。

「伊崎……」

小野は、溜め息をつきながらそう漏らした。

——そんな、情けない顔をするな。あんた、小隊長だろう。

基子はかまわず彼に背を向けた。

「みんな、メシいくよ」

「はい」

歩き出した途端、すっと白石が隣に並んでくる。

今はこの白石守が、基子のバディだ。

午後五時十五分で通常待機の勤務は終わる。小野から簡単な訓示を受けたら、教場を出る。夜間待機当番に当たっている分隊への引き継ぎは小隊長がする。

「……以上。解散」

そういうのに付き合う班長も中にはいるが、基子はしない。面倒なことには一切係わらない主義なのだ。

「白石」

「はい」

彼は食事中でも移動中でも、常に基子の左横にいる。教場に入ってもしばらくは基子の隣を離れないし、勤務が終わってからもシャワー室前まではついてくる。そしてそれを、不思議と邪魔に思わない自分がいる。

「このあと、何か予定はあるか」

「いえ、ありません」

「じゃあ付き合え」

基子は小さく「背負い投げ」の動作をしてみせた。待機の日は、別の何かで体を動かさないとムシャクシャして仕方がないのだ。

「……ボクシング、ですか」

白石は、細めに整えた眉を片方だけ吊り上げた。若干「ヤンキー」な感じの顔つきだが、決して不細工ではない。それなりに整ってはいる。

「バカ、柔道だよ」

「ああ、すんません……付き合います」

軽くシャワーを浴び、着替えてから柔剣道場で落ち合う。稽古相手がいないと困ると思ったので白石を誘ったのだが、どうもその心配はいらなかったようだ。道場の半分に敷いた青畳の上では、すでに四人の男が柔軟体操を始めていた。ぱっと見、面識のある人間はいない。

「白石は、何段なの」

「二段です。班長は」

「あたしは段なし」

「でも、黒帯……」

「これはもらいもの」

初めて殺した男の形見だとは、さすがにいえない。

「でも強いから、遠慮しなくていいよ」

「ええ、しませんけど……」

遅れて柔軟体操を始めて、稽古に加わる。受け身、寝技、打ち込み、投げ込みをひと通りこなしたら、乱取り。

「よろしくお願いします」「お願いします」

まず二人ほど、その場にいた隊員と手合わせをした。一応、立って組んで倒しにかかるが、道着も畳も久しぶりなものだから、自分でも嫌になるほど動きがぎこちなかった。ここだと思って動こうとして、いや、これはレスリングじゃないぞと思い直す。体勢によっては、まだ腹の傷がチクリと痛む。そんなことで隙が生まれ、足を綺麗に払われたりもした。一本をとられてもおかしくない場面は三回ほど。こっちがとれそうだったのは一回もなし。

「お願いします」「よろしく」

三人目で、ようやく白石と当たることになった。

「あのさ、柔道とか、決めないでやろうよ」

「はぁ、いいっすけど……」

「殴りはパーで」

パーなら普通、腹には打たない。

「はい、分かりました」

少し距離を置き、基子の目礼で開始する。

まずはオーソドックスに構えて、左のジャブで間合いを計る。対する白石もオーソドックスだった。だが、やや体を開くような構えに空手というか、日本拳法の影響が見てとれた。

白石は打ち返してこない。基子が左のローを蹴ると、ちゃんと足を浮かせてカットする。

——そう。ちったぁ、できるってわけね。

そうなったら入り込んで左フック、右のボディアッパー。白石はガードしつつ、基子の奥襟に手を伸ばしてきた。だが、基子はその瞬間を待っていた。

——もらうよ……。

伸びてきた右手首をとり、相手の右腿に自分の右足を掛けて跳び上がる。

白石の目つきが険しくなる。基子の飛びつき腕十字を警戒し、前に屈《かが》みながら顔の前に左手をかざす。

——もらった。

実は、基子が狙っているのは腕十字ではない。首相撲《くびずもう》からの膝蹴りだ。空中で白石の頭を抱え込み、相手の袖を利用して死角を作り、もう一度右足で蹴り上げる。

「んグッ」

だが敵も然《さ》る者。すんでのところで基子の膝を受け止めた。

基子は着地し、いったん距離をとった。

白石は、こっちをゾクゾクさせるような、不敵な笑みを浮かべていた。

「……そういうのも、ありっすか」

「そう、なんでもあり」

そこからは、一転激しい打撃戦になった。

異変を察したか、いつのまにか他の四人は窓際、畳のないところに避難していた。ちらりと見ると、剣道の連中も手を休めてこっちの見物をしている。

基子は再び前蹴りで距離を作り、自らの体勢を整えた。

――けっこう、やるじゃんか……。

上下の打ち分け、蹴りを織り交ぜたコンビネーション。得意は右のフック系と見た。基子が道着をつかもうとしても、白石は二度とそうはさせなかった。むろんある程度は手加減しているのだろうし、拳ではないから骨がどうかなるようなことはなかったが、左脇腹の同じところに何度か掌打を入れられたのは、ちょっと悔しかった。

――だったら、奥の手出しちゃうよ……。

基子は右、ロングフックを繰り出す、ように見せかけながら、

――今だ。

素早く沈み込み、ロー・シングルのタックルを狙った。驚いたような呼気が頭上に聞こえたのと、狙った左足に指先が触れるのが同時だった。白石は足を引こうとしたが、それよりも早く、基子は彼の踵《かかと》をつかんでいた。

――もらった。

あとは基子の独壇場だった。

手前に引きつけ、相手の膝に肩を押し当てて自由を奪う。そのときにはもう裾もつかんでいたから、そう簡単には逃がさない自信があった。白石はうつ伏せになって逃げようとしたが、だったらと基子はスライディングの要領ですべり込み、白石の左足に自らの両足

を絡ませた。膝十字、足首固め、回られたらアキレス腱固め、踵固め、なんにでもいける体勢だった。だが手っ取り早く、膝十字に持ち込んだ。

「アギッ」

途端、白石の上半身は畳に突っ伏した。たぶん「降参」の意味で畳を叩こうと片手を浮かせ、だがそれで逆に支えを失い、反対の手がコケるか何かして、運悪く膝が極《き》まってしまったのだろう。基子が力を入れていないわりには、深く入ってしまった感があった。

基子はすぐに技を解いた。

「……大丈夫か」

白石は、突っ伏したまま苦笑いを浮かべていた。

「大丈夫です」

「すまない。そんなに絞るつもりはなかった」

「いえ、ちょっと自分が、のめっちゃっただけっすから」

仰向けになり、試しにというふうに膝を立てる。反射的に、眉間《みけん》にしわが寄る。だいぶ痛そうだった。

「ごめん……医務室、いくか」

白石はただかぶりを振った。

「我慢はするな。悪化してから恨まれても困る。明日の待機にも差し支える」

ハッと鼻息を吹き、白石はこっちを見上げた。

「俺だって、とったらヤるつもりでした。恨みっこなしです。それに班長……明日は、非番ですよ」

ああ、そういえばそうだった。

結局、白石は医務室にはいかなかった。基子が肩を貸したのもほんのちょっとだけで、着替えをすませたときにはもう、歩くのにも不自由なさそうなくらいに回復していた。

夕飯時の賑やかな食堂。その片隅に席をとる。

「何がいい」

「じゃあ、そのスポーツドリンクで」

同じものを自販機で買い、一本差し出す。

「いただきます」

「あ……うん」

白石は、決して左膝には手をやらなかった。痩せ我慢か、本当にもう痛くないのか――。

基子もひと口飲んでから、タバコを出して一本銜えた。

「……班長って、男いないんすか」

「ンッ」

火を点け、吸い込んだ瞬間だったので、ひどくむせた。

「ンーッ……うぅ」

「あ、すんません、なんか……」

スポーツドリンクの甘みもよくなかった。喉で何かがいったりきたりしている。呼吸も、気管が引っくり返ってしまったように上手くできない。

――ヤバい……。

そんなこんなしているうちに、本当に気持ちが悪くなってきた。

「大丈夫ですか、班長」

もはや答えることもできなかった。呼吸が整わない。テーブルに転げた吸い差しは、白石が拾って灰皿に入れた。

顔中に冷たいものが広がっていく。喉はごろごろと鳴るばかりで、一向に新鮮な空気を取り込んではくれない。白石が後ろに回り、背中をさすり始める。だがそれが、却ってよくなかった。

「ウウーェ」

信じられなかった。たったこれしきのことで、まさか自分が、人前で、吐いてしまうなんて――。

「班長ッ」

周りの何人かが心配して、雑巾《ぞうきん》だのなんだのを持ってきてくれた。中には女性もおり、大丈夫ですかと声をかけられた。だが、出しても出しても、一向に吐き気は治まらない。食事中に申し訳ないとは思ったが、どうすることもできなかった。

「医務室、いきましょう」

逆に白石にいわれ、頷かざるを得ない自分が情けなかった。

——どうしちまったんだ、まったく……。

肩を貸されて食堂を出る。医務室は建物のちょうど反対側だ。

誰かが貸してくれたタオルで口を覆って歩く。辺りにはまだかなりの数の隊員がいたはずだが、まったく目には入らなかった。隣の白石を頼りに、足下だけを見て歩く。

医務室に辿《たど》り着いた途端、勝手に診察ベッドに倒れ込んだ。今日の担当は、香坂《こうさか》というおばちゃん先生だ。

「おや、どうしちゃったの」

「あの、ちょっと、タバコとスポーツドリンクと、自分が変なことといってしまって……それで、むせちゃったんですが」

「ただ、むせただけなの？」

「いえ、それが、なかなか治まらなくて、ちょっと……というか大量に、戻してしまいまして」

二人が話している間も、ずっと基子はオエオエやっていた。また大きな波が上がってきたので、手洗い用だかなんだか知らないが、そこにあった洗面器をとっさに手繰り寄せ、

「ウゥーェ」

思いきり吐いた。

「あらまあ、大変だわ」

もう、出すものなど何もないのに、うねりだけが、あとからあとからせり上がってくる。それでも横になれたのがよかったのか、四、五分すると徐々に吐き気は治まっていった。

「……こういうことは、よくあるの？」

基子はかぶりを振った。先生は洗面器をいったん片づけてから、白石に所属を訊き、健康診断の結果をどこからか引っぱり出してきて眺めた。

「住んでるのは、寮か」

「……はい、月島です」

「帰れる？　今日」

このまま少し休めば大丈夫だろうと思い、頷いておいた。

「点滴でも、打ってあげようか」

「はあ……」

「なんだったら、吐き気止めとか……あ、でも薬使うんだったら、あれだね、妊娠してる

可能性とか、訊いといた方がいいわね」

別に照れる年ではないし、柄でもないのだけれど、それでもなんとなく、白石の前でそれに答えるのは気が引けた。

間で察したか、白石はわざとらしく咳払いをしてみせた。

「……じゃあ、自分はこれで」

「ああ、悪かったね……食堂の人たちにも、謝っといて」

「はい、分かりました。じゃ、失礼します」

彼が出ていき、戸が閉まるのを確かめてから先生に目をやる。

「……まあ、そりゃあたしだって、セックスくらいはするけど、妊娠はしてないと思いますよ」

生理なんぞ、半年にいっぺんしかこない。

「でも、手術して子宮とったわけじゃないんでしょう?」

「ええ、まあ……一応、まだありますけど」

そろりと、腹の辺りを撫《な》でてみる。

「確かに、妊娠しづらい子宮というのはある。でも、絶対に妊娠しない子宮というのはないの。そして、完璧な避妊方法というのも、残念ながらこの世には存在しない。だから、セックスをした覚えがあるのなら、妊娠の可能性は決してゼロではないのよ」

「はあ」

「最後のセックスから、何日経ってるの」

「えーと」

ジウに伸《の》されて監禁されて、木原に無理やり姦《や》られたのが、十二日か、その辺り。今日は十月の二十四日。

「十二、三日、かな」

「じゃあまあ、一応妊娠検査しとこうか。自費になるけど、千円くらいだから、別にいいでしょ」

「まあ……」

千円はかまわないが、と続けるつもりで「まあ」といっただけなのだが、
なんと、いきなり紙コップを差し出されてしまった。

「はい、じゃこれ」

「気分はどう。おしっこ、一人でとってこれる？」

おしっこ。ああ、そういえば、けっこうしたい。

「ああ……大丈夫、っすけど」

あれよあれよというまに、検査をさせられる破目になってしまった。

医務室向かいのトイレまでいき、便器にしゃがんだ瞬間は、また吐き気がぶり返すかと

思ったが、なんとか持ち堪えた。尿自体は、カップにとりきれないくらい大量に出た。

医務室に戻り、まだ湯気の立つそれを先生に渡す。

「はい。じゃあちょっと、そっちで休んでて……」

いわれた通り、再び診察ベッドに腰掛けた。

すると、脱いで置いておいたジャンパーのポケットで、買ったばかりの携帯電話が震えていることに気づいた。

――誰だよ……。

番号は以前と同じにしてある。身分証を提示したら、案外簡単に前のを使用停止にし、新しいのに番号を移してもらえたのだ。

開くと、ディスプレイには非通知と出ていた。

「はい、もしもし」

『ああ……その後、お元気でお過ごしですか』

ミヤジだった。

基子は慌てて医務室を飛び出した。

## 5

十月二十四日月曜日、夜十時。警視庁本部庁舎六階。

美咲たち「ジウ捕捉班」の捜査員は会議を終え、中層エレベーターの前で箱がくるのを待っていた。

「……そういえば、伊崎基子と、今朝は？」

四谷で小野警部補と密会してから三日。東は何かというと、寮で基子と会ったかどうかを訊くようになった。そして美咲は、毎日彼にかぶりを振り続けている。

「なんか、もしかしたら私、避けられてるのかもしれないです」

東は眉をひそめた。

「そういったって、あっちにだって守らなきゃならない時間ってものがあるだろう。そんな、好き勝手にずらせるものなのか」

「ああ見えて、けっこう早起きとか平気なんですよ、彼女。ぱっと寝られるし、ぱっと起きられる。ほんと、二十四時間臨戦態勢、みたいな人なんです」

前にいた石田が、聞き耳を立てるようにこっちを振り返った。あと周りにいるのは、石田班のデカ長一人と赤坂署のデカ長が二人。荒木班の人間はもう全員、前の箱に乗って下りていた。

石田が訊く。

「勤務は、普通にしているみたいなんですか」

彼を始めとするほとんどの捜査員は、伊崎基子がSATに復帰したことを知らない。東自身は、小野と会ったことを正直に、幹部たちに報告したのだが、三田村が会議での公表に消極的だったのだ。まあ、それはある意味、常識的な判断だったといっていい。SATの秘匿性《ひとくせい》の維持は何も警備部だけの義務ではない。警視庁全体のモラルでもあるのだ。そのため、検討されていた伊崎基子への事情聴取も、現在は棚上げになっている。

「……ええ。一応、真面目にやってはいるようです」

とそのとき、

「門倉さーん」

遠く背後で若い女性の声がした。振り返ると、顔見知りの刑事総務課職員が、廊下を小走りでやってくるのが見えた。

「はーい」

先にいっていてください、という意味で会釈し、美咲は少し廊下を戻った。

「なに吉本さん。どうしたの、こんな遅くに」

「ちょっと、残業が……でも、よかったです。さっきまだ会議中だったから、終わったらお渡ししようと思ってたんです」

はい、と彼女が差し出したのは、宅配便の伝票のついた袋だった。ちょっと紙の地が厚い、白くてテカテカしている、少しくらい濡れても大丈夫そうな、アレだ。

「ああ、ありがとう。ごめんね、わざわざ」

「いえ。間に合ってよかったです」

ぶんっ、と勢いよくお辞儀《じぎ》をし、彼女は踵を返して廊下を戻っていった。

伝票に目を移す。

——あっ……。

正直、タイミングがよすぎて、背筋が寒くなる思いがした。

差出人、伊崎基子。差出人住所は第六機動隊の所在地。受取人は、むろん門倉美咲。ただ所属部署名が「警視庁刑事部」のみになっている。これでよく届いたものだ。

——私一応、碑文谷署員なんだけど……。

しかしなぜ、あの伊崎基子が、自分に小包など送ってよこすのだろう。

「どうした」

石田たちは先に帰したのか、東一人がこっちに戻ってきた。

「これ……」

美咲は伝票が見えるように向きを変えた。

「……伊崎？」

東の目に、訝《いぶか》る色がありありと浮かぶ。

「中身はなんだ」

「分かりません。でも」

少し揺すってみる。

「すごく軽いです。やわらかいし……」

その感触から、真っ先にイメージしたのは服だった。だが基子から服を贈られる覚えはない。歌舞伎町に迎えにいったことに対して礼をするような人なら、そもそもあの場であんな態度はとらなかっただろうし、第一、何か渡したいのなら直接寮の部屋に持ってくればすむ話だ。

そう思い至り、伝票を改めて見た。それでようやく、美咲は気づいた。

「……主任。これ、伊崎さんの字じゃないです」

彼女の字は、実は意外なほど可愛いのだ。伝票にあるそれは、もっと男っぽい。

「なに」

東が覗き込む。まあ、見ても分からないとは思うが。

「じゃあ誰だ」

「さあ……でも、開けてみましょう」

ガムテープの封に手をやると、

「待て」

東は痛いほどの力で美咲の手首をつかんだ。だが美咲も、瞬時にその意味を解した。

伊崎基子の名を騙《かた》る、何者かからの贈り物。彼女は現在、ジウと接触した可能性がある、数少ない人物の一人と考えられている。ということは、この小包の送り主が、ジウである可能性も決してゼロではないということだ。つまりこれは、

――爆弾！

そういう可能性も、ないとはいいきれないのだ。

恐る恐る、封から手を放す。

「ばく、だん……？」

東は小首を傾げるだけだった。

「処理班、頼みますか……」

ここだと当然、皇居をはさんで向こう側にある、第一機動隊の爆発物処理班にきてもらうことになる。この時間に、ちゃんと待機しているかどうかは知らないが。

「……呼ぶのはいいが、もし違ったら、笑い者にされるだけじゃすまないぞ」

瞬時に、あの西脇刑事部長の般若《はんにゃ》面が脳裏に浮かんだ。

機動隊といえば警備部。その部長といえば、いわずと知れた西脇の天敵、太田警視監だ。

そんな構図の下で、爆発物処理班をこの警視庁本部庁舎に呼び寄せ、袋を開いたら、なんと中身はお洋服でした、では、確かにただではすまされない。そうなったら今度こそ、美咲はとんでもないところに飛ばされるに違いない。

「じゃあ、やめましょう……」

「持ってみて、どうだ」

「ですから、軽いです。とても」

「機械類は、入っていそうか」

下で支えている手に、少しだけ、力を入れてみる。硬い質の紙がボコッと凹《へこ》み、だがそれだけで、別にどうということはない。

「なんか、中身は、布っぽいんですけど」

「布……というと？」

「たとえば、服、とか……」

「貸してみろ」

東は、白手袋をはめて包みを受け取り、軽く揺すり、徐々にその振り幅を大きくしていった。やがて力を入れてつかみ、ぐにぐにと、揉《も》むようにして中身を確かめる。

「本当だな。服みたいだな」

「開けてみましょうか」

「ああ」

　廊下というのもなんなので、再び本部のある会議室に戻った。ドア口でちょうど綿貫係長とすれ違い、「どうした」と声をかけられたが、東は「なんでもないです」と軽くいってかわした。

　窓際の、テーブルの端っこに袋を置く。東はカバンからペンケースを出し、中からカッターナイフをつまみ出した。美咲も白手袋をして備える。

　目で頷き合い、東は封に刃を入れた。ぴりぴりと、布製のガムテープに切れ目が入っていく。

「おーい、帰ったんじゃなかったのかァ」

　三田村管理官が向こうの上座でいったが、美咲が大袈裟《おおげさ》に会釈をすると、彼は分かったような分からないような、小首を傾げて、あれ以来ずっと上座に置かれているテレビに目を戻した。ちなみに見ているのはニュース番組だ。

　袋が開いた。東は口を持ち、上に向けて中を覗いた。

「本当に、服みたいだな」

「ですね……」

　ビニールに包まれた、ピンク色のふくらみ。

「出してみましょう」

「ああ」

ぼこぼこと袋を鳴らし、姿を現したのは、綺麗に畳まれた、スウェット地の何かだった。どういう畳み方なのかは分からないが、ラインストーンがついているのは見える。だが、引っくり返してみて、二人で息を呑んだ。

——なに、これ……。

大きな、茶色いシミが付着している。警官ならば、いや、少なくとも刑事ならば、それがなんであるのかは瞬時に判断できる。

——血痕《けっこん》……。

黙ったまま目を見合わせ、今度は東が、ビニールを開けにかかった。丁寧にセロテープを剝がし、中身からビニールを引き剝がす。テーブルに広げると、それはとても可愛いデザインのパーカであることが分かった。

ただし胸の辺りには、大量出血といっていい大きさの血痕が広がっている。こうして見ると、いかに最初の状態が上手く血痕を隠す畳み方だったのかが分かる。要するに、広げたらほとんど血だらけなのだ。

そうなって初めて、美咲はまだ袋の中に小さな封筒が残っていることに気づいた。

「主任、これ」

「ん？」

白い、柄も何もない、コンビニでもどこでも手に入りそうな封筒。さっきのカッターで封を切ってみると、中からは数枚の写真が出てきた。

「なんだ」

「分かりません……」

ひどく暗い写真だった。光量が足りないお陰で、ピントも合っているようないないような感じだ。屋外か屋内かも判然としない。ただ、ぼんやりとした明かりが当たっているだけの空間。そんな、妙に殺風景なところに二つ、座り込んでいる人影がある。地面は土やアスファルトではなく、たぶんコンクリートだ。カメラアングルはかなり高めだ。

「この服って……」

「ああ」

写真右側にいるのは、髪をお団子《だんご》に結った十代と思しき女の子だが、その娘の着ている服が、今ここに広げられているパーカとよく似ているのだ。

二枚目を見ると、写真左側に座っていた人物が、右の娘の髪をつかみ、喉元に手をやっている。

またもや美咲は、息を呑んで言葉を失った。

「どうした」

「これ」

左の人物を指すと、東も悟ったようだった。

「伊崎、基子か」

頷くと、さらに顔を寄せて注視する。

「ひょっとしてこれ、ナイフで、刺してないか……」

皮膚の下で、血がざらざらと砂になっていくような、そんな怖気《おぞけ》に美咲は震えた。

止まってしまった美咲の手から、東は写真を引き取って自分で見始めた。

手早くめくっていく。写真は時間通りに並んでいたようで、順番に見ていけばそこで何があったのか、おおよそ分かるようになっている。

喉元を刺された少女は、次の一枚ではその場に倒れていた。そして次の一枚ではもう一人、今度は男と思しき後ろ姿が登場してくる。その男は五枚目で、基子らしき女性に棒状の何かを向けている。写真は、その五枚で全部だった。

もう一つ美咲は、非常に嫌なことに気づいてしまった。だがそれを、自分の中で整理し終えるより先に、東がいった。

「この娘……宇田川舞に、似てないか」

都合よく意識が失われるのならそうしたい。今はそんな気持ちでいっぱいだ。

「確かに……似てます」

東は静かに溜め息をついた。

「これを、額面通りに受け取るとしたら、宇田川舞はすでに死亡しており、彼女を殺害したのは伊崎基子であると……そういうふうに、解釈するほかないな」

ＳＡＴに異動する前の、伊崎基子の動向には三日間の空白がある。十月十一日から十三日。宇田川舞の行方が分からなくなったのが十二日。以来彼女は松濤の家には帰っておらず、連絡もとれなくなっている。

嫌らしいほどに、二つのピースは、カッチリと組み合わさる。

東は上座に背を向けるようにして、ピンクのパーカをビニールに戻し始めた。袋の表にあった伝票は丁寧に剝がして、カバンから出した新しい封筒に保管した。

「これ、鑑識に持っていこう」

パーカの袋を示す。

「あの、管理官とかに報告は」

「しない……だが、間に合うかな」

東は、ひどく険しい目つきで腕時計を見た。

六階の連絡通路から警察総合庁舎に渡り、あとは階段で下りる。その途中、東は携帯で誰かを呼び出した。

「……あ、東だ。今どこだ……よかった。至急〝ヒ〟で〝モン〟を探ってくれ」

つまり、秘密で指紋を採取してくれ、という意味だ。

「分かってるよ。お前に迷惑はかけない。いま持ってくから」

それだけいってパタリと閉じる。

「後輩の方、ですか」

「いや、同期だ。まだ〝サ〟だがな」

つまり「まだ巡査」。東と同期なら、とっくの昔に「巡査長」といったところか。

二階まで下りて鑑識課に入る。ここには庶務係、現場係、資料係、指紋係、写真閲覧室などがある。部外者が出入りしても、さして不自然ではない。

東は、スーツ姿でこっちに歩いてくる男に軽く手を上げた。だいぶ前髪の寂しくなった、銀縁眼鏡の、小太りの男だ。彼は、落ち合おうとするように写真閲覧室の前で立ち止まった。東も小走りでそこまでいく。

「すまんな、高木」

「……勘弁してくださいよ。もう帰るとこですよ」

「まあそういうな。これ、至急な。頼むぞ」

彼、高木巡査長が、助けを求めるような目でこっちを見る。だが、美咲にはどうすることもできない。できるのはせいぜい、苦笑いで会釈を返すことくらいだ。

「明朝までに結果を出してくれ。それから」

　東がこっちを振り返る。

「名刺、一枚くれ」

「あ、はい」

　いわれるままに差し出す。それを東は高木に渡した。

「彼女、さわってるから。それだけは除外してな」

　全警察官の指紋・掌紋は、あらかじめ警察庁のデータベースに登録されている。名刺さえ渡しておけば、あとは証拠品上のそれと簡単に照合できるというわけだ。

　高木は、悲しそうな目で美咲の名刺を見つめた。

「……こっちも、いろいろ忙しいんですよ。明日だって……」

「そんなことは分かってる。だから恩に着ると、いつもいっているじゃないか」

「いうだけじゃないか、君はいつも」

「いわない方がいいのか」

「だからぁ……」

「あいにく俺も忙しいんだ。任せたからな、明朝までに頼むぞ」

　また軽く手を上げ、踵を返して出口に向かう。

「よろしく、お願いしまぁす……」

　できるだけ軽い感じでいい、美咲も東のあとを追った。

きっと、こんなふうに束に使われちゃう人って、警視庁には、他にも何人かいるんだろうなと、美咲は思った。

伊崎基子は、本当に宇田川舞を殺したのだろうか。

もしそうだとしたら、一体なんのために。

あの日、大久保公園のゲートに寄りかかっていた基子は、本当にボロボロといった感じだった。加害者か被害者かといえば、明らかに後者の印象だった。

そしてあの電話。あの男は、基子を「預かっている」といった。美咲が引き取りにいかなかったら、基子が「命を落とすような事態になるかもしれない」とも。

美咲はこのところあがってきた情報を総合し、基子はあの前の三日間、どこかに監禁されていたのではないかと考えるようになっていた。それも十中八九、ジウの手によって。

ただ、電話の男の口調はかなり知的で、外国人を思わせる訛《なま》りもまったくなかったため、また新しい日本人の仲間を得た可能性があることは考慮に入れていた。

それらの仮説と、宇田川舞の殺害は、今のところ、どうやっても結びつかない。

確かに、宇田川舞はジウに心酔していた。少なくとも印象としてはそうだった。しかし彼女は、あくまでも誘拐事件の被害者だった少女だ。その舞を、いわば同じ目に遭った伊崎基子が殺すというのは、一体どういうことだ。

意見を求めると、東は長い溜め息をついた。

「……写真に関しては、さほどはっきり写っているわけではないからな。印象、仮説の域を出ないし、送り主の意図が分からない以上、鵜呑《うの》みにはできない内容だ。ただ、指紋が出る出ないに拘《かか》わらず、DNA鑑定の必要はある……明日辺り、ちょっと松濤までいってみよう。それで、なんとか上手いことといって、奥さんの口内細胞をもらってこよう。こんな事態だ。とりあえず母親だけ特定できれば用は足りる。あの血痕が宇田川舞のものかどうか、まずそこをはっきりさせる。それからブツの輸送経路だ。コード番号があるから、発送を受けた店舗の特定はまず問題ないだろう。できればそれがコンビニで、送り主が防犯カメラに映ってくれていると、ありがたいんだがな」

美咲は黙って頷くほかなかった。

——伊崎さん……。

基子のことを信じたい気持ちは、今なお強くある。彼女が人殺しかもしれないだなんて、そんな恐ろしいことは、できることなら考えたくはない。

だからといって、基子は絶対に人を殺すような人間ではないと、そう断言することもまた、美咲にはできなかった。もしかしたら、何かの弾みでやってしまうかもしれない。そう思わせる何かが、彼女の中にあるのは確かなのだ。特にあの「温度のない笑み」を浮かべた基子には、ある種の狂気すら宿って見えた。

――伊崎さん。

本部庁舎を出て見上げた空は、妙に深く、暗く感じられた。

一瞬、もう雨は止んだかと思ったが、街灯の辺りに目を凝らすと、まだけっこう降っていると分かった。

# 第二章

## 1

基子は「待って」といって小走りし、慌てて隊庁舎の玄関に向かった。その間もミヤジは喋っている。

『あれから、すぐにご連絡を差し上げられず、大変失礼をいたしました。言い訳というのではありませんが、こちらも何かと、バタバタしておりましたもので』

ようやく外に出た。暗くてよく分からないが、まだ少し雨は降っているようだった。

「何よ。なんの用」

傘は、持っていない。

『特別、何か用というのではありませんが、今夜辺り、お時間はいかがですか』

「時間ったって……」

来賓《らいひん》用の傘立てにビニール傘が差さっている。あれをもらおう、そう思って手を伸ばすと、

『あ、けっこうですよ』

ミヤジは遮るようにいった。

「何が」

『傘は、必要ありません』

「は？」

ぞくりとして辺りを見回す。

「……見てるの？」

『お時間は』

「答えてよッ」

芝居がかった高笑い。あの日の、バーカウンターの中のミヤジが、すぐ後ろにいるような錯覚に陥る。

『……今、門の正面に、黒塗りの車が停まっているのが、ご覧になれますか』

暗い通りに目を凝らす。確かに、街灯の明かりを浴びるそれらしき影はある。

「ああ、見えるよ。それに乗ってんの」

『いえ、私は、そちらにはお伺いしておりません』

「じゃなんで、傘はいらないなんて……」

『それは、見えているからです』

車にカメラでも積んでいるのか。それとも別のどこかに設置してあるのか。

『……私はいつでも、あなたを見ています。あなたのすべてを、私は見つめています』

車じゃないのか。だったらどこだ。どこにある。

『きょろきょろしても無駄ですよ』

畜生。

『お時間は』

もう、観念するしかあるまい。

「……ああ、別にいいよ」

『よかった。ではその車に、お乗りになってください。私どものところまで、ご案内いたします』

携帯をしまい、基子はそのまま、傘は盗《と》らずに歩き始めた。

車は、いわゆるリムジンというやつだった。門の前で傘を持った運転手に迎えられ、後部座席へと導かれる。

この一週間、つまりSATに復帰してからはずっと、バッタもんのフライトジャケットに長袖Tシャツ、ジーパンというスタイルで通していた。その恰好でリムジンに乗るのに気後れを感じないといったら嘘になるが、すぐに、招かれたのだから文句はないだろうと、心の内で開き直った。シートの一番後ろにどっかと座り、遠慮なく車内を眺め回す。

運転席より後ろの窓には、すべて黒のスモークフィルムが貼られていた。また行き先を教えないつもりか、と思ったが、運転席との間に仕切りの類はない。車が動き出しても、そこを何かが塞ぐことはなかった。今回は別に、どこにいくのか知られてもかまわないというわけか。

「ねえ、どこにいくの」

聞こえないはずはないのに、運転手は答えない。

「ちょっと、どこにいくのかって訊いてるのよ」

黙ってハンドルを右に切る。

「おい、そこらのタクシーの運チャンだって、客が話しかけたら無視はしないよ。それとも何かい、お上品な運転手さんは、あたしみたいな泥臭いのとは喋るのすら虫唾《むしず》が走るかい」

ようやく、運転手は背後に注意を向けるような仕草を見せた。

「……ミヤジ様に、余計なお喋りは慎むよう、申し付かっておりますので、ご容赦ください」

基子は左のウィンドウに蹴りを喰らわせた。その下の棚に並べられたシャンパングラスが、揺れてガシャガシャと音を立てる。

「あたしは迷子の仔猫ちゃんじゃないんだよ。まっすぐ前向いてりゃどこに向かってんのかくらい分かるんだ。その、いずれ分かることを嫌味ったらしく教えねえで黙ってて、ここにあるグラスを全部叩き割られるんじゃ、いくらあのお金持ちのミヤジさんだって悦びゃしないと思うけどね」

アンッ、と怒声を上げながら棚を蹴る。実際に二、三個割れたような音がした。

「それは、あの……か、歌舞伎町……です」

「最初っからそういやいいんだよ」

濡れた町並みが正面の窓に現われては消える。大井を過ぎて山手通りに入り、目黒、渋谷と北上していく。少し、道は混んでいる。

「あれなの、あんたは、ミヤジのお抱えなの」

まただんまりだ。

「あのさあ、答える気がないんだったら、音楽かけるかなんかしなよ。けっこう退屈なんだよ、せまいとこでじっとしてるのは」

運転手が左手で何かを弄ると、オーケストラの奏でるクラシック音楽が流れ始めた。

「舐《な》めてんのかオラッ」

一つ、グラスをつかんで前方に放る。フロントガラスに当たり、それは見事、微塵《みじん》に砕け散った。運転手は首をすくめ、呼気を漏らしたが、それでも悲鳴はあげなかった。なかなかいい根性をしている。

まもなく、クラシックはロックに替えられた。誰の曲かは知らないが、そこそこハードな洋楽だった。

「うん、それでいいよ……」

歌は恫喝《どうかつ》、あるいは呻き声。ギターは排気音。ベースは、よく分からない。ドラムは異様に金属的かつ連続的で、マシンガンの銃声を思わせた。ハードロックやヘヴィメタルを、識者が邪悪な音楽だと定義するのはよく分かる。確かにこの手のを聴いていると、人の一人や二人ぶち殺したい気分になってくる。

後ろからその運転手の首を絞め、体を硬直させた彼が誤ってアクセルを強く踏み込む。リムジンはそのまま歩道に突っ込んでいく。そんな光景を想像する。通行人を撥《は》ね、何人かはフロントガラスに激突し、視界は徐々に、血の色で塗り潰されていく。

タイヤは人肉を踏み、骨を嚙み、内臓を絡みつかせながら回転し続ける。怒った群衆はゾンビのように両手をかざし、この車に押し寄せてくる。それでも奔《はし》る。車は奔る。屍《しかばね》を乗り越えて、血溜まりの血を撥ね上げて疾走する。黒塗りのボディは、いつのまにか人肉の脂肪でドロドロだ。今度はそれを、カラスがついばもうと寄ってくる。

カツカツと黒い嘴《くちばし》がボンネットをつつく。奔りながら、この車は血と肉と、黒い羽の塊になっていく。地獄の暴走リムジン。いい。なかなかいい。実にハードロック的なテーマではないか。

「……到着いたしました。こちらです」

いつのまにか、車は停まっていた。運転手がドアを開け、穏やかに「降りろ」と手で示している。

「ああ……」

従うと、彼は「ご案内いたします」と基子に傘を傾けた。

車は歌舞伎町のど真ん中、東宝会館裏手から二丁目に渡った辺り、真っ黒いビルの真ん前に停まっていた。入り口にある目隠しのような衝立《ついたて》が、ややラブホテルを思わせる建物だ。

運転手は基子を招き入れて傘を閉じ、自ら先に立って階段を下り始めた。

「地下ですので」

改装されたばかりのようで、まだ左右の白い壁からは接着剤や建材の臭いが染み出してきていた。

一度折り返して地下一階まで下りると、少し広くなったそこには開店を祝う花がいくつも飾られていた。「新世界」という店名が、実にミヤジらしい。

「どうぞ」

運転手が、黒く分厚い木製のドアを開ける。中はだいぶ暗い。ブラックライトだろうか、うっすらとした青黒い光で、かろうじて様子が分かる程度だ。

そこは左に向かう長い廊下になっていた。導かれるまま運転手についていく。少し下り坂になっている。突き当たりまできて、正面のではない、右手の扉を開けて入り、また長い下り通路をしばらく進む。

微かに聞こえていた喧騒が、徐々に大きくなってくる。さらにもう一つ角を曲がり、突き当たりにある金属製の扉を開けると、ようやくメインフロアであろう場所に出られた。こもっていた喧騒が、急に現実的な刺々《とげとげ》しさを帯びる。

「こちらです」

かなり広い店だった。なんとなく、一度だけいったことのあるディズニーランドを思い出した。あの中にあるレストランに、ちょっと雰囲気が似ている。外周を囲む通路は回廊のように高くなっており、そこから中心に向かって、段々に低くなっていくすり鉢構造をしている。一番低い真ん中は、スケートリンクのように広く開いている。運転手はその一角にあるドリンクカウンターを目指しているのか、斜めに架かったステップを下りていった。

またその、店の中心にいる連中が妙だった。ピエロの恰好をしていたり、悪魔のように角と尻尾を生やしていたり。服装自体は普通でも、よく見ると耳が尖《とが》っていたり、瞳がヘビのように黄色かったりする。

ミヤジはというと、そんな光景をカウンター席で愉快そうに眺めていた。今日は着物ではない。黒のタキシード姿だ。

「いらっしゃいませ。お待ちしておりました」

トンとスツールから下り、隣の席を勧める。運転手は一礼し、そのまま下がっていった。

「……何よ、これ」

見回しながらいうと、ミヤジは悲しげに眉をひそめた。

「お気に召しませんか。私は、なかなかだと思うのですが……。そもそもここは〝J〟というSMクラブでしたが、あまりにも評判が悪いのでね、今回別の形にしてみたのです」

「なんていうの、こういう店」

ちなみにBGMは、基子の耳にはインド民謡のように聴こえる。

「さあ、なんでしょうね。今ふうにいうと〝クラブ〟なのでしょうが、ちょっと若い子向きではないかもしれませんね。だからまあ、あえてシンプルに〝新世界〟と、それだけにしてみたのですが」

つぶさに周りの席を見ていくと、実は誰一人まともな奴がいないことが分かってくる。死神も、狼《おおかみ》男も、鬼も雪女もいる。要するに「新世界」というのは「仮装パーティクラブ」なわけか。

「こんなとこに呼び出して、なんだってのよ……」

「まあ、そう怖い顔をなさらないでください」

重ねて勧められ、基子はスツールに腰掛けた。ミヤジも並んで座り、バーテンを人差し指で呼ぶ。

「お飲み物は」

「あんたの店じゃ、どうせロクでもないもんしか置いてないんだろう」

「そんなことはありませんよ。普通のビールも、普通のウィスキーもございます。ただ、旧知のお客さまは、必ずお薬の入っているものをご注文くださいますが」

なるほど。ここは「仮装クラブ」というよりは「違法薬物居酒屋」なわけか。

「あたしは一見《いちげん》だから。普通のビールをちょうだい」

ミヤジが頷くと、バーテンは早速ビアサーバーの方に踵を返した。

改めて店内を見回す。そう思ってよく見ると、ボックス席で腕に注射針を刺しているミイラ男がいる。また別のボックスではミニスカポリスふうの女が、コカインか何かをせっせとスニッフィングしている。

「ねえ、こんなこと大っぴらにやってて平気なの。所轄にガサ入れられたりしないの」

なぜだろう。ミヤジは驚いた顔をした。

「おや、お気づきになりませんでしたか。ここはごく限られたお客様だけをお招きする、いわばＶＩＰフロアです。普通のお客様は、通るドアから通路から違いましてね。通常、警察の方はその一般フロアの方にお通ししますから、特にトラブルに発展する心配はございません。……まあ、そうなる前に情報くらいは入りますので、こちらも対処いたしますがね」

「はあ……そうなの」

基子は出されたビールをひと口飲んだ。吐いて空っぽになっていたので、やけにその冷たさが胃に沁《し》みた。

黙って飲んでいても仕方ないので、基子から切り出すことにした。

訊きたいことは二つ。雨宮のことと、聞き覚えのある声の、あの男のこと。だが実際、雨宮のことはどう尋ねるべきか決めかねた。

「……ねえ。そういやあの日、あんたを訪ねてきたのって、結局、誰だったの」

「はい？」

ミヤジは、琥珀色《こはくいろ》の液体が入ったロックグラスをコースターに戻した。織物の、ちょっと渋い感じのコースターだ。

「だから、あたしをベッドルームに押し込んで、そんで誰かきただろう。あれだよ」

「ああ、あれは……」

と、ミヤジが漏らすと同時に、

「ボクだよッ」

すぐ後ろで甲高い声がした。驚いて振り返ると、顔を銀色に塗り、サングラスをかけたピエロのような男が立っている。衣装は紅白のストライプだ。

「なに」

「ボクだよ、ボクッ」

ミヤジが声を立てて笑う。

「およしなさい、驚いていらっしゃる」

「ボクなのにッ」

銀色の頬を膨らませて怒った顔をする。むろん、基子には誰だか分からない。聞き覚えがあるように思った声も、こう甲高く裏声を使われては記憶を手繰る材料にはならない。

「誰だよ、お前」

「ボクは〝ジョーカー〟さッ」

くるりとステッキを回してポーズをとる。なかなか芸達者な奴だ。一応、均整のとれた体格で、身長は百七十五センチほど、と覚えておこう。

「お前だろう。門倉美咲に連絡して、そこの大久保公園まであたしを迎えにこさせたのは」

「そうだよ、ボクだよッ」

「なんで、そんなことしたのさ」

「内緒さッ」

「教えろよ」

「やだよッ」

「ぶっ殺すぞ」

「うえーんッ」

またその、泣き真似がやけに様になっている。

「……要するに、まだ時期ではないということです。勘弁してやってください」

その言葉を合図とするように、彼、ジョーカーはぺこりとお辞儀をし、頭を下げたままくるりと反転した。こっちに背を向け、今度はチャップリンのような歩き方で去っていく。

「あんなチンドン屋まで仕込んで……あんた、あたしに何をやらせようっていうの」

ミヤジはグラスの中で、氷をころりと転がした。

「申し上げたはずです。私どもは、何かをやらせるとか、そういう強要は一切いたしません。それぞれの方の意思を尊重しております。まあ、協力のお願いをすることはあるかもしれませんが、あくまでも強制ではないということを、重ねて申し上げておきます」

「じゃあミヤジさんは、あたしに何をしてほしいの」

「今のところは、普通に勤務を続けていただくのがよろしいかと存じますが」

「……が？」

にやりと、ミヤジは片頰を吊り上げた。

「まあ、まだ別段、これといったことはありません」

拍子抜けし、基子はまた店内を見回した。ジョーカーの姿は、もうどこにも見当たらなかった。

「ねえ、ジウはいないの」

ひと口、ミヤジはウィスキーを含んで頷く。

「……おりますよ、今夜は。たぶん、あっちに」

ミヤジが指したのは、すぐそこのステップを上ったところにある非常口だ。

基子は、くるりとスツールを回して飛び下りた。

「あ、ちょっと」

肩をつかまれた。見かけより凄い握力だ。

「なによ」

「よしてください」

「なにを」

「また、喧嘩をなさるおつもりなのでしょう」

鼻で笑ってやった。

「今日はしないよ」

「本当ですか」

「ああ。開店祝いなんだろ」

踏み出すと、ミヤジは諦めたように手を放した。

「しかし、もうすぐショーが……」

客は化け物ぞろい。季節も近い。ショーといっても、どうせハロウィーンみたいなものに決まっている。

「興味ないね」

基子は肩越しに手を振り、非常口へと続くステップを駆け上った。

目指すのは、あのどこにでもある緑の非常灯、その下にある扉だ。鉄製で、周りの壁と同様にサイケデリックな花模様が描かれている。

頑丈そうなレバーを押し下げ、手前に引く。

まず、扉と枠の隙間から漏れてきたのは、砂の臭いのする湿った空気だった。見えたのは、コンクリート剝き出しの階段。左手に上っていっている。

「……ジウ」

その五段目辺りに、彼は膝を抱えて座り込んでいた。十数段上には踊り場がある。そこから届く緑がかった蛍光灯の明かりが、彼の端整な横顔をぼんやりと浮かび上がらせている。

「なにやってんのあんた。こんなとこで」

応えはない。だが眠っているわけではない。ちゃんと目は開けて、こっちを見ている。基子のいっていることも、一応は耳に入っている様子だ。

「飲みに、いかないの」

依然、これといったリアクションはない。

基子は溜め息をつき、閉めたドアに背中を預けた。

「……ねえ、聞いてる？」

瞬《まばた》き。それが返事なのかどうかも分からない。

「まあ、いいけど……」

店内がにわかに騒がしくなった。それでもここは、まだ話ができる程度には静かだ。

「……あんた、最初はあたしを、殺すっていってたのに、やめたんだってね。どうして？簡単に勝っちゃったから、殺す価値もないって感じ？」

一度こっちを見て、またすぐ視線を逸らす。

「なんでよ。なんで殺さなかったの。なんだったらもう一回、ここでやってやったっていいんだよ。今度はあんな、チャチな手は喰わないからね。負けないよ」

すると、彼は初めて、基子の言葉に反応した。

「もう……お前は、やらない」

ゆるくかぶりを振る。

「なんでだよ。なんで」

そのときだ。ドアの向こうで、ドバンッというか、バーンというか、とにかく、何かが炸裂する大きな音が響いた。

「なに」

彼に動じた様子はない。

「今の、なに」

答えない。その代わり、目で「いけ」と示す。自分でいって確かめてこい。そういう意味に受け取れる。

「……分かった」

彼に背を向けないよう注意してドアを開け、基子はフロアに戻った。

すぐに、すり鉢の中心を見下ろせる位置に立つ。

真ん中では、客のざっと三分の一か四分の一、三十人くらいが半身で寄り集まり、何かを覗き込んでいた。大半は中腰になっている。よく見ると、固まりの真ん中からは青白い煙が立ち昇っている。

すぐそこ、階段の下まできていたミヤジが手招きをする。基子が下りていくと、彼はそっと手をとり、煙の方にいざなった。

近づくにつれ、それが実は、よく知った臭いの煙であることが分かってきた。

じっと動かない人の固まりに、ミヤジがいう。

「さあ、ちょっとどいて、見せておくれ」

虫の群が散るように、化け物どもの人垣が左右に割れる。

彼らは全員、手に、拳銃を握っていた。見れば中にしゃがんでいたりもするから、さっき目で数えたよりは、だいぶ多かったのだと分かる。だいたい五十人くらいか。当然拳銃も、同じ数だけあることになる。

――ジウが、集めてきたやつか……？

そしてその、人の固まりは、実は何かを取り囲んでいたのだった。

それは、人の体。頭と四肢のある肉塊。

――なんで……。

大の字の死体。

さっきまではこれを、拳銃を持った五十人が取り囲んでいた。

そう。この五十人は、いっぺんに撃ったのだ。一斉に取り囲んで、五十の銃口を突きつけ、いっせーので撃ち殺したのだ。

むろん死体の着衣は穴だらけだ。顔も潰れたスイカのようになっている。もはや裏も表もあったものではないのだが、つま先の向きから、かろうじて仰向けであることは分かる。周りの床には、黒い血が音もなく広がり始めている。

「分かりますか。運転手ですよ」

基子も、なんとなくそんな気はしていた。

「彼は私が禁じたにも拘らず、あなたに行き先を、歌舞伎町だと告げた。これは、その報いです」

どこかで、カカンッ、と音がした。それを合図とするように、目の前の五十人は、再び一斉に拳銃を構えた。いや、見回すと、すり鉢ではない遠い場所の客も全員、拳銃を構えている。百は軽く超えている。百五十か、あるいは二百か。

それだけの銃口が今、一斉に、基子を狙っている。

「……まあ、よくあることですよ」

ミヤジが右手を上げると、またカカンッ、と鳴った。

すべての銃口は下げられ、客たちはまた各々の席、各々の場所に散っていった。再びBGMが流れ始め、何事もなかったように、どこかで笑い声が弾《はじ》ける。

向こう正面を、あのジョーカーが歩いていくのが目に入った。

ステッキ。さっきの合図を出していたのは、奴か。

## 2

十月二十八日、金曜日。

すでに『沙耶華ちゃん事件』発生から約一ヶ月半、竹内亮一以外の被疑者を起訴してから三週間が経過していた。さらにいえば捜査本部が再編され、六階の会議室に下りてきてから十九日、東が小野と密会してから一週間が経っている。

この一週間の間に、参議院では消費税引き上げに関する法案が否決され、即日内閣総理大臣である大沼《おおぬま》堅次郎《けんじろう》が衆議院の解散を宣言した。またどこかの温泉町では小学生女児がサルの群に襲われて重傷を負い、美咲の個人的な出来事でいえば、踵の減ったパンプスを思いきって二足捨て、新宿伊勢丹で新たに三足購入した。しかも勤務中に、東に付き合わせて。

――それくらい、いいことがあったって、いいじゃない……。

このところ、歌舞伎町及びその周辺地区における「ジウ捜索」は、完全なる足踏み状態に陥っていた。確かに、荒木班は「ジウと伊崎基子が十一日夜、歌舞伎町で追いかけっこをしていた」という目撃情報をあげ、その後は多少、ジウに関する情報も出てはきた。

たとえば美咲たちの当たった歌舞伎町の北西、職安通りを渡ってすぐ、百人町一丁目にある「早川不動産」という会社の、女子社員の証言。

「ごくたまにですけど、歩いてるのを見ますよ。ああ、綺麗な人だなって思ったんで、覚えてるんですけど。たぶん、ブラブラしてるだけなんだなって、思いました。だって、私がそこの道をホウキで掃いてる間に、二度前を通ったんですよ。しかも、二度ともあっちから。それって、この周りをくるくる回ってるってことでしょう？」

たまに、というのはどれくらいの頻度かと訊くと、せいぜいふた月か三月にいっぺんだという。通算どれくらいかというと、三回かそこら。また見たら知らせてくださいと名刺を渡すが、そういうところから連絡が入ることは一度としてなかった。

そんな空振りは、別に美咲たちに限ってのものではない。基子と例のフリーライター、木原毅の関係を調べようと、目撃された店「きよみ」に聞き込みにいった沼口組も同様だった。

店主が二人に二階を貸したことは確認できたが、ジウに関しては見たことも聞いたこともないという。木原とはどういう付き合いかと訊いても、古い客という以上の間柄ではない、しかもあの夜に二階を片づけて帰ったあとは、ぱったりと姿を見せなくなったという。

手がかりに指はかかるのだが、なかなかつかむまでには至らない。するりと逃げるように、あるいは煙のように立ち昇っては消える。美咲たちにとってジウとは、まさにそんな、幻のような存在だった。

一方、嫌な収穫はあった。例の、美咲のもとに届いたピンクのパーカだ。

鑑識課の高木によれば、パーカ本体やビニール袋から、これといった指紋は出なかったという。宅配便の袋の外側からはいくつか出たが、いずれも前科はなし。その位置から、おそらく配送に携わった業者のものだろうと推測できた。

美咲たちも発送を受理した業者を割り出して当たってみたが、残念ながらこれが、防犯カメラのあるような店舗ではなかった。荷物の伝票整理をしていた配達員が、路上で声をかけられて集荷したのだという。場所は永代《えいたい》通りの路肩、住所でいえば江東《こうとう》区南砂。若いサラリーマンふうの男だったとの証言は得られたが、彼の担当区域に思い当たる人物はおらず、モンタージュが作れるほど記憶も定かではないという。

そんな頃になって、ＤＮＡ鑑定の結果が出た。

パーカに付着していた血液は、やはり宇田川舞のものだった。

さすがに、その結果は綿貫に報告した。

「なぜ真っ先に、それが送られてきたことを報告せんのだ」

綿貫は三田村に、三田村は和田一課長に報告を上げた。幹部連中はいきり立ち、美咲たちを課長室に呼びつけたが、東はいとも簡単に反論してみせた。

「これは門倉巡査個人に届いたものです。私の独断で鑑識にモンを採らせ、ＤＮＡ鑑定に回したのは越権だったかもしれませんが、別に順序が間違っていたとは思いません。……

たまたま、本件と密接に係わる結果が出たので報告したまでです。もしそうでない結果が出たら、たとえばこれがブタの血だったら、門倉個人に対する単なる嫌がらせということになります。そんなことまで会議で報告したら、時間の無駄だからよせと仰《おっしゃ》る方も、この本部にはいらっしゃるのではありませんか」

それ以上、東を追及する声は上がらず、このパーカについては本部発表という形で報告されることになった。

むろん、五枚の写真についても公表したので、基子に直接事情聴取をしてはどうかという意見も、本部内では再びあがった。だがその案も東は封じ込めた。もう少しネタがそろってからでないと、みすみすジウを取り逃がすことになりかねないというのが表向きの論拠だが、彼の心根には、送り主の思惑に踊らされてはならないという思いも、少なからずあるようだった。

そんな朝の捜査会議を終え、出かける支度をしていたら、和田一課長に呼び止められた。

「東、ちょっといいか」

「……はい」

まだ小言に続きがあるのかな、と思ったが、そうではなかった。

「出る前に、やってもらいたいことがある」

「かまいませんが、なんでしょう」

和田は周囲に目を配り、一瞬、美咲にも目を留めたが、追い払われることはなかった。もはや自分は、刑事部公認の「東専用腰巾着《こしぎんちゃく》」なのか。

　辺りの者が出口に向かってから、和田は切り出した。

「実は公安部が、竹内関連の捜査資料の公開を求めてきた」

　目の前にある、東のアゴの筋肉が、キュッと硬く締まるのが分かった。

「……なぜ、公安が」

「西大井では爆弾が使われた。あれをテロと睨むのは別段無理のある話ではない。爆弾を仕掛けたのがジウである可能性がある以上、それと繋がりのあった竹内について公安が知りたがるのも、また至極《しごく》当然だろう」

「課はどこですか」

　和田は一瞬言い淀《よど》んだ。

「……一課だ」

　公安一課といえば、暴力主義的破壊活動をする極左集団を監視し、取り締まる部署だ。公安は、ジウや竹内、西尾らを、極左集団の一員と認識しているのか。

　東が不快そうに眉をひそめる。

「……課長。竹内はあくまでも葛西のマル被（被疑者）です。西大井の爆弾にかこつけて資料の公開を求めるのは納得がいきません。それともなんですか、公安は竹内と西尾、あるいはジウを包括する極左組織の特定に成功したとでもいうんですか」

「そう、カッカするな東」

なぜか和田に、チラリと目を向けられた。特に、美咲に何かいえる場面ではないと思うのだが。

「……十一時に、隣の会議室にマヤマという警部補がくるから、それに、ここにあるだけでいいから、竹内関連の資料を見せてやってくれ。一応、上同士の話はついているから」

公安部長の篠塚《しのづか》警視監は、確か西脇刑事部長より三期くらい下だったはず。よくそんなのを相手に、あの西脇が大人しく納得したものだ。

「閲覧だけですか。複写も許可するんですか」

「そこは君の判断に任せる。だが基本的には、出してやる方向で考えてやってくれ。あまり、意固地にならずに」

意固地ではない東。そんなのは東弘樹《ひろき》ではない、と美咲は思う。

捜査本部の隣は、十人前後で使う小さな会議室になっている。東と二人で書類をそろえ、テーブルに配置し終えると、すぐにドアがノックされた。

「失礼します」

入ってきたのは背の高い、やや厚めの唇が印象的な男だった。年は東より少し若く、特捜二係の石田よりは上といった感じだ。

「公安一課の、間山です」

「捜査一課の東だ」

「碑文谷署の、門倉です」

間山はほとんど、美咲の身分証には目もくれなかった。東が「どうぞ」と椅子を勧めても、「けっこうです」と、立ったまま資料の列を眺める。

「マル被が自殺して不起訴処分になったせいでしょうか。竹内亮一に関しては、ここで止まっている資料が多すぎる」

間山はごく自然な動作で、一番近くにあったファイルに手を伸ばした。だがほとんど同時に、横から東がその表紙を叩いた。そのまま手を置き、ファイルが開かないよう押さえ込む。

「……なんの真似です、東警部補」

互いに、怖いくらい真剣な目で睨み合う。美咲は、ああ、始まっちゃったなと、呆れ半分、期待半分の気持ちで見ていた。

「そっちは、竹内と西尾の関係について、どれくらい把握しているんだ」

間山は微塵も表情を変えずに姿勢を正した。

「それをあなたにお答えする義務はない」

　だが東も引かない。

「爆弾事件が起こって公安が動くのは分かる。あれをテロだと定義するならば、確かにあんたらの管轄事案でもあるだろう。だがそれと竹内は関係ないはずだ。同じ駐屯地にいたというだけで、同じ隊にいた顔見知りというだけで、同じ極左組織の構成員とみなすのは早計じゃないのか」

　美咲には、東が何をしようとしているのかよく分からなかった。実際、竹内は取り調べ中に西尾の名前を挙げ、ジウとの繋がりを示唆してもいる。彼自身は「スカウトを受けた」ともいっていた。そんなことは送検の際に添付した一件書類にも書いてあったはず。明らかに竹内と西尾は繋がっている。それなのに、あえて東はとぼけようというのか。その狙いとは、一体なんなのか。

「お答えできないといったはずだが」

　東は黙っている。

　間山は呆れたというふうに溜め息をついた。

「……東警部補。我々の活動は、国家の治安に係わる問題なんですよ。一つ一つの案件を処理するのではなく、相互の繋がりを包括的に把握していくのが目的だ。……正直、西大井の件が起こってから竹内亮一に着目したのは、我々の落ち度だったといわざるを得ない。彼らの活動を把握しきれなかったことに関しては、面目ないとしかいいようがない。頭を下げろというのならそうします。ですからどうぞ、その手をどけてください」

それでも東は対決姿勢を崩さなかった。

「他人が汗水垂らして集めた情報を出させるなら、それ相応の土産《みやげ》を持ってくるのが礼儀というものだろう」

「この話は、ちゃんと上で通っている。何をいまさら……」

「上がどうかなぞ知ったことか。現にあんたが見たがっている資料は、この俺の手の下にある。そういうときはどうしたらいいんだ、ああ？　間山警部補」

思案するように、彼は視線を逸らした。

さらに東が続ける。

「ここは六階、刑事部フロアだ。上目遣いでサッチョウのご機嫌ばかり窺ってるあんたらとは、少しばかりものの考え方が違うんだ」

「サッチョウ」とは、つまり「警察庁」のことだ。

警視庁という「都」の機関にあろうと、警備・公安の予算は国費から捻出される。自然、反映される意向は「都」よりも「国」の色合いが濃くなる。ひょっとすると、そんな命令系統の捻《ねじ》れも、刑事部と公安部の軋轢《あつれき》の一因になっているのかもしれない、などと美咲は考えた。

「ズバリいって、竹内の何を知りたい。本命はなんだ」

間山はしばらくして、観念するように深く息を吐いた。

「……携帯電話に関することです」

「番号、通話記録、その他諸々《もろもろ》を記してあるのはこれだ」

バンッ、とまた別の一冊を押さえ込む。

——うわ。すっごい意地悪……。

その、竹内の携帯電話に関する資料は、実はほとんど白紙なのだ。竹内は確かに携帯を持ってはいたが、あまり使っていなかったらしく、通話記録などに見るべき点はまったくといっていいほどなかった。

だが、そんなハッタリが功を奏したようだった。

「……分かりました。では、こちらが交換の情報を出したら、その手の下のものを見せてもらえますか」

「土産というのは、できるだけ相手の口に合うものを選ぶものだぞ」

「ええ。お気に召すと思いますよ」

東がその姿勢のまま目で促す。間山は小さく頷いた。

「……検察に提出された一件書類を読む限り、竹内亮一は出会いがしらの成り行きで雨宮巡査を射殺したような話になっているが、我々が把握しているところでは、実はそうではない」

「なに」

それは、美咲も驚きだった。

すでに東の手は書類から離れかけている。

「……雨宮巡査は三年ほど前の一時期、私の部下でした」

東の眉間に、深い縦皺が刻まれる。

「どこの話だ」

「麹町《こうじまち》。麹町署の警備課です」

麹町署といえば、ノンキャリアにとってはまたとないエリートコースだ。

「私はその後、古巣の公安一課に戻り、彼はまもなく第一機動隊に取り立てられた。そして昨年末、うちに欠員ができたとき、私の頭に真っ先に浮かんだのが、彼だった。彼は、実に優秀な人材でしたからね」

美咲には、まったく話の先が読めなかった。東は、どうなのだろう。

「だがそのときにはもう、彼は一機にいなかった。六機に異動になっていた。一機から六機……傍目《はため》に見て、あまりいい人事とは思えなかった。だったらうちで使った方がいいだろうと思い、引っ張るよう上にいったのですが、どうも総務も人事も動きが鈍い。これはおかしいと思い、個人的に調べてみると、なんと……SATにいるじゃないですか。笑いましたよ」

よくそんなことが調べられたな、と東ははさんだ。

「まあ、ＳＡＴの秘匿性など、我々の前にはあってないようなものです。そこで、私は考えを改めました。彼を引っ張るのは諦めて、逆に工作を仕掛けてみよう、とね」

公安でいうところの「工作」とは、つまり「スパイに仕立て上げる」という意味なのだと思う。

「なんのために」

「分かりませんか」

東は答えなかった。

「その頃はちょうど、警備の太田部長が、ＳＡＴの実戦配備を画策しているとの噂が流れ始めた時期です。ご存じの通り、太田部長とうちの篠塚部長は同期キャリア。そんな二人が同じ警視庁の、警備と公安の椅子に座っているんです。これはもう、この段階でどちらかが出世コースからはずされるという、雌雄を決する場面ですよ。そして明らかに、攻めに出たのは太田部長だった。ただ、ＳＡＴは諸刃《もろは》の剣《つるぎ》です。しくじれば、逆にうちの篠塚に出世の道が開かれる……まあ、その手助けができたらと、私は考えたわけですよ」

むろんそれは、何かしらの見返りを期待してのことだったのだろう。それくらいは、美咲にも察しがつく。

間山がひと息つくと、東は背筋を伸ばして腕を組んだ。

「それで、その工作は成功したのか」

苦笑い。間山の、厚い唇の端がめくれ上がる。

「いえ。今だから正直にいいますが、雨宮自身の警備やSATに対する思い入れは、私が考えるより遥かに強いものでした。工作は、失敗に終わりました。私が期待したようなネタは何も拾えず、彼とはただ旧交を温めたにすぎなかった。……ただ、そんな程度の接触でも、面白く思わない人物がいたようですね。その後しばらく、私には尾行がつくようになりました。まあ、それに関してはこっちの方がプロですから、気がついた時点で撒《ま》くようにはしましたが、雨宮は、どうだったでしょうね」

意味ありげにひと呼吸置く。

「……そして、そんなキナ臭い動きが鎮静化した頃、雨宮は殺された。竹内という立てこもり犯の手によって、警視庁SATが初出動した現場で……殉職という形で、ごく自然に」

また東の眉間に皺《しわ》が寄る。

「警備部の誰かが、竹内に命じて、雨宮を殺させたというのか」

「そんなことは、私の口からはいえませんよ」

「まさか、太田部長……」

「だから、いえませんって」

「だったらここに何しにきた」

「ですから、竹内の携帯番号と通話記録を調べにきたんです。それによって、誰が雨宮殺害を直接命じたのか、はっきりさせたいんですよ」

しばし、互いに険しい視線をぶつけ合う。

次に口を開いたのは、東だった。

「そんなことを、はっきりさせてどうする。それは公安の仕事じゃない。刑事部の所管事案だ」

「見くびらないでもらいたい。我々が見据えているのは、その、もっと先にあるものです」

「警察内部の腐敗を正したいのなら、監察官にでも上申すべきじゃないのか」

話にならないとでもいいたげに、間山はかぶりを振った。

「あなた方は、竹内が口にした〝新世界秩序〟というキーワードを、どのように捉えているのですか」

東が訝るように目を細める。

「……どういう意味だ」

「訊いているのはこっちですよ」

「お前の欲しい情報はどこにある」

今一度、東がファイルの表紙を叩く。

間山は、馬鹿にしたように鼻息を吹いた。

「まったく……まあ、我々も完全ではありませんが、ある程度なら把握できています。警察関係の資料に初めてこの言葉が登場したのは、おそらく組対（組織犯罪対策部）の書いたシャブ絡みの調書でしょう。そしてこのところ、公安内のいくつかのレポートにも、度々載るようになってきている……」

こくりと、突き出た東の喉仏が上下する。

その反応に、間山はある種の優越感を感じたようだった。

「……なんなんでしょうね、新世界秩序って。まるで幽霊か人魂のようですよ。まさに、神出鬼没……私を尾行していた人間の口から、その単語が出てきたときは……さすがの私も驚きましたが」

「なに」

胸座《むなぐら》でもつかみそうな勢いの東に、間山は掌をかざしてみせた。

「東さん、もう勘弁してくださいよ。これ以上お話しできることは、私にはありません。それでもと仰るなら、もうけっこうです。この件はなかったことにしてもらっていい」

沈黙。たっぷり十五秒は、睨み合っていただろうか。

やがて、東は黙って、携帯関係のファイルを差し出した。

間山は、また馬鹿にするように、鼻息を吹いた。

三十分ほどで間山は「ありがとうございました」と帰っていった。複写は一切せず、要点だけを手帳に書き取っていった。

書類を片づけ、美咲たちが外に出たのは午後一時頃だった。珍しく東から「何か美味《うま》いものでも食いにいこう」というので、気分直しに溜池《ためいけ》まで歩くことにした。

「あの、主任……私、さっきの話、今一つ、よく分からなかったんですが」

東も頷くように小首を傾げた。

「雨宮巡査は葛西の現場で、まずロープで、屋上に登ったんだったよな」

「ええ……」

「その後、伊崎基子が登ってくる。そこをまず、竹内は狙った」

「はい」

「だが失敗し、一時建物内部に避難した。雨宮は負傷して屋上に残留。伊崎は竹内を追って建物内部に潜入……その後、君が竹内と格闘している現場に下りてきて」

「私が、蹴っ飛ばされて……」

「沙耶華ちゃんを盾にとられ、彼は射殺された」

砂混じりの風が、二人の間を吹き抜けていく。今日も天気はぱっとしない。

「別に、あの間山の話をすべて真に受けるわけではないが、もし奴のいうのが本当なのだとしたら、竹内が確固たる意思を持って雨宮を殺そうとしたのは、むしろ最初の屋上だったことになるだろう。その後の再会はまさに、偶然としかいいようがないからな」

「ですね……」

確かに、美咲と沙耶華が竹内と出くわさなければ、雨宮もああいう結果にはならなかった。あの結末自体は、偶然によるところが大きかったのは事実だろう。

「そこで、携帯だ。そうなると、あのとき竹内が屋上にいたのは、連絡をしやすくするため……つまり、電波の入りのいい場所を確保するためだった、と考えることができる」

「あ、なるほど……」

そうだ。あの建物の内部は、ひどく携帯電波の入りが悪かった。でも、屋上ならその限りではない。

「何者かから命令を受け、屋上に登ってきた雨宮巡査を撃った……つまりそれを知らせてきた人間は、雨宮が先頭で登っていくことを、知っていた人間ということになる」

それだ。そこが納得できない。

「主任。私にはそれ、ちょっと信じられません。警備部の誰かが、立てこもり犯の竹内を使って、同じ警備部の、ＳＡＴの隊員である雨宮巡査を、殺させただなんて」

「そういう可能性もなくはないだろう。なにせ、竹内も西尾も元自衛官だというのに、あのザマだからな。もはや警察官だというだけで、信用できる状況ではないさ」

さらに疑問が浮かんだ。

「でも主任、竹内の携帯の通話記録って、大した内容じゃありませんでしたよね。屋上で誰かと連絡をとったような記載もありませんでしたけど」

東はニヤリとしてみせた。

「竹内がもし、もう一台携帯を持っていたとしたら、どうなる」

「あっ……」

いや、そんなに簡単に納得してはいけない。

「でも、押収品には一つしか」

「君が竹内だったら、あの屋上で、たとえば雨宮殺害の命令を受けたとして、その二台目の携帯は、どうする。すでに現場は警察に包囲されている。まず逃げられないという状況下で、だ」

なるほど——。

「……どっかに、捨てます」

東は満足そうに頷いた。

「あの屋上の高さと、竹内の身体能力をもってすれば、かなり遠くまで飛ばせたはずだ。……これは、葛西までいってみる価値があるかもしれないな」

あの、錆《さび》と、砂埃と、カビに覆われた廃墟の記憶が蘇る。

——ああ、またか……。

もう二度と廃墟に入り浸ることはないだろうと思っていただけに、美咲は暗澹《あんたん》たる気持ちになった。

## 3

ミヤジに呼び出された翌日、基子は医務室の香坂から連絡をもらった。とり立てて命にかかわるような話ではなかったが、処置は早いに越したことはない。ただ元来、生死に係わる問題以外は真面目に考えられない性質《たち》なので、一日二日と延び延びになっていく。そんなこんなしているうちに、十一月に入ってしまった。

世間は文化の日絡みの飛び石連休に浮かれているが、そんなものがＳＡＴの勤務シフトに影響を及ぼしはしない。

第一小隊はその日、江東区新木場《しんきば》にある警視庁術科センターでの訓練日に当たっていた。使用するのはセンターの奥の奥。特殊なゲートで護られた、ＳＡＴ専用の秘密訓練基地だ。といっても、防音と防弾処理にばかり力を入れ、空調設備にまで予算が回らなかった、蒸し風呂状態の体育館のような代物《しろもの》だが。

「次ッ」

小野小隊長の吹く笛で二人ひと組、通路の入り口からスタートする。突入訓練に使用するモックアップとは別に、パーテーションを組んで作った簡易迷路。天井がないため、やぐら代わりのモックアップに登った小野の位置からは、動作のすべてがチェックできる。

「古田ァ、残してるぞッ」

今日の的は人形、拳銃には実弾が入っている。

「松尾、遅いッ」

古田、松尾は制圧二班の隊員だ。他には椎名《しいな》、宮田、中森、いずれも巡査で、それに班長の亀田巡査部長がいる。

「終了、組み換え始めてくれ」

ひと組終わったら、技術支援班が的を交換し、動いてしまった備品をもとの位置に戻す。一巡したら、今度は迷路自体を別の形にして、的の位置も変える。

「よし、位置につけ」

また基子たちの番が回ってきた。むろんパートナーは白石だ。

「第一小隊、一番、いきます」

「よし、開始ッ」

基本的に左側は白石に任せ、基子は右側を担当する。

ぱっと見て迷路の構造を探る。最初のポイントは右側にある開口部だろう。俗に「カッティング・パイ」と呼ばれる動作で内部を探る。要は、対象物からできるだけ離れ、弧を描くように歩くのである。

まずは通路から、室内に入ってすぐ左手の死角をチェックする。何もなければ、大きく弧を描きながら開口部の前を通過し、同じ要領で右側の死角をチェックする。

テーブルが見えた。その横に的がある。一人いることを確認したと、手振りでバディに伝える。白石は奥に注意を払いながら了解と示す。さらに動作を小さくして動いていくと、その的には人質を意味する若い女性の絵が貼ってあるのが見えた。だが人質が単独でそんな場所にいるはずがない。案の定その後ろには帽子にサングラス、いかにも犯人ふうの男の的が並んでいる。

対象を確認したとバディに伝える。基子の合図で突入。

まず基子が犯人の右肩を撃ち抜き、白石がそれ以外の死角に銃口を向ける。別の犯人的を白石が発見し、発砲。ここまでが二秒。

——クリア。

この、二秒ですべてを終えるのが強行突入では理想とされている。

間髪を入れず基子が人質保護に動く。まあ、訓練なので的を前に倒すだけだ。すぐに次のチェックポイントに移動。

通路に出た途端、犯人役の的を発見。これは白石が処理。

再び並んで進み、次のチェックポイントへ。

四つのパーテーションがランダムに並んだ部屋。すべての死角をカッティング・パイでクリアしていく。白石がまず対象を発見、発砲。続いて基子が的を発見、だが犯人ではなかった。それを白石に伝え、前進。死角を遠くに回しながら移動、別の的を発見、犯人だ。基子が発砲。クリア。自ら人質保護に動く。だがその瞬間、別の的が壁の陰から飛び出てきた。どこかで技術支援班の人間がロープで引いたのだ。しかし、そこは白石が冷静に処理。的の足を撃ってクリアした。

「よォーし、オッケーだ」

終わったらセットから出る。

「支援班、交換に入ってくれ」

その間に小野のところへいき、評価を聞く。

「伊崎、白石ペアは……満点だ」

その後も基子たちはモックアップに居残り、平山・吉田ペア、三上・千葉ペアがやるのを見た。ふた組とも、新人隊員とは思えない見事な動きですべての的をクリアした。

今のが制圧一班の、今日三回目の突入訓練だった。制圧二班はこれから三回目をやる。

「ヨォーイ、始めッ」

　最初から分かっていたことだが、現在の第一小隊制圧一班と二班の間には歴然とした実力差があった。いいのばかりを先に拾って作ったのが一班なんだから当たり前だろう、といわれたらそれまでだが、それにしても今の制圧一班はすごいと基子は思う。特に白石は、ときに基子のミスをフォローするほどの実力と冷静さを兼ね備えている。バディとして、これほど頼りになる奴はいない。

「よし、オッケーだ……交換始めてくれ」

　この日は結局、一班二班、共に全ペアが四回ずつ訓練をし、パーテーションを片づけて訓練を終えた。

　SAT専用の移動バスで六機に帰り、巡査隊員はそのまま終わってよしとなったが、班長以上の隊員にはまだ仕事があった。

　定例会議。特に今日は重大な任務についての打ち合わせがあるという。

　なるほど、基子が第二教場に入ったときには、すでに太田警備部長、松田警備一課長、春木《はるき》第六機動隊長、橘SAT部隊長と、いつもの幹部連中が顔をそろえていた。参加するのは第一小隊から第三小隊の小隊長、すべての制圧班、狙撃班、技術支援班の班長だ。

　まずは太田警備部長から。

「……すでに、メディアを通して知っての通り、先月二十五日の火曜日、参議院本会議において消費税引き上げ法案が否決され、それを受けて大沼総理が、衆議院の解散を宣言しました。選挙日程は、公示が来週八日の火曜日、投票日は二十日の日曜日となっています。その期間は各党の間で、激しい選挙戦が繰り広げられるものと予想されます。そうでなくとも、先日は西大井で、多くの警官が犠牲となる事件も発生しています。我々警視庁警備部にかかる、治安維持への期待は並外れて大きなものとなっています。すでに国家公安委員会、東京都公安委員会、警察庁警備局とも協議し、我々警視庁警備部は、SATを始めとする全勢力を傾け、選挙戦の警備に当たることを決定しました。昨日、各党から選挙演説日程の提出がありましたので、これに沿って、特に重要と思われる日、場所に、SATの隊員を配置したいと思います」

基子はあくびを嚙み殺しながら聞いていた。

――選挙、か……。

正直にいうと基子は、成人してからのこの五年の間、一度も選挙というものにいったことがなかった。理由は、まあつまり、よく分からないから、というのに尽きる。

まず各政党の、違いというのが分からない。今現在の政府与党は民自党と公民党である。だが分かるのはそこまでだ。

その、連立している公民党というのはなんなのだ。主義が同じなら、なぜ民自党に入れてもらわないのだ。トップが気に喰わないから分裂したり、目的が同じだから一緒になってみたり、そんなことは今までだって散々やってきたんじゃないのか。だったら同じ党になってしまえばいいじゃないか。なぜ別々の看板を掲げたまま連立しているのだ。それから、新民党ってなんだ。このところ行われた選挙では、毎回毎回「政権をとる」と息巻いているようだが、一度としてとれたためしがない。なんでそんなに駄目なのだ。何がそんなに民自党と違うのだ。基子にしてみれば、別に新民党だっていいんじゃないの？　程度の認識しかないから、なぜ政権政党になれないのか逆に不思議なのだ。チャンスがあれば訊いてみたい。お前らは、こう何回も政権がとれないで、どうして次はとれると思えるのだ。

そんな基子でも、かろうじて内閣総理大臣の名前は知っている。大沼堅次郎だ。けっこう長く総理をやっていて、人気もあるようだが、何がいいのかはさっぱり分からない。髪は白いが量は立派なもので、小柄なわりに声が低くて渋い。基子の印象などせいぜいそんなところで、政治家としての大沼がどうなのかは、まったく分からない。

——よくいるよ、ああいう爺さん。商店街の靴屋とかに。

まあ、その重要性が分からないから警備をするのが嫌だ、などとは絶対にいわないから安心するがいい。武装テロ集団が現われたら、責任を持って皆殺しにしてやるから、大船に乗った気で演説をするがいい。だが、流れ弾にだけは当たらないよう、そこだけは、各自で注意してもらいたいところだ。

いつのまにか、上座でマイクをとっているのが太田部長から橋部隊長に代わっていた。

「それでは、公示初日からの日程を発表する」

Ａ４判コピー紙五枚の資料が配られる。それには、いつ、どこの小隊のなに班が、なんという政党の、どこでやる、なんという候補者の、誰が応援にくる演説を警備するのかが、簡潔に表形式で記されていた。

基子は、第一小隊制圧一班の担当を指でなぞっていった。

――最初は九日、民自党、品川駅前。候補者は矢島武弘、応援は船越幸造《ふなこしこうぞう》、か。

これによると、どこの班もだいたい一日置きに、どこかしらで警備をやることになりそうだった。むろん、東京都外での警備はない。他所でやる場合は、そこの道府県警の警備部がやるのだ。

大きいところで基子たちは「十三日日曜日、新宿、民自党、候補者・三嶋裕子、応援・大沼堅次郎、渡辺和智《かずとも》」というのを担当する予定になっている。中規模程度ならば狙撃一個班三名が、大規模ならば制圧一個班六名が対応するようだが、この大沼総理がくる日だけは制圧二個班がつく指示になっている。むろん、所轄の警備課、地域課などを総動員した上でだろうから、かなりの規模の警備になると見ていい。ちなみに選挙期間中の日曜日は、この十三日のみである。

「ＳＡＴが現場で警備するのは、この表にある通り、延べ四十三回。期間は十三日と長丁場だ。これとは別に、当然のことながら通常待機、夜間待機がある。くれぐれも、体調など崩さぬよう留意し、この選挙期間を乗りきってほしい。

それと、基本的に諸君は私服で警備に当たることになる。装備はサブマシンガン、MP5A5と、拳銃、P9Sで対応する。公示まであと五日しかないが、こちらも大至急、警備プログラムを組み上げているところなので、諸君も臨機応変に対応してもらいたい。また、明日からはどの小隊も、特別警備プログラムとして集中訓練を行ってもらうが、まあそちらの方は、普段の訓練の確認程度と思っていいだろう。こちらからは以上だが、何か質問はあるか」

特に質問が出ることはなかった。

軽くシャワーを浴び、一服して、隊庁舎から出ようとしたときだ。

「班長」

声をかけられて振り返ると、制圧一班の五人が私服姿で立っていた。

「なに、どうした」

「これから大森辺りまで出ようと思うんすが、一緒にどうっすか」

代表していいに出たのはお調子者の吉田だが、提案したのは誰なのだろう。会議が間にはさまっていたのだから、ここで偶然出くわしたということではないはずだ。基子を誘うために待っていたとしか思えない。

「なに、奢《おご》ってくれんの」

「まーたご冗談を」

癖なのだろう、吉田はよく笑いながら手を叩く。

「部長じゃないっすか。それなりに稼いでるんでしょう」

むろん「巡査部長」という意味だ。

「そんな、階級での給料差なんて、ほんのウン千円だよ。それより、あたしはこう見えても、女の子なんだからね」

なぜか、これが大いに笑いを誘った。

「お、おんな……」

「のこォ？」

「だってさ」

平山、三上、千葉。みんな体を二つに折って腹を抱える。

笑わないのは白石だけだった。

「まあ、とりあえずいきましょうよ。明日の通常待機に差し支えない程度なら、かまわないでしょう」

さあ、と白石は、基子の返事も聞かずに出口へと向かった。四人も笑いながらあとに続く。

——へえ。けっこう、仲いいんだ。

まあ、誘われて悪い気はしなかったので、基子も一緒にいくことにした。

立会川《たちあいがわ》の駅まで歩き、大森海岸まで京浜急行に乗って、またちょっと歩いて大森界隈《かいわい》まで出る。入ったのは、前に送別会をやってもらったのとは違う、串焼き系の居酒屋だった。

白石が六人だと告げると、ちょっとせまいけど個室が空いているからと案内された。

「みなさん、ビールでいいっすよね。……お兄さん、ビール、ピッチャーで三つね。ジョッキは六つ。むーっつ」

どこにいっても、やはりこの吉田が一番お喋りだ。

ビールはすぐに運ばれてきた。

「はいはいジョッキ、はいはい注《つ》ぎますよ、ハイハイハイハイ」

しかも仕切りたがりときている。

「カンパーイ」

こういうときは普通、班長にやらせるだろう、とは思ったが黙っていた。

ひと口飲んだ吉田が、こっちににじり寄ってくる。

「……班長は、酒強いって噂なんですが、ほんとっすか」

「うん、強いよ」

「うーわ。いい切るって、マジで強いんすね」

「まあね……」

白石は、この中ではわりと静かな方だが、それでもリーダー格ということになるだろうか。千葉と相談して、せっせと料理を頼んでいる。

「刺身と焼き物、揚げ物は頼んだ。あとどう、みんな」

「ホッケは」と三上。

「頼んだ」

「漬け物は」と平山。

「ああ……じゃあこの、お新香盛り合わせを二つ」

ひと通りオーダーをすませると、白石も飲み始める。彼は、誰かの冗談を聞けばちゃんと笑うし、たまにはツッコミも入れる。雨宮と比べたら、だいぶ周囲に溶け込んでいるというのに、なんとなく沈んで見えるのはどうしてだろう。

目つきが暗いのかな。ふとしたときに見せる真顔が暗いのかな。そんなふうに観察していたら、目が合った。

「……班長、飲んでますか」

笑みを浮かべ、向かいからピッチャーを差し出す。

「ああ、飲んでるよ」

こんな、ビールなんてのはコーラみたいなもんで、いくら飲んだって酔える代物ではない。

「そういえば、さっきの会議って、なんだったんですか」

基子は「ああ」と答えながら、小皿のしょう油にワサビを溶いた。

「なんか、八日辺りから選挙演説の警備やるんだって、その打ち合わせ。っていうか、一方的に予定表渡されただけだけど」

その途端、すーっと、幽霊でも通ったように、座が静かになった。

廊下をはさんで、向かいの個室で起こった笑いが、ドッとこっちに押し寄せてくる。

――ん？

それとなく、五人の顔を見回す。

「……なに？」

みんな、それまでとは打って変わって無表情になっていた。

代表するように、白石が基子に目を合わせる。

「それ、たとえば、どんな、警備ですか」

妙に真剣な声色だった。

「たとえばって……私服で、MとかP持って」

また妙な間が生じる。五人の間には、基子には受信できない信号のようなものが飛び交っている――。なにやら、そんなふうに感じられてならない。

「……何よ、急に黙っちゃって」

仕事面でいえば、飛び抜けてできる連中だ。酒の席でその手の話題を出したところで、シラけるタマでもないと思っていたが。

次に口を開いたのは千葉だった。

「……いよいよ、俺らの出番ってわけか」

彼も基子と同じ二十五歳。だが妙に、その顔は老け込んで見える。

「別に、私服警備ったって、そんなに緊張するほどのこっちゃないよ。あたしも前に、女性機動隊んときにやったことあるけど、どうってことなかったよ」

すっと、白石が背筋を伸ばす。

「……それは、その警備のときに、何も起こらなかったからでしょう」

「まあ、そりゃそうだけど。でも、起こらないに越したことないだろう」

白石がふいに腰に手をやる。携帯が震えているようだった。尻を片方浮かせて取り出す。

「もしもし……お疲れさまです」

相手は、目上の者のようだった。

「……ええ。いま代わります」

誰に代わるのかと思っていたら、基子にだった。やけに角張った、艶のない黒と赤の携帯をこっちに差し出す。

「誰、小野さん？」

白石はかぶりを振った。

「いえ、ミヤジさんです」

ありふれた居酒屋の風景が、一瞬にして、がらりとその有り様を変えたように見えた。

## 4

公安部の間山と会った直後から、美咲たちの、葛西における「携帯捜し」の日々は始まった。

だが、歌舞伎町での「ジウ捜索」をほったらかすわけにもいかないので、あっちを半日こっちを半日、あるいは、昨日はあっちだったから今日はこっちとか、他の本部捜査員にバレないように、細々とやり繰りをしながらの作業になった。

植え込みや道端を捜しながら、それでもまだ、美咲は疑問に思っていた。いや、実際に捜してみて、案の定見つからないから疑問に思えてきたのか。

確かに公安部の間山警部補は、雨宮巡査が何者かの意思によって殺害された可能性があることを示唆した。でも、だからといって、本当にこの葛西まで、存在したのかどうかも分からない竹内の、二台目の携帯電話を捜しにくる価値はあるのだろうか。

東は例の、元花沢旅館ホテルに隣接するマンション敷地内の緑地で、草むらを掻き分けながら説明した。

「状況をよく考えろ。あの間山は、ちゃんとウチの部長を通して、課長を通して、俺のところまで話を下ろしてきた。いい出しっぺが誰かは分からないが、少なくとも、向こうの部課長クラスの了承が得られているネタであるのは確かなんだ」

まだ美咲は納得できなかった。

「でもその携帯が、実はハズレだったわけじゃないですか」

「だから、それはこっちが押収した、一台目に関してだ。……間山を全面的に信用することはできないが、それでも当たる価値は充分にある」

勝手に喋って、勝手に納得している。すっかり美咲は「置いてけ堀」だ。

——そういうとこあるんだよなぁ、この人……。

美咲が溜め息をついても、まったくおかまいなしだ。

「奴が〝新世界秩序〟という単語を口にしたのには、正直驚かされた。公安部が掌握している情報も、奴が話したので全部ということはないだろう。ただ、その鍵となる竹内の携帯情報が手元にないのだけは、おそらく事実だ。だったら、奴らを出し抜くなら、その携帯を捜すしかないだろう」

「はあ……」

分からない。何度説明されても、美咲にはこの「携帯捜し」に賭ける、東の熱意が理解できない。それはたぶん、美咲にはまったく馴染みのない「公安」という組織の価値観が、話に入ってきたからなのだろう。

——難しいなぁ、組織って……。

などと、考え込んでいると叱られる。

「手を動かせ、手を」

「はい、すみません……」

背後にあるのはすでに懐かしさすら覚える、あの花沢旅館ホテル跡地の万能塀だ。二ヶ月ぶりにこの場所にきてみて、ざっとその周囲を見回したとき、美咲はまず最初に、とんでもないことになってしまったなと思ったものだ。

葛西第六中学校、葛西第八小学校、グリーンハイム南葛西、南葛西中央公園。花沢旅館ホテル跡地の周りには、なぜかやたらと、植え込みや草むらが多いのだ。これを全部あさるのかと思うと、いきなりうんざりさせられた。

むろん最初に、落とし物として携帯電話が届けられていないかと、最寄りの交番を訪ねてはみた。

「えーと、ふた月前からですか……うーん、残念ですが、一つもありませんね」

所轄署の地域課でも訊いてみた。

「携帯電話の落とし物というのは多数ありますが、不思議とあの廃墟の周りでは、一つもありませんな」

さらに小学校と中学校の教員室、マンションの管理人室、公園の管理組合と訪ね歩いたが、どこもその手の届けものはなかったという。強いてあったといえば中学校でだったが、そちらはすでに、落とし主の生徒の手に戻っていた。携帯は学校に持ち込み禁止になっているので、厳重注意の末だったらしいが。

――あーあ、やっぱ駄目か。

実際に手を使って足を使って捜す段階は、思ったより早く訪れた。

「まずは公園だな」

また、一番キツそうなところを。

「なんでですか」

「俺が竹内だったら、この公園に投げる」

何しろ携帯捜しだけでなく、歌舞伎町での聞き込みもする予定になっているから、以前の廃墟探索のような割り切った恰好はできなかった。結局パンツスーツで、中腰になって公園の草むら、植え込み、林の中を捜すことになる。

「あいたたた……」

腰が、思いのほかつらい。さらにここ数日は、どうにも天気がぱっとしない。日陰で雑草や土を弄っていると、ものの十分で指先はかじかみ、感覚がなくなってくる。

「だらしないな。若いくせに」

そう。東は意外と、こういう作業が得意だったりするのだ。

「主任、腰痛くならないんですか」

「ああ、大丈夫だ。鍛えてるからな」

それって、剣道のことですか。私だって高校時代は、バスケット部のレギュラー選手でしたけど。それともあれですか、無駄に背が高いとかいいたいわけですか。

「ふう……あいてて」

「ちょっと休憩にして、湿布《しっぷ》でも買ってきたらどうだ」

思わず、公園のトイレかどこかで、東に貼ってもらうのを想像する。

——あ、それちょっと、ヤラしいかも。

公園の捜索には三日かかった。やがて十一月に入り、小学校を当たり始め、そこで捜査本部の全体休暇が一日はさまり、また翌日の午後には小学校に戻った。十一月四日からは中学校。そこでも三日を費やした。そして最後が、このマンションだった。

「植木の業者さんとかが入って、拾ったりしてないですかね」

「ああ、なくはない線だな……」

一応、管理組合で訊いてみたが、それもハズレだった。植木屋自体を、この二ヶ月の間に呼んでいないということだった。

「やっぱり、自分の手で捜せってことですね」

「そういうことだ」

そんなこんなしているうちに、世間は選挙期間に突入していった。

公示初日から民自党、新民党の激突は激しく、美咲たちが植え込みあさりをしている真横でも、選挙戦は繰り広げられた。

《今です。今、新民党に、みなさまのお力を貸していただきたいのです。大沼総理は、消費税問題だけをクローズアップし、これは国民のためなのだ、景気回復にはこれしかないのだと訴えている。しかし、そうではないはずです。年金問題を、社会保険機関を民営化するだけで片づけて、いいはずがない。まず……》

ああ、年金問題ね。私が年をとる頃って、月に一体どれくらいもらえるのかしら。などと人並みに心配していると、

「手ェ、止まってるぞ」

叱られる。

《……民自党です。民自党の、富田奈津子です。我々が国会に提出した法案では、消費税

の引き上げられた分は、国内の、様々な問題の解決に当てられることになっています。私は、少子化に伴い、シングルマザーには特別な優遇措置が必要であると訴えてきました。その案も民自党の法案には、きちんと盛り込まれています》

ああ、シングルマザーね。大変ですよね——。

《公民党、新井寛一です。我々は、大沼総理と共に……》

段々、耳がおかしくなってくる。腰痛、指先の感覚麻痺《まひ》も入れると、まさに三重苦だ。

「……かぁ」

東が何かいった。

「はい、なんですか」

「そろそろ、昼飯にしようかといったんだ」

そうですね。何か、温かいものでも食べにいきましょう。

ちょっと歩いてファミレスまでいってみると、裏手にある公営住宅の住民を相手に、またあの、民自党の富田候補が演説をしていた。この団地には先のマンション前よりも力を入れているのか、応援に前幹事長の船越幸造が駆けつけている。

《富田くんは、今選挙で最も注目される、マドンナ候補です。私の、厚生省時代の後輩でもあります。非常に優秀な……》

ファミレスの入り口前で、東は選挙カーの方を振り返った。

「あんなの、どこがいいのかな」

確かに、聴衆には中年女性が多く、中には「幸造ちゃーん」と、黄色い声をあげる者までいる。

「政治家のわりにはがっしりしていて、でも優しそうな感じが、いいんじゃないですかね。けっこう若いし」

「若いったって、俺の三つ上だぞ」

ということは、四十八歳か。

「君も、いいと思うのか」

東が片眉だけをひそめてみせる。

なにいってるんですか、主任の方がいいに決まってるじゃないですか、と、いえるものならいってしまいたい。

「はは。私は、別に、って感じですけど」

ここでちょこっとでも、ニコッとしたり、じゃあ君はどんなのがいいんだ、とか訊けばいいのに、ノーリアクションなのだから腹が立つ。黙ってさっさと一人で店に入っていく。

「いらっしゃいませ。二名さまですか？」

そのくせ若いウェイトレスには笑顔で返事、とかなったら本気で腹を立ててしまいそうだが、そうはしないのが東だった。

「ええ。禁煙席で」

相手の顔も見ずに答え、店内を見回す。その横顔が、けっこうクールで恰好よかったりするので、まあ、結局は許してしまう。

ここでオーダーするのは、いつも日替わりランチだった。

「俺はライス、あとでホット」

「私もライス。で、温かいミルクティーを、先に持ってきてください」

二人で同じものを食べるというのは、なかなかいいものだ。結局夕飯も一緒に食べることが多いのだから、その点でも都合がいい。

「そういえば主任、今朝のお握りはコンブでしたね」

いつもは梅とシーチキンなのに。

「一見客の仕業かな。両方とも売り切れてた」

「なんか食べてるとき、顔怖かったですよ」

「ああ。呪いの念を送ってやった。特に、シーチキンを持ってった奴にな。……ま、同一犯かもしれないが」

そうか。梅よりシーチキンに思い入れがあったのか。意外だ。

ちなみに今日の日替わりメニューは「チキンむね肉のわさびおろしソース」だ。ただ、あまりゆっくりは食べられなかった。東が、途中であることを思いついたからだ。

「……さっきので、マンションも大体終わりだな」

「ええ、そうですね」

がぶりと水を飲み干す。彼的にはそれでご馳走《ちそう》さまだ。

「……もう一度、原点に返る必要があるな」

かなり嫌な予感がしたので、美咲は返事をせずに食べ続けた。

「よし、ホテルの屋上に上ってみよう」

やっぱり。微妙に眉をひそめ、嫌悪感を示してみたけれど、東が気づいた様子はまったくない。

「今はあのカーテンゲート、表に錠前がかかってただろ。あの鍵って、例の信金が管理してるのかな……よし、いったん不動産屋にいって確認して、それから信金に回ろう」

またあの廃墟に入るのかと思ったら、なんだか急に食べる気がしなくなった。

「ご馳走さま……あのぉ、ちなみに、午後の歌舞伎町は」

「いい。会議は収穫なしで流す。よし、いくか」

「え、主任のコーヒー、まだ……」

全然聞いてない。伝票をつかんだ東の背中は、一直線にレジへと進んでいく。

鍵は難なく不動産屋で借りられた。あの日と違い、正面から堂々とゲートを開けて敷地内に入る。

「あまり、変わった様子はないな」

「まあ、あれからまだ、ふた月ですから」

確かこのホテルは、廃業してからすでに七年ほど経っていたと記憶している。このふた月で劇的な変化など起こるはずもない。よく見れば、入り口脇の窓ガラスに弾痕があったり、現場検証したときのチョーク跡が残っていたりはするが、でもその程度だ。

「ほんと、どうするんだろうな、この物件」

「ですから、主任が買ってご自宅になさるのが」

東はフッと鼻息を吹き、苦笑いを浮かべた。

「いくらなんでも、一人で住むには広すぎる。なんだったら君も一緒にどうだ」

――えっ……？

キュンと、胸の真ん中を射貫くようなひと言だった。

――それって、もしかして……プロポーズ？

瞬間的に様々な想いが、頭の中を、胸の内を、体中の神経という神経を、隅々まで駆け巡った。

いいえ、私はもっとせまいところでいいんです。だって、両方とも刑事だし、結婚しても、何かとすれ違いになることが多そうじゃないですか。そうなったら、却《かえ》ってせまい方が、自然と顔を合わせていられていいと思うんですよ。それに私の実家って、下町で豆腐屋《とうふや》をやってるんですね。だからなんか、ちっちゃいけどあったかい家庭、みたいな、そういう方が――。

「同業のよしみで、格安で貸してやるぞ」

ボコッ、と胸の真ん中に開いた穴を、十一月の、リアルに冷たい風が吹き抜けていく。

――ひどい……。

夫婦じゃなくて、大家と店子《たなこ》ですか。

結婚じゃなくて、賃貸契約ですか。

「気温が下がると、あれだな、カビ臭さもいくらか収まるな」

東は変わらぬ歩調でロビーに入り、なんの迷いもなく階段を上がっていく。

――えーえー、どうせ私なんて……。

ふくれたって睨みつけたって、どうせあなたは歯牙《しが》にもかけないんでしょう。心の中では別れた奥さまを想ってらっしゃるんでしょうし、娘さんのことも頭から離れないんでしょう。だから未練たらしく、家族仕様の間取りのマンションに住み続けてるんじゃないんですか。いつでも戻ってきてくれていいんだよ、みたいな。

――いいわよ、もう……。

そんなこんなしているうちに屋上に着いた。ラッチでも錆《さ》びついていたのか、ドアを開けるのにはちょっと力が要《い》ったようだが、別に鍵がかかっているわけでもなく、難なく外に出ることができた。

見上げる空には、今の美咲の気分にぴったりの、灰色の雲が広がっている。

「うーん……」

東は声に出して唸《うな》り、腕を組んで辺りを見回した。

——なにが、うーん、よ。

それでも一応、美咲も倣って四方を眺めた。さっきまでしゃがみ込んで捜し物をしていたマンションの草むらが、えらくせまい範囲だったことがよく分かる。

「こう……」

野球のピッチャーよろしく、東は投げる動作を繰り返す。

——実際に、主任のを投げてみたらいかがですか。

そう意地悪く思っても、結局いえないんだよな、と心の内で呟《つぶや》く。

「うーん……」

東は延々、あっちこっちでピッチャーの真似事をし続ける。

美咲は段々馬鹿らしくなり、東とは違う方、業務用の巨大BSアンテナや、所々ペンキの剝がれた高架水槽に目をやった。

だが、それで急にひらめいた。

――ひょっとして……。

柵の際までいってみる。

あの日、『利憲くん事件』の捜査員が張り込んでいる中、犯人グループはこの廃墟に到着した。その後、すぐに沼口デカ長が所轄署に応援を要請し、この現場は包囲された。

そう。竹内がもしそれに気づいていなかったら、確かにここからどこかの植え込みに投げ込んだ可能性はある。だが、もし気づいていたとしたら、投げただろうか。

建物の東側にいってみる。T字の交差した部分には、四角い大きな高架水槽がある。鉄骨で、コンクリート床から五十センチほど浮いたところに設置されており、下面を覗き込むと、給水用であろうパイプが繋がっている。

周りをぐるりと回ってみる。

死角だ。少なくとも、周辺道路からこの高架水槽を見ることはできない。

「どうした、門倉」

備え付けのハシゴを登ってみる。顔を出したそこには、両腕で囲むよりもう少し大きい、分厚い鋼板製のような丸いフタが設置されていた。鍵のようなものは特になく、コックのような、取っ手のついたボルトで留められているだけである。

「おい、門倉」

軍手をはめ、コックを回し、フタを持ち上げてみる。見た目ほど重くはなかった。中からは饐《す》えたような、錆とカビと汚水の臭いがしたが、不思議とさほど気にはならなかった。完全にフタを上げてみると、鈍い午後の日差しでも中の様子を見ることができた。すでに水は完全に抜けきっている。

——あっ、あれは……。

いつのまにか、東が隣まで登ってきていた。

「おい、もしかして……」

美咲は生唾を飲み込み、頷いてみせた。

「……そこ、給水パイプの入り口に、引っかかってるそれ、携帯じゃないですか」

ドキドキしているのは、決して、東の顔がすぐ隣にあるからではない。

## 5

十一月十三日日曜日、午後二時五分。

新宿の歌舞伎町交番に勤務する梅原紀之《うめはらのりゆき》巡査部長は、久しぶりに綺麗に晴れたなと、大久保病院の向こうに広がる北の空を見上げていた。この天気じゃ、駅前の選挙演説はさぞ盛況だろう。お陰でこっちは暇でいい。そんなことも考えた。

「……ウメさん、昼メシなんにしました？」

若い小津《おづ》巡査は、今さっき巡回から帰ってきたばかりだ。

「俺はきつねうどん。いつもの」

「職安の裏のですか」

「そう」

「へえ。好きですねぇ……」

お前の足下にある丼を見れば分かるだろう、と思ったがいいはしなかった。今の若い者は、ちょっとでも棘《とげ》のある言い方をするとすぐに機嫌を損ねる。いや、棘までいかなくとも、角があるだけでヘソを曲げてしまう。

「俺は、もっとなんか、美味いもん食いたいなぁ」

それでいて日々、他人の好きな食べものを不味《まず》いと馬鹿にし、傷つけていることには頓着しない。

――お前がお気に入りの、あの、チキンなんとかバーガー。あんなの、しょっぱくて食えたもんじゃなかったぞ。

梅原は日々思う。食べもののことで、あまり嫌な思いはしたくないものだと。

この歌舞伎町交番での勤務はとにかく激務だ。小さなものから挙げれば、一日千件を超える地理指導、つまり道案内。次いで多いのが落とし物の届出受理。夜になれば、風俗店ならびに飲食店における、強引な客引き、法外な料金請求にまつわるトラブル。朝まで続く酔っ払いの喧嘩、怪我、迷子、奇行。暴力団絡みの小競り合い。万引き、窃盗、置き引き。少年少女の補導に指導——本署の刑事課や組織犯罪対策課、生活安全課が担当してくれるような事件になってしまえばまだいいのだが、何しろ、それ未満というのがとにかく多すぎる。

そんなところで、己の精神の均衡を保つ助けになってくれるものといえば、食事をおいて他にはない。梅原はタバコを吸わないし、勤務中に酒を飲むわけにはいかないのだから、腹に入れて、ほっとするものといったら、それはやはり、そんなに味の濃くない、温かいものということになる。

などと考えているうちに、また騒ぎが起こったようだった。コマ劇場の方から血相を変えて走ってきた若者。マクドナルドの制服を着た、二十代半ばの男性だ。

「た、大変ですッ」

一日に何百回と聞く台詞《せりふ》だが、この真っ昼間にこの表情でというのは珍しい。

「どうしました。落ち着いて、話してください」

男はこっちを上目遣いで見ながら、息と、唾を飲み込んだ。

「……ドンキに、た、宅配便のトラックが、突っ込んで」

「なにィ？」

彼の走ってきた方角からして、その「ドンキ」というのは、セントラルロード入り口にある、「ドン・キホーテ東口本店」のことだと思われた。

「トラックが突っ込んだァ？」

奥から交番長の木村警部補が出てきたので、梅原は目礼して小津の肩を叩いた。

「ほら、いくぞ」

若者と小津と、三人で交番を飛び出す。

劇場前広場までくると、巡回に出ていた巡査部長三人と合流した。彼らもやはり、別のところで騒ぎを聞きつけたようだった。

「トラックだって？」

「ああ、よくは分からないが」

「お巡りさん、早く早く」

コマ劇場前を過ぎ、彼の勤めている店舗であろうマクドナルドの前を通り、セントラルロードに出ると、

「ああ？」

「なんだありゃ……」

梅原以下、五人の警官はみな言葉を失い、足を止めた。

トラックは、ドン・キホーテにだけ突っ込んだのではなかった。もう一台、別のトラッ

クが向かいのパチスロ「スターダスト」にも激突している。そして、その「突っ込んでいる」という表現は、実はやや正しくない。

正確には、飛脚マークのパネルバン・トラックの後部がドン・キホーテの店先に埋没していて、同様に黒猫マークのトラックが、まったく同じように後部をパチスロの外壁にぶつけている。つまり二台は今、見合うようにして向かい合い、互いに尻を左右の店舗に押しつけて停まっているのである。

そして、その二台の間には、五メートル強の隙間がある。そこを今度は一台の路線バスが、向こうから縦列駐車で埋めようとしている。まるで、自らの車体を門扉《もんぴ》とするかのように。

——なんてこった……。

歌舞伎町セントラルロードの入り口は今、宅配便のトラック二台とバス一台で、封鎖されようとしているのだった。

「……とにかく、いこう」

ようやく正気を取り戻し、梅原が飛び出すと、他の四人もあとに続いた。

もともと通りにいたのであろう通行人。通り沿いの店舗から何事かと飛び出てきた店員、客。そんな連中の間を縫って、梅原たちは騒ぎの場所に向かった。

近づいていくと、ドン・キホーテの店員であろう男が、白いダウンジャケットを着た男に激しく抗議している。その隣には全身真っ赤の、ちょっとイカレたファッションセンスの男が立っている。髪は金髪だ。

「ザッケんなテメェコノヤロ、なんだなんだコレ、とにかく早くどかせよッ」

梅原も、目の前にあるのが異常な事態であることは充分に認識していた。だが、目ではまだ、トラックを運転していたであろうドライバーの姿を捜していた。ドンキの店員が喰ってかかっている、ダウンジャケットの男がトラックを運転し、激突させたのかもしれないとは、瞬時には思い至らなかった。

「ナニやってんだテメェーッ」

パチスロからも出てきた。だが彼は騒ぎの場所ではなく、路線バスの方に向かっていった。バスは今、自らその車体左側面を、二台の宅配トラックのそれにこすりつけている。ガギガギガギッと、鉄板と鉄板のこすれる不快な音が辺りに響き渡る。

「オイ、やめろよコラッ」

パチスロ店員はトラックとトラックの間に立ち、ジャンプして、バスを運転している人物に向かって怒鳴る。

「どうしたんですか」

梅原はまず彼に声をかけた。巡査部長のうち二人は言い合いの仲裁に向かい、小津ともう一人の巡査部長は通行人の中にドライバーの姿を捜している。

「どうしたもこうしたもないっすよ、いきなりっすよ」

すると、まんまとセントラルロードを封鎖したバスは、そこでエンジンを停止させた。急に辺りが静かになる。野次馬はかなりの数集まってきているが、口を利く者はほとんどいなかった。

やがてバスの中に、ふらりと人影が現われた。トラックの車体で死角になって、ここからは見えない運転席の方から出てきた、グレーのスーツ姿の、三十代と思しきサラリーマンふうの男だ。

梅原は興奮するパチスロ店員を制して前に出た。

「おい、君」

こちら側に面したバスの窓はほとんど割れて落ちている。梅原の声が聞こえないはずはないのだが、男は、まったく反応というものを示さなかった。

「ちょっと君、ちょっと、降りてきなさい」

彼と梅原の間にあるのは、普段は乗客が利用する降り口だ。すでに枠が大きく歪《ゆが》んでいるため、もはや開閉不能ではあろうが。

「いいから、ほら、降りてきなさいよ」

そのとき、ちょっと離れたところで、交通事故を思わせる衝突音が鳴り響いた。ここより右方向、一番街の入り口辺りか。

すると、またすぐに似た音がした。先よりは少し遠い感じで、今度は左の方。さくら通りの辺りか。

——なんだ……。

梅原が正面に目を戻すと、バスの中の男は、拳銃を構えており——。

＊

パンッ、という音を聞いて振り返ると、トラックの陰から、誰かが後ろ向きに倒れ出てきた。制服警官。帽子がぽろりと地面に転がる。

——ウメさん？

小津が一歩踏み出すのと、その状況を見ていたのであろう野次馬たちが悲鳴をあげるのが同時だった。一瞬遅れて、梅原のいた辺りから人影が飛び出してくる。

——あ、待てッ。

そう思って手を伸べた瞬間、また銃声が聞こえた。飛び出してきた人影の左肩がパサッとささくれ、その衝撃で彼は前につんのめった。また銃声。だが今度は彼の足下のアスファルトに当たった。

野次馬はみなコマ劇場の方に逃げていく。

小津は、反射的に倒れた彼のもとに駆け寄ったことを後悔した。

右手、トラックとトラックの間、道を塞いでいる路線バスの中には、銃を構えた男が立っている。その銃口が、白く火を噴く。

——あぶッ。

とっさに飛《と》び退《の》いた。その瞬間、ウッ、と呻き声がした。小津に向けられたのであろう銃弾は、不幸にして倒れた彼の尻に当たってしまった。そう、この男はパチスロ「スターダスト」の店員だ。

「アギァーッ」

しかしもう、とてもではないが彼のもとにいく気にはなれなかった。

向こう側、飛脚マークのトラック脇で事情を聞いていた巡査部長二人がこっちを向く。だがさすがだ。二人はすでに拳銃をホルスターから抜いていた。そのままトラックの車体に身を寄せ、運転席の窓越しに、バスの様子を窺おうとしている。

「こちら、歌舞伎町PBフタサンより本署、応答願います」

一緒にいた巡査部長は隣で、早速新宿署に事案発生の第一報を入れていた。みんな、さすがだ。頼りになる先輩ばかりだ。

と、思ったのは束の間だった。

向こう側で銃を構えた先輩二人の背後に立っている、最初にドンキの店員と諍《いさか》いをしていた白いダウンジャケットの男までが、なんと、いつのまにか銃を構えているのだ。隣にいる赤装束《あかしょうぞく》の金髪男は、何か銀色の棒をぐるんぐるん回している。

あっ、と思ったときには遅かった。

一人の巡査部長は後ろから後頭部を撃たれ、銃声に振り返ったもう一人は、赤装束の男に喉元をかっ捌《さば》かれた。スイッチを切られたように、力なく二人が重なり合う。

——なんなんだ……。

銃口は続けざま、こっちにも向けられた。そこで初めて、小津は自分のホルスターに手をやった。

隣の巡査部長はもう構えに入っていた。

銃声が二つ、ほとんど同時に鳴り、白いダウンジャケットの右肩が毛羽立った。先輩の弾が当たったのだ。あっちの弾はどこかにはずれたのか。

だが間髪を入れず、赤装束の男がこっちに何かを投げた。

ぷすッ、と音がし、目を向けると、先輩の喉元に、短い銀色の棒が生えていた。

目の前で起こっていることの意味が、よく分からなくなった。

もうまったく、この状況というものが、理解できなくなっていた。

——なんだよ、なんなんだよ、これ……。

ふいに、右のこめかみが焼けるように熱くなった。ひっ、と漏らし、思わずそっちを見てしまった。

グレーのスーツの男が、すぐそこに立っていた。銃口を向け、無表情で、こっちを見ている。

その向こう、彼の背後、飛脚マークのトラックの屋根に、誰かが登って立つのが見えた。

それはさっきの、あのナイフ投げの、赤装束の金髪男だった。

「……ウォーッ、ザイ、ズゥーリィーッ」

彼は天を仰ぎ、両手を広げ、まるで勝どきを上げるように叫んだ。

それを後押しするように、あるいは共に祝うように、辺りで一斉に銃声が起こった。カーニバルの爆竹。そんな陽気な感じにも聞こえた。

いや、そんな場合じゃない。一体ここには何人、銃を持った人間がいるのか。そう思い、見ようとした瞬間、耳元で――。

＊　＊

十一月十三日、日曜日。

小野は、ＳＡＴ第一小隊制圧二個班の隊員らと共に、新宿駅前東口広場における民自党公認候補、三嶋裕子の選挙演説警備に当たっていた。

《このたびのォ、消費税の引き上げはァ……》

ロータリーの島状になった部分、東口広場にワンボックスカーを乗り入れての演説。今日は広場内を一般人立ち入り禁止とし、内部は関係者のみに制限するという態勢をとっている。

午後二時。新宿駅東口界隈は、十一月の空《から》っ風《かぜ》をものともしない、一種異様な熱気に包まれていた。

外周の道という道には、人の頭がびっしりと詰まっている。

このロータリーを囲む歩道や、歩行者天国になっている新宿通りは、見渡す限りどこもかしこも人であふれ返っていた。それもほとんど、動きらしい動きが見られないという有り様だ。

ちなみに三嶋候補は選挙カーの上、主に新宿アルタの方を向いて喋っているが、それに対する聴衆の反応は一様に鈍い。

《年金問題とも密接に係わる……》

ロータリーの島に入れるのは、民自党員か、党本部から許可をもらっているマスコミ関係者、あとは警察官に限られている。現在は、所轄署である新宿署地域課の三十名が外周の歩道に詰めかけた一般人に混じって警戒に当たり、同署警備課の十五名と、本部の警備部警護課のSPが島に入って関係者の動きをチェックしている。さらに新宿署刑事課と組織犯罪対策課の四十名は駅地下道にもぐり、不審者が東口に向かわないかを随時チェックしている。交通課は、周辺道路の封鎖と警備に当たっている。

小野は無線担当員と選挙カーの裏側にひそみ、現場周辺の様子に目を光らせていた。

《いま消費税を上げないとォ……》

制圧二個班の十二名は今現在、この場所にはいない。ここより右後方、東口交番脇にあるタクシー乗り場の方にいっている。そこも細長いロータリーになっており、普段ならタクシーや一般車両が乗り入れて乗り降りをする場所である。しかし、そこも今日は関係車両以外の進入を禁止にしている。

なぜか。そこに間もなく、民自党総裁であり、現内閣総理大臣である大沼堅次郎と、内閣官房長官の渡辺和智が、そろって到着するからだ。

《子供たちの未来は、どうなるんですか……》

腕時計を確かめる。午後二時七分。総理の到着は二時ちょうどだったはず。渋滞にでも巻き込まれたか、などと思っていたら、右耳で無線が「ヂッ」と鳴った。

《こちらA班伊崎。マル対（対象者）車両、現着（現場到着）確認しました》

段取りでは、タクシー乗り場からここまでの順路に制圧二班が立ち、制圧一班が車両をガードして誘導する予定になっている。

「小隊長了解」

あえて背後は見ず、小野は前方の群衆に目を凝らした。

《B班亀田。マル対とA班の合流を確認。これより誘導を開始します》

「小隊長了解」

警視庁上層部の間では、たかが選挙演説にそこまで厳重な警備が必要なのかという声も上がったという。そういうことをいうのは、決まって葛西や西大井の事案に係わらなかった部署のトップだったらしいが、両方の現場を担当したSAT関係者にしてみれば、今選挙の警備にやりすぎはないというのが一致した見解だった。

すでに西大井の事案に絡んで、公安が動き出しているとの情報も耳にしている。ということはつまり、今現在の日本は、国内組織による爆弾テロの危機に晒されていると考えるべきなのである。

この情報の信憑性について、小野はほとんど疑いを持っていない。

警備と公安は常に表裏一体。いや、そもそも警視庁本部のみが独立した「公安部」を設けているのであり、他道府県警や所轄レベルでは、公安は警備の一部という扱いにするのが通例である。そのため警視庁内でも、警備部は他部署より公安部の情報が入り易い位置にある。むろん、大半は向こう側の意図的なリークなのだが、だからといって信用できない情報ではない、というのが小野の捉え方であった。

ふいに、ワァーッ、と背後で声があがった。総理が乗っているであろう車両が見え、聴衆が騒いだのだ。

大沼堅次郎は、歴代の総理より「一般的で分かりやすい言葉」を使うことで人気を博し、いまだ高い支持率を誇る稀代の天才政治家である。今日の演説がこのように盛況なのも、すべてはこの大沼人気によるものだといえる。

ちなみに、ポスト大沼と呼ばれる民自党代議士は今現在、おおむね二人にまで絞られてきている。現内閣官房長官の渡辺和智と、前幹事長の船越幸造だ。現段階で、次期総裁に最も近いとされているのは渡辺の方で、比べると船越は一枚落ちる感があるが、二人の内のどちらがなるにせよ、現在の大沼同様の支持を国民から集めるのは難しいだろうといわれている。

それにしてもすごい騒ぎだな、と思い、小野は背後を振り返った。

いま小野が立っているのは、「新宿ステーションスクエア」という名の小さな野外ステージだ。背後には「グリット」と呼ばれる、幅五メートル、高さ八メートルの広告塔がある。何も張っていない現状は、ただの巨大な金属製の格子にすぎない。

その向こうには進入禁止、むろん歩行者も立ち入り禁止にした車道があり、そこに黒塗りの民自党公用車が二台、ゆっくりと入ってくる。車道をはさんで向かいの歩道で聴衆を制しているのは、すぐそこの東口交番の制服警官か。

二台は右側をこちらに向け、グリットのちょうど真裏で停まった。そこには開閉式の柵があり、野外ステージへの出入りができるようになっている。制圧二個班の隊員たちが即座に車両を取り囲み、警戒態勢をとる。すぐに二台とも助手席が開き、秘書だろうか、動きの機敏な関係者が車両後部をぐるりと回った。

車体右側の後部ドアが開けられる。

まず降りてきたのは警護課のＳＰで、彼らが周囲を窺い、それからようやく、先行車両からは渡辺和智が、後続車両からは大沼堅次郎が降りてくる。

ウォォーッと、駅前の聴衆が一気にヒートアップする。大沼もそれに手を振って応える。もう主役であるはずの、三嶋裕子の演説などまったく聞き取れない状態だ。

そのときだ。どこかでパパパンッ、と何かが爆《は》ぜる音がした。銃声と聞き違えるようなものではなかった。おそらく爆竹。だがその場所を確かめようと、大沼たちから目を離したのは小野だけではなかったようだ。

目を戻したときにはすでに、公用車の辺りは信じられない光景に様変わりしていた。向こうの歩道からあふれ出した聴衆が、大沼たちのいるところまで押し寄せてきているのだ。そうなると、もうどれがＳＡＴの隊員で、どれが大沼でどれが秘書なのかも分からなくなった。中には転んで踏み潰された人もいるらしく、そこかしこから悲鳴や怒号が聞こえてくる。

「こちら小隊長、A班、B班、どうした」

そういっている自分の声すらよく聞こえないくらいだから、伊崎や亀田にもこの声は届いていないのだろうし、仮に届いていたのだとしても、その応答を小野自身が聞き取れるとは思えなかった。

小野は背中に備えていたMP5を前に構えた。威嚇射撃をしよう、そう思って銃口を空に向けた瞬間、別のところで銃声が鳴った。

——なに。

MP5でも、P9Sでもない、ましてや制服警官たちが持っているニューナンブでもない音だった。

——なんだ。

最悪なことに、それは押し寄せた聴衆の中から聞こえてきた。さらに二発、三発。高まる悲鳴。飛び交う怒号。

小野がグリットを迂回して騒ぎの方に踏み出したときには、すでに何人かが柵を乗り越えて島の中に入ってきていた。だがとっさには、それをどうすることもできなかった。撃つわけにも、押し戻すわけにもいかない。彼らに逆らい、少しでも自分が騒ぎの場に近づくので精一杯だった。

すると左の方で、カカカッとサブマシンガンの銃声が鳴った。MP5だった。SATの誰かが威嚇射撃をしたのだ。

「どいてくださいッ」

亀田の声が響いた。

ほぼ同時に、大沼の乗ってきた公用車が後退を始める。別のＳＡＴ隊員が怒鳴り声を上げる。威嚇射撃を織り交ぜながら、半ば暴徒と化した聴衆を進路から排除していく。公用車は進入禁止にしていた辺りまで下がり、そこからは勢いよくバックして角を曲がっていった。どこかで方向転換をして反対の方に抜けていけば、南口方面に出られるはずである。

小野は車道に出て、まずは残った公用車の周りにいる者を力ずくで押し退けた。特にＭＰ５の効果は絶大で、安全装置をかけて持っているだけでも、見た者は飛び退くように歩道の方に帰ろうとした。

広場にいた他の警官もきて、徐々に群衆は歩道へと戻っていく。そんな頃になって、公用車の下に人がうずくまっていることが分かった。

なんとそれは、現内閣官房長官の、渡辺和智、その人だった。

渡辺の後頭部は無残にも凹み、ぶくぶくと、黒い血があとからあとから噴き出してきていた。

# 第三章

## 1

基子は東口交番裏のタクシー乗り場で、ぼんやりと晴れ渡った空を眺めていた。

遠い喧騒。道という道を埋め尽くす人の群。MP5を腰に備え、私服で警備に当たるSAT制圧班のメンバー。封鎖状態にあるため、人影も車もないロータリー。どこかで見たような風景。だが何かが、少しずつ違う眺め――。

隣の白石が腕時計に目をやる。

「少し、遅れているようですね」

それすらも基子には、何か一枚、フィルターがかかったように聞こえていた。

「ああ……」

微熱でもあるのだろうか。すべてのものがくっきり、はっきり見えているのに、いま一つ確かな現実感というものが失われている。

そしてふいに、誰かが耳元で囁く。

——よせ……。

やわらかな響きの声。甘やかな記憶との繋がり。それでいて引き戻されるような、向かい風に遭うような抵抗を感じ、歯軋《はぎし》りするのだ。なんなのだ、このやり場のない苛立ちは。

深呼吸をし、邪念を振り払う。見回せば、制圧一班のメンバーたちはロータリーの彼方、新宿駅新南口の方に目を向けている。

あの日、彼らとの関係は一変した。大森の居酒屋で、白石が携帯を差し出してきたあの夜に。彼らがミヤジの息のかかった人間であると分かった、あの瞬間に。

すでに彼らは、自分の部下ではない。仲間でもなければ、同志でもない。強いていうならば、同じ穴のムジナ。出口の見えない暗闇を這い回る、横並びのドブネズミだ。

あの電話でいわれたのは、ミヤジ流にいえば、協力のお願いというやつだった。だが、自分の行動のすべてが彼の監視下にあると知らされたあとでは、クラブ「新世界」で二百丁からの銃口を向けられたあとでは、それは「命令」といささかも変わらない、形ばかりの「ご都合伺い」であった。

これから自分が起こそうとしている行動に、躊躇《ためら》いがないといったら嘘になる。十七歳のときに柔道のコーチを殺したのは、いま思えばあれは、青臭い嫉妬という下らない理由からだった。つい先日、筋肉バカと小便臭いガキと変態ライターを殺したのは、身の危険を感じたからだったし、殺してはいけない理由が特に見つからなかったからだ。法的にどうかはさて置くとして、自分では、あれは防衛の範疇《はんちゅう》だったと今でも思っている。

　だが今回は、それらとはまったく状況が異なる。

　相手は、直接自分に係わる人間ではないし、ましてや危害を加えてくるわけでもない。完全にこっちから仕掛けて、どうにかしてしまおうという話なのだ。

　では、それを悪だと、絶対にしてはならないことだと考えているのかというと、実のところそうでもない。もうほとんど、人を殺してはいけない理由というのがなんなのか、自分ではよく分からなくなっている。

　ただ、誰かが囁くのだ。駄目だと。

　誰かがこの手をとり、後ろに引っ張るのだ。いくなと。

「……班長、きました」

　白石の声で我に返った。慌ててその視線の先に目をやる。

　ロータリーの入り口、新宿署の制服警官たちが合流地点のカラーコーンをどけ、三台の黒塗りのセダンを中へと導き入れる。そのうちの一人が手を上げる。制圧一班の吉田が手を上げて返す。

　基子は無線の送信スイッチを押した。

「こちらA班伊崎。マル対車両、現着確認しました」

《小隊長了解》

一班の五人に目配せし、車道に出る。制圧二班の六人は直ちに、演説の行われている広場までの道の安全確認に向かった。

三台のうち、先導役を務めた一台はロータリー入り口付近に停車した。後続の二台はそのまま真っ直ぐ、基子たちの立っている場所まできて一時停止をした。代表して基子が運転席を覗く。窓を開けた運転手は中年の、腹に一物《いちもつ》ありそうな顔つきの男だった。

「ご苦労さまです。警視庁警備部です。会場まで誘導しますのでついてきてください」

「よろしくお願いします」

ちらりと後部座席も覗く。段取り通り、内閣官房長官の渡辺和智が車両左側に乗っていることを確認し、一歩下がる。

後ろの車両を見ると、制圧一班の吉田が同様に確認作業をし、間違いないことを基子に伝えてくる。基子は広場の方を見やり、制圧二班の亀田班長に確認が完了したことを手振りで伝える。

《B班亀田。マル対とA班の合流を確認。これより誘導を開始します》

《小隊長了解》

今一度合図を送り、誘導を開始する。

広場側のロータリーに入ると、それだけで聴衆の多くが歓声を上げた。歴代首相の中でも、大沼総理は抜群の人気を誇ると聞いてはいたが、ここまでとは、基子は思っていなかった。まるでアイドル歌手かロックスターのノリだ。確かにこれを覆すのは、生半可な手段では無理だろうと感じる。

新宿通りから見ると広場の裏側。そこには車道とを隔てる柵があるが、一ヶ所だけ開閉が可能になっている。渡辺和智と大沼堅次郎には、その出入り口から演説会場に入ってもらう段取りになっている。

二台のセダンは、静かに指定場所で停止した。

エンジンはかけたまま、車両それぞれの助手席が開く。飛び出してきた若い二人は、駆け足で車両後部を迂回し、動きをそろえるようにして各々、右後部座席のドアに手を掛けた。

お辞儀をしながらそのドアを引くと、まず降りてきたのは警備部警護課のSPだった。

聴衆は一瞬騒ぎかけたが、総理ではないと分かってトーンダウン。だがすぐに本命、後続車から出てきたのが大沼だと分かると、一気にボルテージは上がり、惜しみない声援を送った。こうなると、あの立派な白髪頭はいいトレードマークだな、と基子ですら思う。

大沼は振り返り、東口前の歩道にいる聴衆に手を振った。まるで英雄気取り。いや、まさに彼は英雄なのだろう。もしかしたら、この会場で彼の存在価値を認識していないのは自分だけなのかもしれない、とも思う。

大波に呑まれたかのように、すべての音が歓声に押し潰される。公認候補の演説も、アイドリングしている党公用車のエンジン音も、鉄橋を渡って新宿駅に入っていく電車の音も——。

こんな状況でも通じる合図の音というと、もう、爆竹くらいしかない。そのミヤジの判断は、正しかった。

パパパンッ。

ある意味それは、銃声よりもクリアに、辺りに響き渡った。

驚いた聴衆がほんの一、二秒、静まり返る。基子はその間に、大沼総理の方へと移動した。

その次の瞬間にはもう、喧騒はさらに大きく膨れ上がっていた。多くの聴衆が立ち入り禁止のロープをまたぎ、ガードレールを乗り越え、制服警官を押し退け、車道に出ようとし始めていた。

作戦は、順調だった。

最初に動いたのは、むろんミヤジの手下たちだ。その数およそ二百八十人。爆竹の音に対し、彼らがまず「テロだ」「逃げろ」と騒ぎ、車道に出ようとする。そうなると関係ない者までも、釣られて同じ方向に動こうとする。民自党関係者と公用車二台、ＳＰとＳＡ

T制圧班の十二名しかいなかった車道が、群衆に呑み込まれるのにさしたる時間はかからなかった。

すぐに銃声が鳴った。ミヤジの手下が、渡辺和智を射殺したのだ。その場面を目にすることはできないが、あのミヤジが吟味に吟味を重ねて編成した精鋭暗殺部隊だというから、まず失敗ということはないだろう。

基子は、自分の仕事にとりかかることにした。

すでに大沼は車内に戻っていた。先ほど挨拶をしておいた吉田が運転席のドアを開ける。

「緊急事態です。すぐこの場を離脱する必要がありますので、運転を代わってください」

「……あ、はい」

運転手は、迷う間もなく座席からどかされた。

助手席には白石が乗り込む。

「あなたはここに残って」

基子はSPを押し退け、強引に大沼の隣に座った。反対のドアからは同じく制圧一班の平山が乗り込んでくる。

残った千葉と三上が、車両後方を空けるよう他の者に指示する。後部座席から見ていると、亀田が「分かった」というように頷くのが見えた。

千葉と三上が、そろってMP5を空に向ける。カカカッ、と乾いた銃声が鳴り、群衆の動きが瞬時に止まる。

「どいてください、どいてくださいッ」

その瞬間だけ、亀田の言葉が明確に聞き取れる。

同時に吉田はサイドブレーキを解除し、シフトレバーをバックに入れて後退を始めた。

最初はそろりそろり、だが進入禁止にしておいたタクシー乗り場の辺りまでくると、いきなりアクセルを一杯に踏み込み、猛スピードでバックし始めた。

「おおッ」

前にのめる大沼を、基子は左手で支えた。

ロータリー中程まできたら切り返し、そのまま新宿駅新南口方面に直進する。何が起こったのか分からない新宿署の警官たちは慌ててカラーコーンをどけようとしたが、こっちがスピードを緩めないと悟るやいなや、一斉に身を引いた。三つか四つ、カラーコーンを撥ね飛ばし、一つを右前輪が踏む。破片が飛んだか、警官たちは手で顔を覆いながら飛び退いた。

——馬鹿め……。

さらにスピードを上げて直進。突き当たりで左折し、甲州《こうしゅう》街道に合流する側道に入る。道は比較的空いており、作戦遂行の障害になるものは何もないように思われた。

だが突如、サイレンが基子たちの車両を追いかけてきた。

振り返ると、白バイ二台がついてくる。こちらの意図を見破ったわけではないだろう。おそらく、警護課からの受命で護衛につくつもりなのだ。だがそれは、大きなお世話といわざるを得ない。

基子は携帯電話を取り出した。

ミヤジはすぐに「はい」と応じた。

「……ああ、あたし。いま白バイが二台、ついてきちゃってるんだけど、そっちで対処できる？」

隣の大沼が怪訝な顔をする。

『前ではなく、後ろにいるのですね』

「そう」

『分かりました。どうにかします。そちらは予定の場所から入ってきてください』

「分かった」

電話を切ると、大沼がこっちに向き直った。

「……これは一体、どういうことなんだね」

まだ、その態度は落ち着いていた。自分には分からない、下々の者の間で起こったトラブル、あるいは手違いくらいに思っているのだろう。

「さあね。何が起こってるんだろうね……」

車は明治通りに入り、花園《はなぞの》神社方面に向かっていく。

「君らは、確か」

「ああ。警視庁警備部第一課、特殊急襲部隊の隊員だよ」

「特殊……つまり、ＳＡＴ」

「ああ、よくご存じで」

「身分証を、見せてもらえるかね」

基子はスーツの内ポケットから手帳を抜き出し、開いて見せた。

「所属は書いてないけどね、でも本物だよ」

「さっきの電話のやり取りは、一体どういう意味かな」

「そんなことは、あんたは知らなくていいよ」

それでようやく、大沼は悟ったようだった。見る見るうちに、顔色が変わっていく。

「……私を、ど、どうするつもりだ」

「ごめん、あたしもよく知らないんだ。……白石、知ってる？」

彼は助手席で、黙ってかぶりを振った。

「クーデターかッ」

なんだか暴れ出しそうだったので、基子はとっさに大沼の右腿をつかんだ。膝上十センチ、大腿部の外側には、大腿筋膜張筋から繋がる太い筋がある。これを強く押されると、

「ヒガッ」

もの凄く痛い。

手を放すと、入れ替わるように大沼はそこをさすり、目に涙を浮かべながら基子を睨んだ。

「……一体、なんのつもりだ」

馬鹿か、この爺は。

「さっき、分からないといったろう」

思わず、基子は左拳で彼を殴りつけていた。

頬の肉が潰れ、骨の軋む音が、確かに聞こえた。

運転席の吉田が「班長、まだ殺しちゃ駄目ですよ」と笑った。

靖国通りを渡り、花園神社の前を過ぎると、吉田は新宿六丁目の交差点でハンドルを左に切った。後ろを見ると、白バイ二台も車体を傾けながらついてくる。

前に向き直ると、セントラルロードに負けない幅の道路、その左右に、数台のパネルバン・トラックが停まっているのが目に入った。

吉田はその真ん中に、悠々と車を進める。今一度後ろを見ると、怪訝に思っているのか、白バイ警官二人は互いに首を傾げ合っていた。

その瞬間だ。

左右のトラックの死角から十人ほどの人影が飛び出し、いきなり、白バイの車輪に向けて鉄パイプを突き出した。

何が鳴ったのか、ボコンッと大きな音がし、向かって右の白バイが宙に浮き上がった。

「なっ……」

大沼が振り返ったときには、すでに車体は一回転して地面に叩きつけられ、それを避けきれなかったもう一台が、巻き込まれて転倒するところだった。十人ほどの暴徒のうち、二人くらいは巻き添えを喰ったようだったが、残りの者はかまわず白バイ警官を殴りにいっていた。その向こうで、停まっていたパネルバン・トラックが動き出す。あれが、ミヤジのいっていた「封鎖部隊」というやつか。

「君たち、こんな、こんなことをして……」

「まだまだ、序の口だよ総理ィ」

声を上げて笑ったのは、またもや吉田だった。

そのまま車は真っ直ぐ、区役所通りを横断し、風林会館の前を過ぎ、歌舞伎町の中心地へと進んでいく。

「……馬鹿な」

そう。まさにさっきのような暴力沙汰は序の口だった。

いまや歌舞伎町は、まさに暴挙の坩堝《るつぼ》と化していた。

道端で数人の男に乱暴されている女性。鉄パイプで殴打されているのはその連れの男か。飲食店のガラスは叩き割られ、その前ではヤクザふうの男が、スーツ姿の男たちに殴られ蹴られしている。

角からふらりと出てきた血だらけの男は、日本刀を肩に担いでいた。ウリャーッ、と後ろから出てきた男に鉄パイプで殴られ、だが振り向きざま、彼は袈裟《けさ》斬《ぎ》りに切って返した。次の瞬間、どこかで銃声がし、日本刀男の頭は木っ端《こっぱ》微塵《みじん》に吹き飛んだ。

かと思えばいきなり人が降ってきて、地面に激突して肉塊と化す。そこを上半身裸の女が駆け抜けると、暴徒たちは死体を踏み越えながらあとに続く。

手錠で繋がれた、下半身裸の男の列もあった。先頭にいるのは、真紅のボンテージ・ファッションでキメた女王様だ。

とうとう、ミヤジの提唱する「新世界」が、地上にその姿を現わしたのだ——。

前を向くと、吉田は笑いに肩を震わせながらハンドルを叩いていた。助手席の白石は黙ったまま、腕を組んで前方を見つめている。平山は後部座席でMP5を構え、安全装置をはずしていつでも撃てるように備えている。

大沼は、目を閉じて震えていた。

車はヒューマックスの前で左折し、コマ劇場に向かっていく。

視界が徐々に開けてくる。アジア有数の歓楽街に、ぽっかりと出現する空虚な空。歌舞伎町の象徴ともいうべき、劇場前広場に到着した。いま初めて、ヘリコプターの音が聞こえた。警察か、あるいはマスコミだろうか。いや、そんなことはもうどうでもいい。

吉田は広場の真正面に車を停めた。

そこに暴徒は一人もいない。

いるのは、それぞれ片手に拳銃を持った、思い思いのファッションでその身を飾った若者たちだ。白のダウンジャケット、ボロボロのデニムブルゾン、スカジャン、革ジャン、パーカにスーツ。中にはこの寒いのに、鋲《びょう》付きのレザーパンツのみで上半身は裸という、気合いの入った輩《やから》までいる。全部で十二、三人はいるだろうか。

その中心にいるのが、ジウだった。

コートにシャツ、パンツ、靴に至るまで、すべてが真紅で統一されている。それはあたかも、屋根のない宮殿の中心に立つ、狂気の王子といった佇《たたず》まいだった。

ドアを開け、まず基子が車から降りた。

「……ほら、降りな」

だがそれだけでは、大沼は降りてこなかった。平山にMP5でつつかれて、ようやく転げるように出てくる。

白石、吉田も並び、四人で大沼を広場に引っ張り上げる。ジウ一派との距離は、まだ三メートルか四メートルほどあった。

「予定通り、連れてきたよ」

大声でいっても、ジウは応えない。じっとそこに立ち、基子の方を見ている。

代わりに、隣の白いダウンジャケットの男が携帯を取り出し、どこかに架けた。撃たれたのか、ジャケットの右肩が毛羽立っている。

「……ああ、お疲れさまです。予定通り、総理が到着しました。これから、新世界にお連れします……はい。すべて、予定通りです」

相手はミヤジか。奴はクラブ「新世界」で、高みの見物というわけか。

携帯が閉じられるのと同時に、取り巻きのうちの、別の三人が動いた。真っ直ぐ、こっちに近づいてくる。彼らは白石たちから大沼を引き取ると、そのまま基子たちがきた方向、新宿二丁目方面に連行していった。

何かを待っているような時間。

だが、何も起こらない。

ただヘリコプターが、頭上を斜めに通り過ぎていく。

やがて三々五々、ジウの取り巻きたちは散り始めた。

吉田と平山も、一番街の方に歩いていった。

白石は動かなかった。

彼と、ジウと、基子。三人だけが広場に残っていた。

乾いた風が、西日の射し込む広場を吹き抜ける。

ジウの、やわらかそうな金髪が、ふわりと舞い上がる。

美しき魔界の王子。新世界の申し子。

かつて、その花嫁と目されたのは、この自分だった。

——上等だよ……。

また誰かが、よせと、耳元で囁いた。

## 2

美咲たちの発見した携帯電話は、とてもではないが充電しただけでメモリー内容が見られる状態ではなかった。

充電コネクターの口は錆びているし、二つ折りの蝶番《ちょうつがい》部分も折れている。ディスプレイは表面パーツが半ば剝離しており、まったく機能しなくなっている。

「でもまあ、せっかく見つけたんだ……」

東はそれを秋葉原の、知り合いの店に持ち込んだ。

そこは以前、彼が殺人事件に絡んで聞き込みに入った携帯ショップで、たまたまカバーパーツを交換するサービスも行っていたため、「場合によったら違法改造に当たるよ」と忠告したところ、途端に顔を蒼くして土下座したのだという。

「気の弱い男でな。見逃してくれ、やっと手に入れた店なんだって、泣いて詫びるんだ。面白いから、今日のところは俺の裁量で勘弁しておくと、恩に着せておいた」

確かに、その店主は情けないほどに細っこい、この店を取り上げたら即座に首を括《くく》りかねない雰囲気の男だった。赤い壁紙と安っぽい電球で飾った店舗は、どう贔屓目《ひいきめ》に見ても二坪程度。なんとも、哀愁漂う眺めである。

「あ、あ……東さん」

ドアロをくぐったときは驚愕《きょうがく》の表情を浮かべた彼だが、東が用向きを伝えると、にわかに顔つきを明るくした。

「とりあえず、見せてください」

ただ、実物を見るとまた暗い顔をする。

「……こりゃひどい」

そこで引かないのが、また東らしかった。

「NTTに頼んでもいいんだが、それじゃあ時間がかかりすぎる。とにかく早くやってもらいたいんだ。頼んだぞ」

本当は拾ったものを勝手に修理に出し、そのメモリー内容を開示させることが法的に難しいから、ここに持ってきたのだが。

「しかし、これじゃちょっと……」

「任せたぞ。五日以内にデータを吸い出してくれ」

「そんな、急に」

「じゃあな……いくぞ」

そして十一月十三日。昼過ぎになってその携帯屋から連絡が入った。一応、データの吸い出しに成功したということだった。

早速秋葉原の店に出向く。前回と同じようにドア口をくぐると、彼はことのほか明るい表情で美咲たちを迎えた。

「いやァー、正直駄目だと思ってたんですがね、隅々まで洗って錆もとって、接点の怪しいところは修理して、コネクターを新しいものに交換したら、読めたんですよ東さんッ」

「いいから結果を出してくれ」

彼は「はいはい」と、パソコンからプリントアウトしたようなデータ表を出してこちらに向けた。

「ちょっと分かりづらいですが、これがこの携帯の番号、これが通話履歴、これがメモリー番号です。メールはなし……ただ、これで全部じゃないんだとは思いますね。最初は何度やっても、読み取りが完了できません、みたいに中断しちゃうんで、別の形式に読み込んで、ハードディスクを直接開いたんですよ。その結果がこれなんですが……ほら、この通話履歴の最後、桁《けた》が足りないでしょう。だから、ある程度は消えちゃってると思います。っていっても、日付からしたら最初ってことになりますけどね」

「そうか、ありがとう。恩に着るよ。では現物を返してくれ」

「ああ、はいはい。そうですよね……」

データ表の隣に、丁寧にビニールパックされた携帯電話を並べる。東はその両方を内ポケットにしまった。

「ご苦労だったな」

じゃ、と手を上げた東を、彼は呆気《あっけ》にとられたように見つめた。

「ん？　なんだ。まだ何かあるのか」

「いえ、そうではなくて……」

お礼ですよ主任、と美咲がはさむ余地もない。

「いいたいことがあるなら今いえ。ムショに入ってからじゃな、こっちも忙しい身だ、なかなか会いにはいけなくなる」

彼は、黙った。

東は再び手を上げて踵を返した。

美咲は、

「……どうも、お疲れさまでしたぁ……」

いつもの、愛想笑いとお辞儀で、その場をあとにした。

東にいいように使われているのは、何も警視庁内部の人間だけではないらしい。

日本蕎麦屋《そばや》に入った東は、データ表を見ながら眉をひそめた。

「さて、手に入れたはいいが、どうしたもんかな」

通話履歴を見ると、葛西の籠城事件が発生した九月十六日、夜の七時三十七分に、竹内はある携帯電話からの架電を受け、一分ほど通話している。彼が、何者かから雨宮巡査殺害を命じられて実行したのだとすると、そこが最も疑わしい。

〇九〇で始まる、携帯電話の番号――。

「架けてみちゃいますか」

東はいきなり手を上げ、「おばさんカツ丼二つ」と大声でいった。

――ちょっと、私、カツ丼なんていってないのに……。

だが抗議する間もなく、東が表を差し出してくる。

「いきなり架けて、もしもし警察です、か？　それでもし黒幕が出たら、どうなる」

「黒幕です、とは、いいませんもんねぇ……。令状とって、ＮＴＴにその番号の契約者を調べてもらうわけにはいかないんですか」

東は口を尖らせ、首を傾げた。

「難しいだろう。何せこれは、拾ったものだからな。ただの落とし物のメモリーを勝手に読みとって、その中に入っていた番号の持ち主を調べる……とてもじゃないが、刑事捜査の手法じゃない。ある程度は、方便をかまさないと……」

すっ、と東は空いていた右手を内ポケットに入れた。自分の携帯を取り出し、小窓の表示に目を凝らす。

「本部からだ……もし」

だがいきなり、三田村管理官の怒声が漏れてきた。お前いまどこにいる——。

「ああ、今は秋葉原ですが……すみません、もうちょっと小さな声で喋ってもらえますか」

以後内容が漏れ聞こえることはなかったが、それでも東の表情は次第に険しくなっていった。

「どういうことですか、それは……石田や荒木は……はい、はい……分かりました。すぐに向かいます」

いきなり立ち上がり、すみませんキャンセル、と千円札をテーブルに置いて立ち去ろうとする。なんだかよく分からないが、美咲はお品書きを見て、足りない分の四百円を札の上に置いてから東を追った。

行き先は新宿署ということだった。

「新宿で選挙演説が襲撃されて、官房長官が撃たれたらしい」

美咲は、驚きの声を上げることもできなかった。たぶん、目だけを馬鹿みたいに大きくしていたのだと思う。

「それと、よく分からないんだが、歌舞伎町でも何か起こってるらしい。事故だか暴動なんだか……さっきの段階では、現場にいる荒木も石田も、まだ状況が呑み込めていないということだった」

秋葉原駅までいったが、総武線も山手線も不通になっていた。仕方なくタクシーに乗ったが、それも新宿に近づくにつれ動きが鈍くなっていく。外堀通りから靖国通りに入ると、もう信号が何度変わっても、一ミリも動けなくなってしまった。

途中、脇道から機動捜査隊のものであろう覆面パトカーが出てきて、東は便乗したそうに目で追っていたが、百メートルかそこら進んで立ち往生するのを見て、結局それも諦めたようだった。

ただ、事件の概要はラジオの臨時ニュースで知ることができた。

『……今日午後二時十分頃、新宿駅東口において、演説中の選挙カーが襲撃に遭うという事件が発生しました。これにより、応援に駆けつけた内閣官房長官の渡辺和智衆院議員が、何者かによって射殺された模様です。幸い、共に演説会場入りする予定であった大沼総理は警視庁の警察官によって保護され、演説を行っていた三嶋裕子衆院議員も無事だったようですが、現場は今もパニック状態が続いており、転倒して人が折り重なるなどして、多くの重軽傷者が出た模様です。渡辺議員を射殺した犯人はまだ捕まっておりません。

またほぼ同時刻、同じ新宿歌舞伎町周辺の道路では交通事故が相次ぎ、この影響で現場近くの靖国通りや明治通り、職安通り、それに繫がる抜弁天《ぬけべんてん》通りは全面通行止めになり、新宿方面に向かう山手通りや青梅《おうめ》街道、甲州街道、方南《ほうなん》通り、外苑《がいえん》西通り、外苑東通りにも渋滞の影響が出ています。なお、復旧の目処《めど》は今のところ立っておりません。加えてJR山手線と……』


運転手は自分の腿を叩いた。

「お客さぁん、駄目だよこれじゃあ」

「そのようですね」

観念し、そこまでの料金を払って降りることにした。あとはもう、徒歩でいくしかない。半ば駆け足のようにして、ひたすら靖国通りを進む。タクシーを降りた辺りでは、まだ町の様子にこれといった変化はなかったが、一キロも進むとだいぶ妙な雰囲気になってきた。歩道に出て歌舞伎町方面の空を眺めている者、あるいは携帯電話でどこかに連絡をとっている者がやたらと多い。また向こうから戻ってきて、全然駄目だと、難しい顔でかぶりを振る者も多く目にした。

身動きのとれなくなったパトカーもずいぶん見た。かろうじて白バイが三台ほど現場に向かっていったが、現場にいき着けたかはどうかは定かでない。

東は途中で石田に何度も連絡を入れていたが、通じないようだった。さらに荒木、沼口、佐々木、倉持に高田。だが、誰も出ない。

「クソ、何が起こってるんだ」

美咲は辺りを見回した。同じように、自分の携帯を怪訝そうに見ている商店主ふうの男がいる。

「主任。ひょっとしたらもう、この一体のアンテナが、許容量オーバーになっているのかもしれませんよ」

「……そうか。そうかもしれないな」

そんなこんなしているうちにサイレンが聞こえ始め、パトカーの赤灯も見えるところまできた。

「なんだあれは……」

「なん、でしょう……」

あえて答えるとすれば、滅茶苦茶。それ以外、美咲にもいいようがない眺めだった。

歌舞伎町に面した靖国通りの車道は、斜めに横に向きを乱した自動車群に、完全に埋め尽くされていた。最初はパトカーを通すために車線を譲ったのだろうが、そのパトカーが現場周辺に溜まってしまい、結局どこにも捌《は》け口《ぐち》がなくなってしまった状態のようだった。

さらにいくと、交差している明治通りもまったく同じ状態であることが分かった。歩道も野次馬で隙間なく埋まっている。いや、よく見るとドライバーの多くも運転を諦めて路面に立ち、背伸びをして歌舞伎町の方を見ている。

「これ以上いっても駄目だな」

「……ですね」

東は靖国通りを渡り始めた。ちょうど向かいには御苑《ぎょえん》大通り交番がある。ちなみに、やや新宿の繁華街をはずれたここは、四谷署の管轄ということになる。

「捜査一課の東です」

「ご苦労さまです」

交番には巡査部長が一人いるだけだった。あとは全員、現場に応援にいったのだという。

「借ります」

東は机の上にある電話の受話器をつかんだ。俗に「警電」と呼ばれる警察専用回線で、本部の帳場に直接架ける。

「あ、東です。こっちからも連絡してみたんですが、まったく繋がらなくて……ああ、やっぱりそうですか」

長い間、東は向こうの説明を聞いていた。漏れてくる声の感じは三田村ではなかった。綿貫三係長か、脇田特捜二係長か。ときおり東はメモもとっていたが、彼の走り書きは美咲にも読めない。電話を切るまで、待つしかなさそうだった。

「分かりました。なんとかいってみます」

受話器を置くと、東は深い溜め息をついた。

苛立ちを振り払おうとするように、メモ紙を一枚破りとる。

「……駅前の方は、野次馬もあらかた散って、怪我人への対応もすんで、ようやく新宿の鑑識が作業を始めたところらしい。ただ、官房長官射殺に関していえば、現場保存も何もあったもんじゃなかったようだ。それから歌舞伎町の方は、どうも何者かが故意に車を道路に横付けして、通行をできなくしているらしい。しかも、にわかには信じ難いんだが、それを歌舞伎町に出入りする道路、すべてでやっているというんだ。いま本部と新宿が連絡をとり合って、緊急対策チームを立ち上げているところだそうだ……」

歌舞伎町上空を睨む東。ひどく怖い目をしていた。羽野警部に黙禱を捧げたあとのそれと、よく似ている。

「……では、我々は新宿署に向かいます」

「はい……お気をつけて」

巡査部長の敬礼に会釈で応じ、美咲たちは交番を辞した。

もう、何がなんだか分からなくなりそうだった。

美咲は東の背中を追いながら、目の前に広がる光景に、ただただ驚くばかりだった。

——一体、何が起こったっていうの……。

今の歌舞伎町の状態は、美咲の目には震災被災地のそれにも等しく映った。

あちこちに頭を向け、身動きのとれなくなった靖国通りの車列。その向こうに、このところ通い続けていた歌舞伎町はある。そして町の正面玄関ともいうべきセントラルロード入り口は今、パネルバン・トラック二台と路線バス一台で封鎖された状態になっている。

いや、それればかりではない。区役所通り、東通り、さくら通り、劇場通り——あの「歌舞伎町一番街」のゲートの下も、同様にトラックのボディで塞がれている。

東が受けた報告が正しいとしたら、もし歌舞伎町に出入りできる道路のすべてをあのように封鎖しているのだとしたら、その内部は一体、どういう状況になっているのだろう。

——みんな、無事だといいけど……。

入り口を塞いでしまうと、靖国通り沿いにそびえ立つ歌舞伎町のビル群は、まるで頑丈な城壁のようだった。

ふいに何か爆ぜるような音がして、一番街の辺りで悲鳴が上がった。

——銃声……？

一瞬、東もその方向に目をやったが、足を向けようとはしなかった。闇雲に現場に入るよりも、新宿署で最新の情報を得る方が先決だと考えているのだろう。

美咲は歩を早めて並び、彼の顔を覗き込んだ。

「……駅前と、これは、係わりがあるんでしょうか」

東は厳しい顔でかぶりを振るだけだった。

西武新宿駅の辺りまできても、歩道が空く気配は一向になかった。

新宿署までは、まだ五百メートルほどある。

3

基子は、白石を連れてぶらぶらと、歌舞伎町の様子を見て回っていた。

ニュースで見た中東市街地での暴動、あるいはアジア各地で起こった反日デモ。あの手の混乱を、直接持ち込んだような眺めといったらいいだろうか。戦場というほどの対立関係は見当たらず、地獄というほど現実離れもしていない。法治国家が犯罪として取り締まってきた事柄を、ゴミ箱を引っくり返すように解放した世界。そんなふうに、基子の目には映る。

道端で堂々と覚醒剤を腕に打つ割烹着の男。開けっ放しのエレベーターの中で女子高生をレイプする中年男。ヤクザふうの男を、寄ってたかって血祭りにあげるキャバ嬢ふうのグループ。電柱で首を吊る黒服男。カラスについばまれるホストふう男性の死体。今バイクで引きずられていったのは、マンモス交番の制服警官か。常にあちこちであがり続ける悲鳴、銃声、激突音。血の臭いはさほどではないが、何が燃えているのか、どこもかしこも焦げ臭く、遠くの空は煙に霞んで見えた。

それにしても凄いのは、警察の介入を完全にシャットアウトし、この無法地帯を成立させている、あの、トラックによるバリケードだ。

「何台くらい、使ったのかね」

「さあ。でも、確実に百台は超えてますね。百二十か、百五十か」

白石によると、歌舞伎町には約三十ヶ所の出入り口があるのだという。ミヤジはそのすべての道路を、盗んだ宅配便トラックなどで同時封鎖する計画を立て、見事実行してみせた。実際どれくらいの時間がかかったのかは知らないが、道だけなら七分で完全封鎖が可能だとする試算が事前にあり、計画はそれに沿って立てられたらしい。むろん、駅前での選挙演説襲撃もこれに合わせて計画されたものだ。

しかも、あのバリケードの利点は早さと安さだけではない。攻守の両面でも、優れた機能を持っているのだ。

まず挙げるべきは、あれだけ背の高い車体を乗り越えるのは、実はＳＡＴの隊員でも容易なことではない、という点だ。当然、何かしらの道具を使ってよじ登ることになるが、それを、内部の建物から狙い撃ちするのは、逆に極めて容易なのだ。初めて拳銃を握った者でも、難なくSATの隊員に撃ち勝つことができるはずだ。

何せ向こうは、梯子《はしご》でくるなら最低でも片手は塞がっているし、反撃に転ずるにしても体勢が悪い。しかも、部隊全員がいっぺんに登れるわけではない。仮に十人をいっぺんに上げるとすれば、十本の梯子を仕掛けなければいけない勘定になる。実際にそうしたとしても、まず十人そろってトラックを越えることはできない。必ず半数以上は、屋根の上で犠牲になるものと考えられる。

果たして、今の警視庁上層部が、そんな分の悪い突入を許可するだろうか。

答えは「否」だ。

では自衛隊はどうかというと、それも難しいと白石はいう。

「陸自が、市街地におけるテロ対策を真剣に考え始めたのは、ほんのここ数年の話です。単純な武力としてはともかく、民間人を巻き込んでの戦闘という局面では、その実力はまだSATに遠く及ばないといっていいでしょう。おそらくこのケースだと、救出すべき民間人とそうでない者の区別もつきませんから、まごまごしているうちに壊滅させられるでしょう。

他の、テロ対策部隊以外も同様です。仮に第一空挺団などを上空から投入するにしても、こういう立地ではただ狙い撃ちにされるのが落ちです。そんな危険な任務、陸自は負いませんよ……むろん、総理大臣が直接命ずれば話は別でしょうが、肝心の総理は今、我々の手にありますしね」

そうやって話している間にも、周りでは常に暴徒が暴れ回っていた。図らずも閉じ込められてしまった一般人を追い回し、傷つけ、殺し、晒し、笑う。飽きもせず彼らは、そんなことをかれこれ二時間以上も続けている。

だが、狂っているようでいながら、実は彼らも無差別に襲っているわけではなかった。その証拠に、基子たちに向かってくる者は一人としていないのだ。

暴徒の装備は、ほとんどが拳銃か鉄パイプだ。中には日本刀を振り回す者もいるが、それでサブマシンガンを携えたカップルを襲撃するのは、さすがに分が悪いと思うのだろう。

意外と冷静。それが基子の、とりあえずの印象だった。

また大久保公園では、奇妙な物体も見かけた。

「なにあれ。タンク？」

銀色の巨大な筒が三つ、トラックの荷台に載せられている。

「あれは、覚醒剤を蒸留するための機材です。これからは直接原料を輸入して、ここを拠点にして大量生産を行っていく。それがこれからの、新しい歌舞伎町を支える基幹産業になるんです」

正直、この話は聞きたくなかった。けっこう真面目に考えてるんだな、などと思うと、急に興が削《そ》がれるのだ。

そうなると、自分の人間的な部分にも意識が向いたりする。

「……ねえ、腹減らない？」

白石は、ふっと息を漏らすようにして笑った。

「ええ、減りましたね。何か、盗ってきましょうか」

「いや、ちょっといきたいところがあるからさ、そこいこうよ」

「はい……いいですよ」

基子たちはいったん風林会館の前までいって左、区役所の裏に抜ける道に入った。少し進むと背の低い建物の並ぶ一角に出る。その路地のような通りでも乱痴気騒ぎは繰り広げられていたが、暴徒たちはなぜか基子たちの姿を見ると、敬意を表するように会釈して去っていくのだった。

「なんなの、あの態度は」

「気に入りませんか」

「気に入るとか入らないの問題じゃないでしょ」

「まあ、いいじゃないですか」

そう、別にどうでもいい。基子は曖昧《あいまい》に頷いて、その話題を流した。

「……ここ」

すでに懐かしくすらある木枠のガラス戸を開けると、スマは相も変わらずカウンターの中で料理の仕込みをしていた。ガスも電気も、ちゃんときているようだった。まあ、震災に遭ったわけではないのだから当たり前か。

「こんちは」

「……いらっしゃい」

ただ、椅子がいくつか倒れており、スマの頬にも殴られたような痕があった。

「なんか、食うもんある」

「ああ……座んな」

白石を振り返ると、彼は小さく頷いた。

倒れた椅子を直し、二人で並んで腰掛ける。

「よく無事だったね、スマさん」

彼女はネギマを一本完成させ、また次の串を束からつまみとった。

「馬鹿にすんじゃないよ。こんなババアでも、まだ手込めにしたがる物好きはいるんだ」

それが本当の話かどうかは分からない。ただ、左頬の内出血に加えて唇の端も切れているので、確かにそれっぽくは見える。

「じゃあ、だいぶ久しぶりだったろ。感じたかい」

「……ああ。あたしより十は若かったからね。激しかったよ」

思わず笑みが漏れた。分かる気がしたのだ。

　だが気づくと、スマはなんとも険しい目つきでこっちを見ていた。

「……何よ」

　毒づいても目を逸らさない。まさか、怒ったのだろうか。だとしたら逆恨みもいいところだ。手込めがどうとかいい出したのは、自分の方ではないか。

「なんだって訊いてんだよ」

　まだ目を逸らさない。

　やがて、手にしていた串をまな板の上に置く。

「……とうとうあんたも、そんな笑い方をするようになっちまったかい」

　前掛けで手を拭い、真後ろにある冷蔵庫の扉を開ける。取り出したのは白い大きなタッパーだった。

「そんなって、何が」

　蓋を開けながら、白石にも目をやる。中身は煮魚だった。

「その兄ちゃんだってそうだし、毅だってそうだったさ。この歌舞伎町も、いつのまにかそんな連中に牛耳《ぎゅうじ》られるようになっちまった。ここ、十年くらいの話だよ」

　手元にあった皿にふた切れ載せ、ラップをする。

「なんの話？」

　スマはそれを冷蔵庫の上の電子レンジに入れた。

「あんた、毅を殺しただろう」

バタバタという足音と、奇声が店の前を通り過ぎていく。

「……なんだって？」

「毅を、殺しただろうって、訊いてるんだよ」

高級なワイングラスに、ピシリとヒビが入る。そんな絵が、ふいに脳裏に浮かぶ。

「……なんで、そんなこと訊くの」

スマが、レンジのスイッチを二度押す。

「違うなら、否定する方が先だろう」

黒く脂ぎったレンジの小窓に明かりが灯る。

基子は、知らぬまに溜め息をついていた。

「……殺したよ。悪いかい」

スマはゆるくかぶりを振った。

「別に。あれをこの世で最初に殺そうとしたのは、間違いなくこのあたしだからね。文句はないさ」

「どういう意味」

「産む前に堕《お》ろそうとした、けどどういうわけか産んじまった。それだけのことさ」

スマはまたネギマを作り始めた。

よほど使い込んでいるのだろう。レンジは、ジーとかブーとか、やたらと余計な音を立てている。

「父親は」

「酔っ払ったチンピラさ。あれが生まれる前にヘマやって、コンクリート詰めにされて東京湾にドボンさ」

「一人で育てたの」

「いいや。何度も捨てたんだ。何度も、何度も……でも、何度捨てても戻ってくる。そうこうしてるうちに、どっかの誰かが拾ってくれて、案外立派にデカくなりやがった……ただ、それだけのことさ。奴もあたしを親だなんて思っちゃいなかったよ。……ただ、寂しかったは、寂しかったのかもしれないね。テメェで稼げるようになってからは、ちょくちょくよく飲みにくるようになったよ」

ふいに最初の夜、奴がわりとまともなボクシングの構えを見せたことを思い出した。

「でも、大学にはいったんだよね」

「ああ。施設から養子にいったからね。だからあたしは木原じゃないんだよ。本名はミズノキヨミってんだ」

それでテントの軒に「きよみ」と書いてあったのか。ほとんど塗料が剝がれて、ぱっと見は分からないくらい薄くなってはいるが。

チーン、とレンジが鳴るのと、表の戸が開くのと、どっちが早かっただろうか。

誰だ——。

見ると黒い人影が三つ四つ、こっちに銃口を向けている。

「伊崎もと……」

だがその瞬間には白石が撃っていた。

敵はいったん外に下がった。

「スマさん、隠れてな」

基子も構える。右手にMP5。

するとまた、あの声が囁く。

——や……め……。

基子は頭を振って幻聴を追い払った。左手にP9Sを握る。

白石が戸を蹴破ると、敵は四人ではなく、倍の八人もいることが分かった。だが見れば、銃を持っているのは決して全員ではない。

基子はまず、左手にいる連中の足を薙《な》ぐように撃った。三連射で三回。

二人に当たった。だが倒れながら、一人が滅茶苦茶に撃ち返してきた。基子は壁に身を寄せて避けながら、

——や、めろ……。

そいつらの額にＰ９Ｓで一発ずつ見舞った。

そのときにはすでに、白石が四人ほど片づけていた。残るは拳銃を持たない二人。慌てて死んだ仲間の銃を拾おうとするが、そうはさせない。サッカーボールキック。四つん這いになったそいつの顔を、真正面から蹴り上げる。

呻き声もなかった。ただゴツッと鳴り、頭部が揺れ、死んだように倒れ込む。一応、Ｐ９Ｓでとどめを刺しておく。逃げようとしたもう一人は、白石がＭＰ５で仕留めた。

あっという間に、八つの死体が路地に転がった。

「……班長。警官ですよこいつら」

白石が死体の内ポケットから抜き出したのは警察手帳だった。そういえば、見たような顔がちらほらと転がっている。だが握っている銃はどれも警察が採用しているモデルではない。さては、この混乱に乗じて暴徒から逆に拳銃を奪い、基子を見つけて確保しにきたか。ということはつまり、もう自分への容疑はある程度固まっているということなのか。

まあ、もはやどうでもいいことではあるが。

白石に手帳と名刺入れを渡される。

刑事部捜査第一課殺人犯捜査第三係、荒木雅治《まさはる》警部補。

他の七人のものも確かめたが、三人は荒木と同じ係のデカ長で、残りの二人は赤坂署、もう二人が碑文谷署、それらもすべてデカ長だった。

「……俺らのこと、もうバレてるんですかね」

「さあ。まあ、この町には防犯カメラがあちこちに仕掛けられてるからね。新宿署が動き始めたら、割れるのも早いだろうね。ただ、ミヤジの爺さんが、あらかじめ誰かに壊させたりしてれば、話は別だけど……そういうの、聞いてない？」

白石は「いえ」とかぶりを振った。

「あっそ」

振り返ると、立ち上がったスマがレンジから皿を取り出すところだった。

「……せっかくだから、食ってきな」

何かと訊く。スマは「サバ味噌」と短く答えた。


腹ごなしに歩いていたら、平山とばったり出くわした。捜していたのだ、きてくれといわれ、劇場前広場に戻ってみると、どこから入ったのか三上と千葉も駆けつけていた。

その二人の前では吉田が、スーツ姿の中年男を押さえつけて座らせている。左肩を絞り上げられ、襟を持たれると、男はもはや正座を崩すこともできないようだった。

「こいつ、刑事なんですよ」

まあ、基子もそうだろうとは思っていた。あの木原の話が嘘でなければ、警視庁本部に設置された『沙耶華ちゃん事件』の捜査員の多くが、歌舞伎町でジウを捜しているはずだった。何も知らずに聞き込みをしているうちに閉じ込められてしまっても、まったく不思議はない。

「捜査一課ですよ」

あらかじめ取り上げておいたのだろう、平山が基子に名刺を差し出す。殺人班三係、沼口巡査部長。よく見れば、何度か廊下ですれ違ったことのある顔だった。

「伊崎、キサマ……なんのつもりだ」

野良犬のように牙を剝き出し、といってやりたいところだが、実際にはもう相当殴られて顔も腫れ上がっているので、せいぜい生肉が蠢《うごめ》いたようにしか見えなかった。

「デカ長さん。あんたらの捜してた愛《いと》しのジウも、さっきまでここにいたんだよ。会ったかい？」

また生肉が、ぐにゃりと形を変える。不敵な笑み、を浮かべたつもりなのだろう。

「いや、残念ながらまだ、お目にはかかれてない……会えたら、やっぱり挨拶は〝ニーハオ〟がいいのかな……日本語は、通じるのか」

基子は肩をすくめてみせた。

「さあ。何しろ無口なんでね。通じてるのかどうか、あたしにもよく分かんないんだよ」

「じゃあ、会ったら訳して伝えてくれ。もう逃げられねえぞ、ってな」

「それは遠慮さしてもらうわ。嘘つきにはなりたくないんで」

お前はもうすぐ死ぬんだ。ジウを捕ることは、できない——。

だがいわずとも、沼口は基子の意思を察したようだった。

「……安心しろ。俺が駄目でも、俺の仲間が必ずパクるさ。そんときは伊崎、お前もってことになるがな」

基子は鼻で笑ってみせた。

「仲間？　あの、荒木とかいうブケホの一派なら、とっくにあたしが片づけたよ。いきなり店に入ってきて銃を向けるもんだから、うっかり皆殺しにしちまったよ」

さすがにそれには、沼口も驚いたようだった。

「荒木、主任が……」

「この他には、誰がいる？」

基子は集めて持ってきた八人分の警察手帳を、沼口に見えるよう、地面に並べてやった。

「門倉美咲とかも、きてるんじゃないの」

沼口は、黙っていた。

白石たちも、じっと成り行きを見守っている。

「まあいいよ。隠れてるんだったらそれでもいいし、出てきたらブチ殺してやるだけだから」

すると、また聞こえた。

——よ、せ……伊崎……。

歯を食い縛り、Ｐ９Ｓをホルスターから抜き出す。

声を無視し、沼口のこめかみに突きつける。

何しろもう、八人からの刑事を撃ち殺してきている。それが九人になろうが十人になろうが、もはや大した違いはない。

——もう、あと戻りなんてできないんだよ、あたしは……。

ぐっと強く、銃口を押しつける。

「女房、子供の顔を思い浮かべな」

家庭持ちかどうかは知らないが。

「十、九、八……」

沼口は目を閉じて深く息を吸った。

右手が空いているのだから、それで何か抵抗すればいいものを、そうはせず、沼口は静かに死の瞬間を待とうとするようにうな垂れた。

幻聴が激しくなる。

——よせ、伊崎。

うるさい。お前だって、こっち側の人間だったんだろう。ミヤジの仲間だったんだろう。だったら邪魔すんなよ。死んでから、四の五のいいに出てくんじゃねえよ。

——違うんだ、違うんだ伊崎。

何が違うんだよ。何が違うってんだよ。あんたが、あんたが仲間だったから、ミヤジはあたしの十七歳んときの事件まで知ってたんだろうが。あたしはあんたにしか喋らなかった。それをミヤジは知っていた。それがいい証拠じゃないか。

「……死ね」

引き鉄を絞る。

沼口の体は、土嚢《どのう》を取り落とすような音を立て、横に倒れた。

吉田が口笛を吹いた。

平山は拍手をした。

三上は笑っていた。

千葉も笑っていた。

白石は、やはり黙っていた。

## 4

美咲たちが新宿署に到着したのは夕方、もう四時を少し過ぎた頃だった。

普段の新宿署がどういう雰囲気なのか、美咲自身はよく知らないのだが、それでも現況が極めて異常であることは察することができた。

何しろ一階の総合受付に、ほとんど警察官がいないのだ。いや警官は疎《おろ》か、一般職員さえも最低限の人数しかいない。その代わり、フロアは会見を要求するマスコミ関係者、事件に不安を感じた地域住民、必死に何かを訴えている被害者などでごった返している。

エレベーター前も「箱待ち」の人たちで一杯で、ちょっとやそっとでは美咲たちまで順番は回ってきそうにない。

「主任、こっち、階段にしましょう」

「ああ」

奥にある階段室に向かう。だがそこも、すでに立ち入り禁止になっていた。事件現場同様テープを張り巡らし、その前で課長クラスであろう内勤服の警官が、両手を広げて必死に「通せんぼ」をしている。

「上がってっても駄目だから。今いっても、ほんとに何もないですから」

東は「捜一」の腕章を左腕にはめ、辺りの人を押し退けて、彼に手帳を提示した。

「捜査一課です。対策本部に、いきたいのですが」

「あ、ああ……七階だ。階段ですまんが」

彼は脇に避けてテープを持ち上げた。美咲も慌てて手帳を提示し、東のあとに続く。さらに美咲のあとに続こうとした者もいたが、それは彼が「駄目だよあんたは」と押し戻した。

駆け足で上る。

署長室や交通課のある二階は閑散としていた。警務課の三階、刑事課の四階も似たようなものだった。だが、組織犯罪対策課と生活安全課の五階までくると、電話のやり取りだろうか、怒鳴り声が聞こえるようになった。

「トランシーバーが足んないんだって、トランシーバーだよ、トランシィーバァーッ」

地域課の六階にくると、待機の人間が階段室にまであふれてきていた。

「すまない、通してくれ」

「すみません、すみません……」

ようやく七階に着く。だがそこも人、人、人で、廊下を進むのも容易ではない。第一会議室、第二会議室、講堂、道場。どこも入り口が人で塞がっていて、どこがどういう割り振りになっているのかも分からない。

「オーイ、東ァーッ」

声のした講堂の方を見ると、入り口で三田村管理官が飛び上がって手を振っていた。さらに謝りながら、人を掻き分けて講堂に進む。

「管理官、よく……こられましたね」

東はだいぶ息を切らしていた。

「ヘリだよ、ヘリ。本部から飛んで、隣のアイランドタワーに着けさせてもらったんだ。幕僚団もそうやってくるはずだ」

「まだ着いてないんですか」

「ああ。もうすぐだとは思うが」

ちょうどそのときだ。エレベーターの方で「どけといってるだろう」という怒声が響いた。西脇部長が到着したようだった。

「バ……馬鹿かお前らは。集まってワイワイやってりゃ事件が解決するとでも思ってんのか。いったん捌《は》けろ。俺が命令するまで、受命してない者は下にいってろ」

さらに「責任者を出せ」とがなりながら廊下を進んでくる。責任者はあなたでしょう、本当は「署長を出せ」っていいたかったんでしょう、と美咲は思ったが、むろんいいはしない。廊下の端に身を寄せて黙っておく。

「部長、部長、こちらに、こちらに」

三田村が幕僚団を講堂に招き入れる。西脇警視監、和田警視正、理事官の結城《ゆうき》警視、立石警視、第一特殊犯捜査管理官の浜田警視、特一の新しい係長である沖警部、しんがりは特二係長の麻井警部だった。

麻井はまず東を見つけ、それから後ろにいる美咲に目を留めた。

「よかった。歌舞伎町での聞き込みに当たっていると聞いていたから、心配してたんだが

「……無事だったか」

美咲は黙って頷いた。今はちょっと、自分が口を利ける雰囲気ではない――。代わりに東が答える。

「たまたま、ナシ割りで秋葉原にいまして……」

「ナシ」は「品」を反転させた隠語。「ナシ割り」は物品の出所を特定する作業を意味する。

「じゃあ、君の部下は」

東が下唇を嚙む。

「……まだ、中にいるのかもしれません」

「そうか……まあとりあえず、入ろう」

麻井にくっついて、美咲たちは上手いこと講堂にもぐり込んだ。かなり広めの室内には、すでに前線基地としての機能が完璧に整えられていた。

整然と並べられた会議テーブルの島、情報デスクのコーナーには多くの通信機器。壁際にもパソコンや無線機がたっぷりと設置されている。現在の道路事情を考えると、これらが霞が関の本部から持ち込まれた機材とは考えづらい。とすると、すべて新宿署の自前の機器ということになるのか。

――さすが新宿署。事件慣れしてるんだわ。

ざっと見る限り、中にいるのは百五十人くらいだろうか。所轄捜査員に混じって、情報収集に当たっているのは特二のメンバーだった。特一も半分くらいいる。目が合った者には会釈をするが、話をする雰囲気ではない。それから、

——あっ……。

スーツ姿だったので一瞬分からなかったが、あの小野警部補も部屋の端にいた。とすると、その一帯にいるお偉方ふうの固まりは、警備部の幕僚団か。

そのようだった。肩を怒らせた西脇がのしのしと歩み寄っていく。

「太田ァ、テメエ、本部での対策会議にも顔出さねえで、自分とこだけひと足お先に現場入りか。相変わらずセコい野郎だな」

「西脇さん……」

美咲は、その太田警備部長という人をよく知らない。知っている者は、たいがい「慇懃《いんぎん》がネクタイを締めて歩いているような男」のようにいい表わすが、今そこにいる彼に、そこまでの嫌味な感じはなかった。むしろこのパニック状態に、心底打ちのめされているように、美咲には見える。

「今日は残念ながら、あなたと掛け合い漫才をする気分にはなれません。私があなた方より早くここにきているのは、そもそも大規模な選挙演説があって、その警備のオブザーバーとして出向いてきていたためです。……しかし、事態は我々の想像を遥かに超えて、深

刻なものとなってしまいました。それに関しての責任問題はあとにしていただくとして、まずは現況を、そちらにも把握していただきましょう」

すると小野の横にいた、やけに爬虫類《はちゅうるい》じみた顔つきの男が一歩前に出た。

「忍者部隊の親分がなんだ」

むろん美咲は知らない顔だが、その立ち位置と前後の文脈から、彼がSATの隊長なのであろうことは、なんとなく察せられた。

「……本日、我々が新宿駅東口広場における、民自党の東京一区公認候補、三嶋裕子氏の選挙演説の警備に当たっていたところ」

「官房長官は射殺されたが総理は保護したって話なら聞いてるぞ」

「いえ……」

彼は気まずそうに眉をひそめ、生唾を飲むように、いったん口を結んだ。

「……実はその、総理を保護したというのは、誤報でして」

「ハァ?」

西脇が鼻筋に皺を寄せて睨みつける。ほとんど野良犬といった表情だ。

「東口での事件発生当初は、現場の保全と、野次馬のチェックと処理、怪我人への対応、交通整理など……言い訳にならないことは百も承知ですが、こちらも多分に混乱した状況でした。そのため、当部隊の隊員が総理を保護したと、その内部報告を鵜呑みにしていました。ですが、少し状況が落ち着いてみると、その後、総理を受け入れたという知らせはどこからも入ってこない。慌てて関係機関に問い合わせを始めたところ……」

彼は、近くにあった大型の液晶モニターを西脇に向けた。

「これは、新宿署が管理している歌舞伎町内の防犯カメラ、劇場前広場の映像ですが、ここに」

画面の下を指差す。

「民自党の公用車が停まっています。カメラ位置が遠く、ナンバーを確認することはできませんが、映像をさかのぼって見ていくと、この車から大沼総理が降りる場面が確認されました」

さすがの西脇も、しばし言葉を失っていた。

「以上の情報を整理して考えますと、総理は現在、あの、封鎖された歌舞伎町内にいるものと考えられます」

二、三度口をパクパクさせ、それからようやく声が出る。

「……つまり、SATの隊員ごと、公用車が襲われて、総理が、拉致《らち》され、あの歌舞伎町に、幽閉されてしまったと、いうわけか」

いいえ、と彼はかぶりを振った。

「大変、申し上げづらいのですが……襲われたのでは、ありません。その、SAT第一小隊制圧一班のメンバーそのものが、総理を拉致したのだと、考えざるを得ない状況です」

「なァにィ……」

これには、先に現場入りしていた特二のメンバーたちも驚いていた。むろん美咲もだが、本当に驚くべきはそれではなかった。

「ご覧、いただきます……おい、例の場面……」

消え入りそうな声で彼が命ずると、その机にいた者が機器を操作する。

今度は記録映像だろう。まだ明るい劇場前広場に、黒塗りのセダンが入ってくる場面がモニターに映し出された。広場の真ん中には十人くらいの集団がいて、公用車を見ているが、特に動きはない。

やがて公用車の後部座席が開き、そこからまず一人降りてくる。

――あっ……。

映像の動きは決して滑らかではない。むしろコマ送りに近い荒さで、カメラ位置も遠いため、厳密には人物を特定できるような代物ではない。だが、美咲には直感で分かっていた。見覚えのあるスーツ姿――。

「最初に出てきたのが、制圧一班の伊崎基子巡査部長、総理に続いて出てきたのが、平山巡査です。運転していたのは吉田巡査、助手席にいたのが白石巡査です。他にも二名おりますが、全員、無線での問いかけには応じなくなっています。携帯電話も通じません」

　そのときになって、ようやく美咲は気づいた。最初から広場にいた集団の中で、ひと際目立っている、赤装束の男――。

「主任……その、その赤いの、ジウじゃないですか」

　さほど大きな声でいったつもりはないが、予想外に多くの者が反応した。

「なに？」

「あ、本当だ」

　ほとんどは刑事部の人間だったが、それでも十人、二十人の騒ぎになってしまった。

　東も忌々しげに呟く。

「……この件にも、絡んでいたのか」

　そこで前に出てきたのは、警備一課長の松田《まつだ》警視正だった。

「そこに映っているのが、俗に〝ジウ〟と呼ばれている連続誘拐犯なのか否かは、我々には判断できません。……それはさて置き、こちらをご覧ください」

　彼は自分の背後、壁際に並べられたモニターの列を示した。

「現在の歌舞伎町は、まさに無法地帯と化しています。大小合わせて三十一ヶ所の道路はすべて貨物車両などで封鎖され、また威嚇の発砲なども繰り返されており、警察も容易には中に入れない状態です。内部には当然、多くの一般市民が残されており、残念ながら我々は、彼らが惨殺され、略奪されるのを、手をこまねいて見ているしかないというのが現状です。拳銃に至っては、一体何百丁あるのか想像もつきません」

十台あるモニターは、それぞれ画面が四分割されていた。つまりカメラ四十台分の映像。歌舞伎町にある防犯カメラは確か五十台くらいのはずだから、十台分くらいは省いているのか、切り替えて監視しているのだろう。一台一台には一人ないし二人、監視担当員が張り付いている。

ぱっと覗き見れば、それが異常な事態であることはすぐに分かる。あちこちで火の手が上がっているし、通りでおおっぴらに銃を構え、発砲している者もいる。喧嘩のような小競り合いも多いし、目を背けたくなるような婦女暴行場面まで映し出されている。まさに地獄絵図。あの中に自分が入っていたかもしれないと考えるのも恐ろしいが、一緒に働いていた仲間たちは今もあの中にいる。そのことも同様に、いや、それ以上に恐ろしかった。

「あ、また伊崎基子が現われました」

モニター担当の一人が手を上げる。別の机にいた者が機器を操作すると、先のSAT隊長が使った大型モニターに、歩く女の姿が映し出された。間違いない、基子だ。セントラルロードをコマ劇場方面に進んでいく。

今度は別のモニター担当が手を上げる。

「あの、劇場前広場に今さっき、妙な集団がやってきたんですが、それがこれ……ちょっと誰かを……誰でしょう、分からないんですが、雰囲気がなんか……」

切り替え担当が「両方出します」といい、まもなく大型モニターの画面は左右二分割され、二つの映像が同時に見られるようになった。

部隊長に促され、小野がモニターの前に出る。画面を覗き込んだ彼は、ひどく難しい顔をして見せた。

「伊崎と一緒にいるのは、同じ制圧一班の白石と、平山です。この、広場にいる連中も……そうですね。立っている三人は、制圧一班の人間です。ただ、この座らされているのは……」

基子が広場入りしたところで、画面全体が広場のものに切り替えられた。比例して、人の姿も大きく映るようになった。

そのときだ。東は急に前に踏み出し、そこにいた者をどけ、モニターの真ん前にひざまずいた。

「すみません、これ、ここ、この、ここに座らされている男を、ズームアップできないですか」

待ってください、と切り替え担当が応ずる。

「主任……」

美咲が呼んでも答えない。東はただモニターのフレームをつかみ、異様な近さでそれを凝視している。もしそれが窓で、開けることができるのなら、すぐにでもくぐり抜けて現場に飛び下りたい。そんな力の入れようだった。

すでに基子は広場に至り、その座らされている男に銃口を突きつけている。

「おい、早くしてくれ」

東の哀願に、切り替え担当が「はい今」と答える。

普段なら考えられない場面だが、常識などという感覚は半ば麻痺していた。現職の警官が、しかもＳＡＴという精鋭部隊の隊員が、犯罪解放区と化した歌舞伎町で、無抵抗の人間に銃口を突きつけている。

「出します」

パッ、とそこがアップになった瞬間だ。

「沼口ッ」

東は叫び、

「あっ」

モニターの中、基子の銃が火を吹き、撃たれた男は、そのまま地面に倒れた。

――そんな……。

それがあの、沼口デカ長で、基子が、彼を、射殺した？

「なんだとッ」

場内は騒然となり、一斉に記録映像のチェックが始まった。

「広場の記録を五分前から出せ」

「伊崎はどこから現われた」

「他にも伊崎は何かやってるのか」

そんな騒ぎの輪を、東はいつのまにかはずれ、何も載っていない、中央の机の辺りまでいっていた。思わず追いかける。

「主任……」

それはまるで、彼自身が凶弾に撃たれたかのようなショック状態だった。目は虚《うつ》ろで、口元もゆるんでいる。足取りもおぼつかなく、机についた手は、自重を支えるのが精一杯という有り様だった。

「東主任……」

彼は、涙を流していた。

そこにあった椅子を引き、美咲はそっと、彼を座らせた。濃紺のスーツの肩が、小刻みに震えている。整髪料で整えていた髪を、両手でゆっくりと掻き乱す。

「……門倉……俺は、どうしたらいいんだ……」

そのとき、また別の一画で騒ぎが持ち上がった。情報デスクの辺りだが、そこの一人がパソコンコーナーにいって、何やらホームページを表示するよう指示している。近くにいた和田一課長が覗きにいき、驚愕の表情を浮かべる。

「それは、あっちの大型では見られないのか」

「可能だと思います。オクダ、出してくれ」

「今やってます」

もう、どこの部の誰が何を担当しているのか、美咲にはさっぱり分からなくなっていた。

「出します」

今度、大型モニターに現われたのは「歌舞伎町商店街振興協力会」という団体のホームページであるらしかった。

「最初から再生します」

その中央には、映像ファイルを再生する別ウィンドウが立ち上げられている。ポインターが動き、ウィンドウ下にある再生ボタンがクリックされる。

流れ始めたのは、身の毛もよだつような映像だった。

場面は薄暗い。だが映っているのが内閣総理大臣、大沼堅次郎であることははっきりと分かる。

それともう一人、いる。ジウだ。先のカメラ映像にあったのと同じ恰好をしている。

彼が後ろに立って、大沼がその前で膝立ちになっているという位置関係だ。嫌な喩《たと》えになるが、イラクの武装テログループが、拉致した外国人を処刑する直前の場面に似ている。

ジウは総理の後ろで、何か小声で呟いている。同じ言葉を、繰り返し繰り返し。なんだろう。中国語だろうか。だが聞き取ろうとした途端、映像とは関係ない、ナレーションのような音声がかぶさってきた。

『……今、映っているのは、十一月十三日、午後二時頃、新宿駅東口で拉致した、内閣総理大臣、大沼堅次郎の、最新の様子だ』

機械的に加工された、だが明らかに男性と分かる声だった。発音に外国人を思わせるような訛りはない。ジウではない。一瞬そう思ったが、彼の日本語が上達する可能性だって、よく考えたらないわけではない。ジウではないと、決めつけることはできない。

『我々は大沼総理に、一切の危害を加えていない。これからも、できるだけそうしたことはしたくない。しかしそれは、これから話す我々の要求を、関係省庁が受け入れるならば、の話だ。もし我々の要求が叶《かな》わない場合は、総理にも、また現在歌舞伎町に残留している一般市民にも、死んでもらうほかなくなる。

要求は、難しいことではない。積極的な行動の要求ではなく、極めて消極的な黙認にすぎない。

我々は、現在封鎖状態にある、この歌舞伎町、及びその上空における、治外法権を要求する。今後一切、歌舞伎町及びその上空に、警察権力の介入をさせない、日本国憲法を用いての取り締まりをしない……主な要求は、以上の二点だ。見ての通り、内閣総理大臣である大沼堅次郎は、現在我々の管理下にあり、先の案件について回答、命令が下せる状態にはない。よって、まずはその決定権の委譲について決めてもらいたい。具体的には、与党である民自党と公民党、さらに野党第一党である新民党の三党で協議のうえ、総理代行の人事を早急に発表してもらいたい。その上で、その代行者に、治外法権についての回答を要求したい。

その際、治外法権の認定対象が「歌舞伎町」では不都合があろうから、こちらの団体名を、併せて発表しておく。

……「新世界秩序」。英訳の「ニュー・ワールド・オーダー」の頭文字をとり、「NWO」と略してもらってもいい。なお、治外法権の認定に関する回答は、大沼総理の拘束から二十四時間以内、十四日の午後二時十分までとする。その間も、我々の管理地に侵入する者があれば、その者の命も、人質の命も保証しないことを付け加えておく』

ファイルの再生が終わっても、数秒は、誰も言葉を発しなかった。

大胆なまでの犯行声明。

そして、人命との交換条件になる、要求。

歌舞伎町における、治外法権。

発信者は、新世界秩序。かつて竹内亮一が口にし、公安部も注目していたキーワード――。

だが美咲は、それとは別のことが、気になって仕方なかった。

ジウ。

彼は自分の声が通っていないにも拘らず、何か言葉を発し続けていた。呪文を唱えるように、口を動かし続けていた。

オ、アイ、ウ、イ――。

口の動きから分かったのは、そんな母音の部分だけだが、それが何か重要なことを示しているように、美咲には思えてならなかった。

## 5

新宿署の警備課は講堂の一つ上、八階に位置していた。

小野は本部の警備部幹部らと共に、その八階の片隅にある小さな会議室に入った。

同席メンバーは太田警備部長、松田警備一課長、春木第六機動隊長、橘SAT部隊長、それと望月《もちづき》第三小隊長に小野の、計六名。会議の議題はいうまでもない。現段階までの情報の整理と、責任の所在についてである。

最初はみな、太田部長の言葉を待っていた。だが彼は、なかなか口を開かなかった。しかし、それも致し方ないことではあった。ここまでの彼はおそらく、かすり傷一つ負わない警察官僚人生を歩んできていた。それがいきなり、部下が総理を拉致し、封鎖された歌舞伎町に立てこもるという事態に直面した。挙句、彼らが加担した「新世界秩序」なる犯行グループは、当該地とその上空の治外法権を要求してきた。もはや失脚は免れようもない。のちの官僚人生などは消えたも同然だった。

結局、話を切り出したのはその下の、松田一課長だった。彼とて無傷ではすまないはずだが、元来の性格がタフなのか、太田よりはだいぶ毅然《きぜん》としている。

「……小野小隊長。君は伊崎基子があのような行動に出ることを、なぜ予見できなかったのかね」

そんなことが予見できるくらいならとっくに制止している、と思ったが、今の自分がそんなことをいえる立場にないことは百も承知している。

「申し訳ありません……」

「伊崎基子が制圧一班の新人隊員を扇動、誘導、命令し、あのような行動に走らせたことは先の映像からも明らかだと思うが、彼女がそこまで制圧一班を自由に操れたカラクリとはなんなんだ。やはりそれは、彼女が女だからか。それとも彼女は、妙な薬の使い手か何かなのか。どうなんだ」

いきなり、なんと無茶な説を唱えるのだろう。

「分かりません。それに、松田課長……伊崎が率先して動いたかどうかは、まだ」

小野の反論が気に障《さわ》ったか、松田は呆れたように、軽くかぶりを振った。

「……君は忘れたのか。あの女は過去、自分が暴行されそうになったからとはいえ、三人の男性隊員候補を再起不能になるまで叩きのめしているんだぞ。あの件に関しては、追及すると対外的な問題も少なからず生ずるので揉み消したが、彼女のそういった性質が今回の事件に繋がったと、なぜ君はこの期《ご》に及んで思い至らないんだ。君は彼女の所属する小隊の監督者だろう。心当たりの一つや二つあっただろう」

ひたすら頭を下げ、あとは黙り込んでやり過ごす。そういう手も、ないではなかった。だが小野は、そうはしたくなかった。

己の保身とハカリにかけるには、この事件はあまりにも重大すぎた。自分が知っていること、思っていることが解決の糸口になる可能性が、ほんの少しでもあるのだとしたら、やはり、進言すべきだろう。

小野は一度下げた頭を上げ、松田を見やった。

「あの、これは……心当たりといえるものかどうかは、分かりませんが……伊崎基子に関しては、正直なところ、ある種の違和感は、感じておりました」

驚くかと思ったが、松田はまったく表情を変えなかった。

「違和感……どのような」

小野はいったん、隣に座る望月に目をやった。

第三小隊長である彼は、あの「西大井信金立てこもり事件」が起こった当初、小野にある疑問を口にした。そのことを話してもいいか。その確認の意味を込めての目配せだった。

思いは通じたようだった。望月は、覚悟を決めたように頷いた。小野も、小さく頷き返してから始めた。

「はい……伊崎基子が入隊してからというもの、やけにＳＡＴ絡みの事件が多発するようになってはいないか……そんなことを以前、望月と話したことがありました。そのとき私は、愚かにもそれを一笑に付したのですが、信金が爆破され、それによって彼女がＳＡＴに復帰してくると決まって……いえ、実際には復帰してきた彼女と相対して、初めて、それが見過ごしてはならない一致だったのではないかと、考えるようになりました」

そこで松田は、初めて眉をひそめた。

「伊崎基子をＳＡＴに迎えようと発案したのは、ここにおられる太田部長だ。……君は何か、この太田部長が、あの犯行グループの協力者だとでもいいたいのか」

「いえ、私は決して」

「また、爆破事件後に第一小隊を再編成するに当たって、彼女を復帰させようといい出したのは誰だった？　君ら現場の人間ではなかったのか」

確かにそうだ。班長を選ぶ際、リストアップされた経験者の中から伊崎基子の名を挙げたのは他でもない、小野自身だ。

「私が聞きたいのはそんな推論ではない。彼女が外部のそういった団体と、とりわけ〝ジウ〟と呼ばれる連続誘拐犯と接触してきたであろう事実を、君らは把握していなかったのかと訊いているのだ。どうなんだね、部隊長は」

橘は「申し訳ございません」と頭を下げた。それだけだった。

「君は」

松田の厳しい視線が再び小野を捉える。

「……私も、新世界秩序なる団体の存在は、認識しておりませんでした。また伊崎のそのような行動も、把握していませんでした……申し訳ありませんでした」

松田が長い溜め息をつく。

「君らも耳にしているとは思うが、さきほど警視庁刑事部と民自党本部が、被害状況をまとめて報告してきた。それをもとに、本部庁舎で警視総監が直々に会見を開くことになった。予定は午後八時ということだ」

壁の時計は、午後六時二十分を指している。

「大沼総理が人質になっていることも、犯行声明とその要求についても、インターネットで公開されてしまった以上、秘匿もできないというのが現状だ。また駅前の襲撃事件に関しては、そもそも大勢のマスコミの目の前で発生している……発表の是非を警察庁が握る余地すらない」

松田はテーブルに開いたファイルのページをめくった。

「それと、これは犯人側との交渉にも係わることなのでまだ発表はできないが、民自党は暫定的に、船越幸造氏を総裁代行に擁立し、事態の収拾に当たる方針であることを伝えてきた」

そこで顔を上げたのは、春木第六機動隊長だった。

「船越、ってそれは……そんな独断専行は、連立の公民党が許さんでしょう」

そう。いま松田が挙げた船越幸造は、公民党とは反りが合わないことで知られた人物なのだ。

「ああ、そこは確かに問題だろうな。ただ、民自党内ではすでに、公民党を疑う声も出てきているようだ。何しろ、公民党支持層の母体は例の宗教法人だからな。今回の事件の裏で糸を引いているのが、実は公民党であり、実行犯は排他的思想を持つ信者の一部……というのが、まあ民自党の一部の議員の間では、疑惑としてあるらしい。私としては、公民党を疑うくらいだったら、いくら選挙をやっても勝てない新民党の方がよほど怪しいと思うが」

ようやく、太田がうな垂れていた頭を上げる。

「松田君……身内とはいえ、人前で滅多なことをいうものではありませんよ。それに、犯人捜しは我々の任務ではありません。今は刑事部と協力して、総理を始めとする人質を、一刻も早く救出することが先決です」

ええ、と頷いたにも拘らず、松田は引くことをしなかった。

「しかし、すでに刑事部主動で解決できる事態かというと、そうではないのではありませんか。……もう、我々はとっくに泥をかぶっている。ならばせめて、警備部主動でこの事態の収拾に当たり、少しでもこの窮地を、汚名返上のチャンスに変えていく必要があるのではないですか」

同じキャリアでも、逆境に対するスタンスはずいぶん違うものだ、と小野は思った。これほど意気消沈する太田を見るのは初めてだったし、逆にここまで松田が雄弁になるのも、今まで見たことがなかった。

再び春木が机に身を乗り出す。

「どこが主導権を握るかはともかく、現場を八機だけではなくて、五機、我々六機も入れて、固めるべきではありませんか」

第八機動隊は新宿にあり、すでに歌舞伎町周辺の警備に当たっているが、市ヶ谷にある第五機動隊も近いので、春木はそれも呼ぼうといっているのだ。

だが、これには太田がかぶりを振った。

「これ以上周辺の道路を塞いで、都市機能を麻痺させるのは得策ではありません。その点については、これから警備局や公安委員会と協議します。現段階ではやはり、刑事警察に近い動きのできるSATが、刑事部と連携して動くのがいいでしょう。勝島には第二小隊が残っているのですか」

勝島、つまり第六機動隊のことだ。これには望月が答える。

「第三小隊も半分残して待機させています」

「ということは、ここにいるのは第一小隊の制圧二班と、第三小隊の一個分隊ということですか」

それと、と小野は割り込んだ。

「第一の技術支援班もきています。狙撃班は勝島です」

「そうですか。では緊急事態ですので、第二小隊だけを残して、それ以外はフル装備でここに集めてください。刑事部との折衝には私が当たります。筋道がついたら松田君、あなたに引き継いで、私はいったん本部に戻ります。いいですね」

朦朧としているようでいて、その実、いっていることは間違っていない。

全員が太田に頷いた。

警視総監による記者会見は予定より遅れ、午後八時二十分になって開かれた。

発表された内容は、先の会議で松田が語った内容とほぼ同じだった。すぐに記者団からは、新世界秩序とはいかなる団体なのか、公安部はそれを把握していなかったのか、などの質問が相次いだが、総監は「情報を整理している段階」として明言を避けた。

驚かされたのは、インターネットで流れている犯行声明映像で、総理の背後に立っているのが例の連続誘拐の主犯格少年であろうことを、多くのマスコミが把握していた点だ。

『今年の一月に取り逃がした犯人が、ここにきてまた新たに事件を起こした可能性について、総監ご自身はどうお考えですか』

『捜査一課が、歌舞伎町でこの少年を捜していたということですが、その捜査方針に誤りがあったとは考えられませんか』

これについても総監は、まだ捜査中であるとして逃げを打った。

だが、厳しい質問はまだ続いた。

『新宿駅東口で起こった襲撃事件の直後は、総理は無事保護されたということでしたが、それがなぜ、犯行グループに身柄を拘束される事態になってしまったのでしょうか』

この質問が、今回の山だろうと見られていた。

まさか、警視庁きっての精鋭部隊であるはずのSATが、実は犯行グループと通じて総理を拉致していた、などとは口が裂けてもいえない。しかし、事件が進む方向によっては、拉致実行犯が伊崎基子を含むSATのメンバーであると、明るみに出てしまう可能性も決して小さくはない。そうなって、改めてマスコミに突っ込まれて、それから「実はそうでした」と認めるのでは目も当てられない。

何しろ、伊崎基子は一度メディアに姿を晒している。気づかれる可能性は他の隊員よりも格段に高いのだ。

だが結局、今回の会見で総監は、すべてを「現在捜査中である」として逃げ切った。

小野は、夜の九時頃になって現場に出た。同行させたのは、技術支援班の今井と恩田だ。ここは機動隊員らしく活動服に着替えようかという案もあったが、どこでどんなトラブルになるかは分からないので、やはりスーツにコートという恰好のまま、拳銃だけを携帯して新宿署を出た。

今井も恩田も、妙に口数が少なかった。おそらく、うっかり「伊崎」の名が話題に上ることを恐れているのだろう。実際に対策本部は、伊崎基子の事件関与に関して箝口令《かんこうれい》を敷いている。現場の周りにうじゃうじゃいるマスコミ関係者に漏れて、わざわざ伊崎基子の存在を思い出させるような藪蛇《やぶへび》は、絶対に避けなければならない。

新宿署前を通る青梅街道は、やや詰まり気味ではあるものの、一応は流れていた。歩道では、多くの制服警官たちとすれ違った。みな難しい顔をしていた。まだ疲れた様子はなかったが、事態が事態なだけに、その表情には困惑の色が濃かった。パンダ（白黒パトカー）もときおり行き来しているが、それ自体は平常と変わらない台数に見えた。

しかし、新宿大ガードの交差点までいくと、さすがに状況は一変した。

二十人超の制服警官が車道に出て、すべての車両を西口か北新宿方面に誘導している。

市ヶ谷方面からくる反対車線は平常通り通しているが、まさに歌舞伎町に面しているこっちの車線は、完全通行止めにしてある。

歩道も同様だった。プリンスホテルと西武新宿駅に出入りできるだけの歩道は残し、だがその先は、ロープを張って通行止めにしている。カメラを抱えたマスコミ軍団も、そこでシャットアウトを喰らっている。

「警備部です」

「ご苦労さまです」

身分証を提示して通してもらう。そしてその向こうには、震災か、戒厳令下さながらの警備風景が広がっている。

青梅街道から繋がった靖国通り。その道沿いに並んだ歌舞伎町のビル群に、今夜、普段のような眩《まばゆ》いネオンの煌《きらめ》きはない。ごく一部に点いてはいるが、ほとんど申し訳、消し忘れ程度の明かりでしかない。

死んだ歌舞伎町。

その、黒く巨大な防壁の表面を、パトランプの赤い光が絶え間なく舐め、闇夜に浮かび上がらせている。

だが下の方は、決して真っ暗ではない。街灯は普段通り点いているし、また劇場通り入り口を始めとする封鎖地点には、警察が設置した照明機器のライトも当たっている。歩道に限っていえば、神社の縁日程度の明るさにはなっている。

改めて車道に目を向ける。一般車両を排除し、警察車両だけに限定したお陰で、そっちはかなりゆとりのある配置になっている。第八機動隊の装甲車両や、小野たちの乗ってきたSATの移動用バスもそこに停められている。パンダも覆面も、白バイも多数ある。他にも放水銃を装備した装甲バスなど、多種多様な特殊車両が配備されている。

三人で、できる限り現場の近くを歩いて進む。

歩道に面した建物の一階部分には、おそらく営業途中で逃げ出したのであろう、シャッターは開けっ放し、看板は出しっ放しの店舗がかなりあった。こういうところから反対側に抜けて、現場に突入することも考えてはみたが、やはり、あまり現実的とはいえなかった。仮に裏口などに抜けられたとしても、そこを狙い撃ちにされたらお終いだからだ。

封鎖地点も一つ一つチェックする。セントラルロード、さくら通り、東通り、区役所通り。そのすべてを、パネルバン・トラックなどの箱型車両が塞いでいる。よく見ると、車両で塞ぎきれなかった隙間には、ソファやビールケースなどが詰め込まれている。だがそれらを馬鹿馬鹿しいと笑うことはできない。たとえつまらないものでも、どかしている間に銃撃されれば、こちらは命を落とすことになりかねないのだ。

ときおり奇声や銃声も聞こえるが、いずれも遠く、外から対処できるものではなかった。周りの警官たちも眉をひそめるだけで、特にこれといった行動は起こさない。

明治通りと交差したところで左に曲がる。

そこも靖国通り同様、現場に面した車線だけを通行禁止にして対処している。

花園神社周辺には、工事用の金属製万能塀が巡らされている。それがいつ設置されたものなのかは、今のところよく分からない。

ふいに今井が「小隊長」といって足を止めた。

「ここに装甲車両をぶち込んだら、いい突入経路が確保できるんじゃないですかね」

小野は、すぐにかぶりを振った。

「肝心の救出対象である総理が、現場内のどこにいるのかも分からないんだ。そんな無茶をやったら、現場にいき着く前に、総理は殺されちまうよ」

「そうか……」

無駄な考えではあったが、そのやりとりで、三人の間の空気は少し和んだ感があった。

さらに進んでいくと、歌舞伎町ではごく稀《まれ》といっていい、ビルとビルとの隙間をいくつか発見した。

今度は恩田が立ち止まる。

「こういうとこ……いや、向こうで待ち伏せされたら、一網打尽《いちもうだじん》ですね」

見れば、横歩きでも大の男が通れるかどうかという隙間だ。

「一人で忍び込むんだったら、チャンスはあるかもしれないが、強行突入するにしては……危険すぎるな」

ちなみに、表通り沿いに建っているマンションを通り抜け、その裏口から内部に侵入する方法も検討されたが、案の定というべきか、そういった裏口前には車両が停まっており、ドアそのものが開かなくなっているとのことだった。これを報告してきたのは、刑事部の特殊班だった。

七丁目交差点まできたら左折。職安通りに入る。もう、ちょっとした隙間を見つけても、誰もどうこうしようとはいわなくなった。

「確かにチャンスを待てば、一人か二人なら、忍び込めそうなんですけどね……」

今井の呟きを、恩田が笑う。

「じゃ、お前いってみろよ」

「バカ、できるかよ。いくなら制圧班だよ」

ふいに「伊崎」というひと言が出るのではないかと、小野は一人胆を冷やしたが、さすがにそれはなかった。

さらにいくと、面白いものを見つけた。

驚くべきことに、まだ営業をしているコンビニエンスストアがあるのだ。一般人は立ち入り禁止になっているのになぜ、と思ったが、商売相手はどうも、警備に当たっている警官たちであるようだった。

「品切れになったら、やっぱり閉めるんだろうね」

「だろうな。車道塞がれてちゃ、仕入れできないもんな」

小野も笑ったが、あえて口ははさまずに進んだ。

歌舞伎町郵便局、ハローワーク新宿の前を過ぎ、大久保ガードの手前を左に曲がる。真っ直ぐいけば西武新宿駅の出入り口。最初のところに戻れる。

この道沿いに、突入に適した場所は、果たしてあるだろうか。

そんなことを考えたときだ。

突如現場内部から銃声が聞こえ、すぐそこに停まっているパンダの、助手席の窓に穴が開いた。

「うォッ」

近くにいた警官が慌てて身を伏せる。

辺りの空気が、一瞬にして凍りつく。

――なんだ。

小野たちはいったん、建物の壁に身を寄せた。

銃弾はすぐそこの、まさに先ほどのような、ビルとビルの隙間から飛んできたようだった。

間近にいた制服警官二名が、そのせまい隙間を恐る恐る覗き込む。一人が「早く」と叫ぶ。二人はそれぞれ拳銃を構えているが、撃たない。一方、向こうからの銃声は続いている。

「伏せて、もっと低くッ」

そこから、誰か出てくるのか。それをさせまいと、向こうから何者かが撃っているのか。こっちも撃てるものなら撃ち返したい、だがそうすると、出てくるその誰かに当たってしまう。だから撃てない。そういうことか。

辺りに散らばっていた警官が続々と集まってくる。ライトを持ってくる者。無線で連絡をしている者。ジュラルミンの大盾を運んでくる者——。

また銃声。

「ウアッ」

隙間からの悲鳴。命中したか。声は男のものだ。

「大丈夫、早くッ」

警官が隙間に手を伸べる。銃声は続いている。

「アァッ」

また当たったのか。だがその、次の瞬間だ。

ようやく、黒い人影が隙間から飛び出てきた。歩道に倒れ込むが、二人の警官が抱き上げてすぐに保護する。即座に大盾で隙間を塞ぎ、最初の二人がようやく撃ち返す。しかし、直後に向こうからの銃撃は止んだ。

「大丈夫ですかッ」

ライトで照らす。警官に横抱きにされ、仰向けにされた被害者は三十代半ばの、濃いグレーのスーツを着た男性だった。被弾したのは左肩と左腿。苦悶の表情を浮かべてはいるが、意識はわりとはっきりしているようだった。

喧嘩でもしたように、顔にはいくつもの青痣《あおあざ》がある。だが、変形するほどではない。今でも充分に整った顔つきをしている。

「当たったのは、肩と足だけですか」

男は固く目を閉じたまま頷いた。

やがて痛みを堪えながら、右手を内ポケットに入れる。

一瞬、そこから何か武器を出すのではないかと、疑った者もいたはずだ。実際、小野はそうだった。だが取り出されたのは、実に見慣れたものだった。警察手帳だ。

「……捜査一課、特捜二係の……石田です」

おい救急車ッ、と誰かが怒鳴った。

# 第四章

## 1

あれ以来、ミヤジからの連絡はなかった。もう自分は用なしなのだろうか。基子はふと、そんなことを思った。

そもそもこの計画自体、選挙演説を襲撃して総理を拉致し、歌舞伎町まで連れてくるという、自分の担当部分についてしか知らされていなかった。

いや、この町を封鎖することも知ってはいた。だが総理を監禁して、どうするのか。基子がそこのところを知ったのは夜の八時過ぎ。スマの店の二階で、白石のテレビ付き携帯の小さな画面で、ニュースを見ているときだった。

警視総監が行った記者会見と、ネットで流れた犯行声明。

歌舞伎町における、治外法権の獲得。

なるほど。ミヤジは、この町を独立国家のようにしようとしていたのか。

そう考えて、初めて合点がいった。

覚醒剤を蒸留するための機械。白石はそれが、これからの歌舞伎町の基幹産業になるといった。要するに、覚醒剤の製造と販売を合法的に行い、この歌舞伎町を、いわば「犯罪特区」として維持していこうということなのだ。

イメージとして基子の頭に浮かんだのは、やはりあの「新世界」という秘密クラブの存在だった。おそらくミヤジは、ああいう「場」を表に出して、大規模に展開していきたいのだろう。奇《く》しくも声明では、犯行グループに「新世界秩序」という名が冠された。ここを、現行の日本国憲法とはまったく異なる秩序で統べ、居心地の好い「地獄」にする。あれはつまり、そういう意思の表明だったのだろう。きたい者はくればいいし、嫌ならばこなくていい。そういう形にまで、ミヤジは持っていくつもりなのだろう。

「しかしまあ、ミヤジの信奉者ってのは、やたらとたくさんいるんだね。正直、驚いたよ」

基子は窓を開け、区役所の裏通りを見下ろしながら煙を吐いた。今夜は月が出ている。こんな、いくつもの死体が転がる薄汚い通りにも、等しく月明かりは注がれる。なんとも妙な眺めだ。

「俺も今回、けっこうびっくりしました。自分なんかが一番若い世代かと思ってたら、まだ下がいましたからね。ホスト崩れなんて、まだ十九とかそんなもんですよ。ああいうのが、ミヤジさんミヤジさんって、七十近いジジイを慕ってついて回るんですから。可笑《おか》しいですよ」

白石はタバコを吸わない。さっきから、スマにもらったアタリメをちびりちびりとかじっている。

「そういう連中って、何がよくてミヤジを慕ってるの」

手を出すと、白石はビリッとアタリメを裂いて差し出した。

「……なんででしょうね」

「シャブだけの繋がりじゃ、ああはならないでしょう」

「ええ」

白石はしばらく、ゲソを銜《くわ》えて考え込んだ。

「……まあ、それも一種の、社会不安からじゃないですかね。長引く不況を脱してみても、一向に状況は好転しない。気づくと目の前には、格差社会なんていう新たな泥沼が広がっている。上と下、自分がどっちにいるかって考えたら、それは間違いなく下。みんな、そこから必死で這い出ようともがいてるのに、上の方では、既存の社会の枠組みを巧みに利用する連中が蜜を吸い上げて、これでもか、これでもかと、這い上がってくる連中を叩いて弱体化させている」

鼻息を吹くようにして、白石は苦笑いを浮かべた。

「……そりゃ、いっぺん何もかもぶち壊してやろうかって、誰だって思いますよ。日本人という民族に、もはや革命やクーデターを起こす力はないなんていわれてますが、俺はそうではないと、思ってましたしね。

事実、大沼総理はある程度、民自党内の勢力分布図を書き換えることには成功した。これは一種の革命ですよ。ただ、国を変えるというほどの即効性はなかった。一方、クーデターは難しかった。日本国内にある武力といえば、自衛隊か警察ってことになりますが、これは政治と切り離されて久しい。そういう動かし方は、どう考えても現実的じゃない」

なんだか難しい話になってきたな、と基子は思ったが、あえて茶々は入れなかった。

「そこに現われたのが、ミヤジさんだったんじゃないですかね。これは政治じゃない。社会そのものを引っくり返す運動なんだ。喧嘩上等、シャブ容認。経済も支配も、法律も学歴も、いっぺん全部なかったことにして、ゼロから始めよう。何もかもチャラにして、新しい世界の秩序を作ろう……まあ、こんなふうにいうと夢みたいですが、それを信じさせるだけの力と狂気が、ミヤジさんには実際にありますからね。若い者はついていきますよ。もうどうしようもない、どうなってもいい、だったら、ぶっ壊す側に回ってみようか……そう考える連中が、けっこう多かったってことですよ」

いつのまにか、指にはさんだタバコは短くなっていた。基子は消す前に、次の一本に火種を移した。

「……あんた自身は、どうなの」

「はい？」

白石は、細く整えた眉を吊り上げた。

「なんであんたは、ミヤジの手下になったの」

少しだけ、彼は怒りにも似た色を両目に宿らせた。だがすぐ、諦めようとするように、かぶりを振って打ち消す。

「……俺は、真っ当な日本人じゃないですから」

「へえ、そうなの……でも、西洋系じゃないよね。何人？」

「半分は朝鮮人です。俺の父親は、脱北者ですから」

「はあ……」

それだけで、何か分かったような気になるから不思議なものだ。

「日本に潜入して、長いことスパイ活動をしてたみたいです。母親は日本人ですが、でも協力者っていうか、現地妻みたいなもんでした。今となっては、どういう素性の女だったのかもよく分かりません。名前は、鈴木フミ子……なんの参考にもならない名前ですよ。

やがて父親は、北の組織から逃げた。母親と一緒に。まだ小さかった俺は、お荷物ってことだったんでしょう。捨てられました。そんな俺を拾ってくれたのが、ミヤジさんでした。もともと戸籍の売買とかで、父親が世話になってたんじゃないですかね。俺も顔は知ってたんです。ガキの頃から」

予想以上に、ミヤジは手広くやってるのだなと思いつつ、基子は「ふーん」と頷いておいた。

「……だから、他の連中が、新世界云々《うんぬん》でついていくのとは、ちょっと違うんです。俺の場合は。俺は……ミヤジさんが、こうやって生きろ、これからはこの人間に成りすまして暮らせと、差し出す資料の通りに生きてきた。……だから、白石守ってのは、本当は俺じゃないんです。別の奴だったんですよ」

本当の白石はどうなったのかと訊くと、彼はかぶりを振った。

「分かりません……でも、死んでると思います」

下の路地を、まだ騒ぎ足りないのか馬鹿どもが走り抜けていく。そいつらが角を曲がると、またすぐ静かになる。

「そういうあんたも、こんな国は、ぶっ壊れちまえばいいと思ってるわけ」

白石は、太い指でアタリメを弄《もてあそ》びながら、小首を傾げた。

「どうですかね……俺は、そんなにこの国、嫌いじゃないですよ。こんな俺でも、なんとなく居場所はありましたからね。ニュースとかで北の惨状を見ると、ああ、あんなとこに連れていかれなくてよかったって、心底思いますよ。……班長は、どうですか」

基子は思わず吹き出した。

「もうさ、その〝班長〟っていうの、よしなよ」

「でも、名前では……」

「伊崎、とか、なんでもいいけど」

ふと、雨宮は自分のことを、最後まで苗字で呼んでいたな、などと思い出す。一度も「基子」とは呼ばなかった。まあ自分も、そういうふうに呼ばせる雰囲気を、わざと作らなかったところはあった。

基子。

崇史。

そんなふうに呼び合う関係を、常々馬鹿馬鹿しいと思ってきたし、心のどこかでは、恐れてもいた。

――基子……。

そう考えた途端、響いてくるこの声は、もはや基子にとっては、悪霊の類であるといえた。

――基子……。

気安く名前で呼ぶんじゃないよ。なんだよ。

――思い出せ、基子……。

何をだよ。フザケんな馬鹿野郎。

「……班長？」

ふいに呼ばれ、正気を取り戻した。

知らぬまに、手に汗をかいている。

「ああ……なに」

「だから、班長の親は、どんな人なんですか」

親か。なんとも、ヤワっこくて嫌な言葉だ。

「サラリーマンだよ。ただの」

それだけで納得したのか彼は頷き、口をつぐんだ。お陰で基子は、口にしてしまった「ただのサラリーマン」という言葉に、しばし囚われる結果となった。

ただのサラリーマン。でも昔は、レスリングのオリンピック選手だった父。そのことを、何より誇りにして生きていた父。幼少の頃から、勝負論だけを基子に叩き込んで育てた父。

また、あの声が遠くから響いてくる。

——思い出せ……思い出せ……。

そう。自分はその、勝負論からはずれたところで恋をした。その結果、自分が弄ばれていたことを知り、途端、どうしていいのか分からなくなった。勝ちと負けしか、評価の基準を知らなかった自分には、失恋という出来事が、きちんと定義できなかった。

いや、あのとき自分は、負けたと、思ったのか。

そうかもしれない。

だから自分は、あの男の首を、へし折った。

死に至らしめるという、究極の勝利を、味わうために。

ところが、関係者は誰一人として、あれが事故であることを疑わなかった。いや、たった一人、ある男を除いて——。

父親。あの男だけは、もしかしたら、気づいていたのではないかと思う。

どうやってやった。何をどうした。そう、しつこく基子に問いただした。傷ついている振りをして、黙ってうつむいてやり過ごしたけれど、正直にいうと、あのときは父親が怖かった。

あの技を、自分に教えたのは、父親だったから。

この技は、本物のレスラーには、まずかからない。でも、逃げ方を知らない奴にやったら、そいつの首を折ってしまうかもしれない。気をつけろよ。滅多なことでは、使うなよ。勝ちたいという気持ちだけで、使っていい技じゃないぞ。

足の動かし方から、手の組み方、倒れ方まで。自分はあのとき、すべてを教えられた通りにやった。相手を左に振ってから、自分の、右斜め後ろに、引っこ抜くように捻る。倒れながら、全体重を、相手の、伸びきった首に、かける。

あの技で殺《や》った。

そう正直にいったら、父親はあの日、自分を叱っただろうか。

なんて馬鹿なことをしたのだと、この愚かな娘を、叱ってくれただろうか――。

――基子……基子……。

声は、意図的にテープの回転速度を上げ下げするように、うねうねと、その響きを変えながら脳裏に響いた。父親のようでいて、雨宮のようにも聞こえ、殺した柔道コーチのようにもなり、やがてまた、雨宮の声に戻る。

腹の辺りに、鈍い痛みを感じた。

そう。こんなものがあるから、鬱陶しい声に悩まされるのだ。

いっそ、この腹をかっ捌いて引きずり出してやろうか。

「班長……」

また、その声で正気に戻らされた。

白石は、部屋の隅にあった箱からティッシュペーパーを二、三枚抜きとり、こっちに差し出した。

「……なによ」

「だって、泣いてるから」

いわれて初めて気づいた。

どうりで。視界がぼやけるわけだ。

## 2

美咲は、特二の前島景子巡査部長やその他の女性警官たちと共に、対策本部中にお茶を配って回っていた。

「景子さん、刑事部の控え室って今、第一会議室なんですか」

「んー、第二。でもそっちは、うちの典子と香穂ちゃんがいったから大丈夫。美咲ちゃんは……」

前島はそれとなく講堂の片隅、パイプ椅子に座ってうな垂れている、東に目をやった。

「彼の、そばにいてあげなよ」

「やだ景子さん、そんな……」

美咲は慌ててかぶりを振った。

「私なんて……そんな……」

今の自分に、東のそばにいる資格はない。なんとなく、そんなふうに思ってしまう。

彼の部下、沼口春彦《はるひこ》巡査部長は、射殺された。

自然と、美咲の脳裏にも沼口に関する記憶があふれてくる。

憎まれ口。冷たかった最初の頃の態度。それでも東との間にあった軋轢《あつれき》は、『沙耶華ちゃん事件』を境に氷解した。あれ以後は、本当にいい先輩刑事だった。ベテランで、頼りになるデカ長だった。

一方で、その沼口を殺したのが、あの伊崎基子なのだ。彼女にとって自分は、仲間以下、友達以下、同僚以下、要するに、ただの顔見知り。いや、そうとも認めたくないくらい、たぶん、うざったい存在なのだ。事実、面と向かってそういわれたこともあった。

だが自分にとって彼女は、二度も命を救ってくれた恩人というだけでない、この目を釘付けにして離さない、特別な何かがある存在だった。

そんな彼女が、東の部下を、殺した。

それなのにいま自分は、伊崎基子を、心のどこかで庇《かば》おうとしている。人殺しと定義して、突き放すことができないでいる。

あの監視カメラの映像がトリックであった可能性はないのか。実は彼女はだまされていて、総理を連れたまま歌舞伎町にいってしまっただけではないのか。そもそも美咲のもとに送られてきた、あの宇田川舞の血痕付きパーカ、あれだって、何者かが伊崎基子を殺人者と警察に思わせたくてよこしたものではないのか。

前島は、お茶をすべて配り終えてから、改めて美咲のところにきた。

「……ほぉらぁ、いってやんなよ。あの二枚目が、燃え尽きた〝矢吹ジョー〟みたいになっちゃってるよ」

燃え尽きた矢吹ジョー。あまりピンとこなかったが、そういえばそんなマンガが、兄の書棚にあったような記憶はある。

「でも、私なんか、とても」

「なにいってんの。美咲ちゃんしかいないでしょうが……強気が売りだった東主任が、あんななっちゃってるんだよ。こういうとき慰められるのは、上司でも部下でもないんだよ。結局、近しい女なんだってば」

「お……女って」

それだけで、電気ストーブと睨めっこをしているみたいに顔面が火照《ほて》ってくる。

「いや、そう、変な意味じゃ、ないにしてもさ」

「でも……私……」

美咲は、改めて講堂を見回した。

今は監視カメラの映像記録から、伊崎基子、並びにジウの行動確認と、大沼総理の所在を特定する作業に多くの人員が割かれている。だがそれも、なかなか簡単にはいかないようだった。

何しろ歌舞伎町の防犯カメラというのは、大通りに焦点を合わせたものが多くて、観察対象者が一歩角を曲がると、途端にどこにも映らなくなるものらしいのだ。たとえば、劇場前広場や区役所通り、風林会館の辺りで起こっていることは、わりと簡単に把握できる。だが、そこを出て次の繁華街にいくまでにどこかに入られてしまったら、もうお手上げになる。特に見えないのが、大久保病院の裏の方だとか、ゴールデン街の路地、風林会館より北の方のラブホテル街。それと外周の大通り沿い。今でいうところの封鎖地点の周辺だ。

皮肉なことに、普段は表からも見えるということで、あまり警戒されていなかった歌舞伎町の出入り口付近が、いま警察が最も見たい死角地帯になっている。

トラックで作られたバリケードの裏側は、一体どうなっているのか。一ヶ所に何人くらいの見張りがいるのか。装備はなんなのか。ほとんどの個所のそれは、防犯カメラには映らない。それでも比較的分かるのは劇場通りとセントラルロードの入り口だが、そこはまるで冷戦下の国境線の如く厳重に警備されている。とすると、他のバリケード裏も同様の状況になっているのか。それとも、その見える二ヶ所はいわばパフォーマンスで、他のところはさほど厳重ではないのか。

実際、特殊班の男性捜査員の多くが、出入り口付近の偵察に何度かいっている。が、一般人と犯人グループの見分けもつかないうえ、店舗の入り口などの死角は、やはり表からではどうやっても見られないというのだ。

——伊崎さんだったら、どうするだろう……。

そう胸の内で一人ごち、何を馬鹿なことを考えているのだと、自分で自分を引っぱたきたくなった。でも、どうしても考えてしまう。基子のことを。彼女ならどう考えるだろう。どう行動するだろう。彼女は今、何を思っているのだろう。どうして彼女は、あんな場所に居合わせる破目になったのだろう。

「ねえ、景子さん……」

前島は「ん？」と漏らし、半分ほど吸っていたタバコを近くの灰皿に押し潰した。自分が特二にいる頃は禁煙していたはずだが、結局また、吸い始めてしまったようだ。

「……なに」

「ええ……あの、伊崎さん、今頃……どうしてるんでしょうね」

すると前島は、困ったように眉をひそめた。

「美咲ちゃん……あんた、そんなこと考えちゃ駄目だよ」

意外なほど厳しい口調。美咲は思わず身を引いた。

「え……どうして、ですか」

「どうしてって美咲ちゃん、あの娘は今や、犯行グループの旗頭《はたがしら》なんだよ。そんな、同情的な言い草は、ほんと洒落《しゃれ》にならないからよしなって」

「そんな……」

ここにいる多くの者が、とりわけ部署を同じくしたことのない捜査員たちが、基子をまるで魔女のようにいうのは、理解できる。だが自分と同時期に特二にいて、同じように基子と仕事をした前島にいわれるのは、正直、悲しかった。

「……景子さんも、伊崎さんがリーダーだと、思うんですか」

「いや」

前島がさらに困った顔をする。

「分かんないよ、そんなこと。そんなの、ここにいる誰も、分かりゃしないって。でも彼女が、あの〝ジウ〟と結託して総理を拉致したのと、沼口さんを射殺したのは間違いないんだろう？　もしあれが、東さんの見間違いで、仮に沼口さんじゃなかったとしてもだよ、彼女が誰かを撃ち殺したのは……残念だけど、どうやっても否定できない事実なんじゃないの」

確かに、そうだ。でも、だったらなおさら、もとは同じ係にいて、一緒に働いて、食事をして、走って登って、そうやってきた仲間なら、どうして彼女がこんな大それた犯行に加担することになってしまったのか、考えるべきではないだろうか。

黙っていたら、前島に肩を撫でられてしまった。慰められるべきは自分ではない。もっと労《いたわ》って、慰めてあげなければならない大切な人は他にいる。なのに、自分が落ち込んでしまうなんて、いけない。情けなさすぎる。でもそれを、自分ではどうすることもできない——。

「……美咲ちゃん。今は、総理と人質の救出。それが最優先だよ。動機だとかそういうのは、あとで帳場立ててから、じっくり誰かがやればいいんだよ。確かに……今の東さんには元気出せっていうのは、酷かもしれないけど、でも逆に落ち込んでる暇も、あたしはないと思うよ。デカならシャンとしなって、いってやんなよ。それがあの帳場の、紅一点たる美咲ちゃんの務めなんだと、あたしは思うけどね」

そう、なのだろうか——。

「はい……」

そのときだ。

本部デスクの、警備部幹部の一人が受話器に向かって怒鳴った。

「本当かッ」

手の塞がっている者も、そうでない者も一斉に上座に目を向けた。がなっているのは、そう、確かSATの部隊長とかいう人だ。

「搬送先の病院は……そうか。話は……分かった。じゃあこっちから何人か出すから……いや、君はこっちからの応援と交代で戻ってくれ……ああ、それでいい。よろしく頼む」

何人かがぱらぱらと彼のもとに向かう。「どうした」と訊いたのは警備部の幹部だったが、周りには西脇も和田も、三田村も浜田もいる。

「はい。偵察に出ていた隊員からの報告です。さきほど二丁目四十五の、ビルとビルの隙間から脱出してきた者がおり、それが刑事部捜査一課、特捜二係の、石田光雄《いしだみつお》警部補であることが確認できました」

ワッ、と講堂全体が沸き上がる。見れば東も顔を上げ、信じられないというふうに目を見開いている。

「石田警部補は路地を抜け出てくる際、背後から何者かに銃撃され、左肩と左腿に被弾、重傷を負ったが、命に別状はないとのこと。待機していた救急車で東京医大に搬送。本人の希望で応急処置が終わり次第、内部の状況について話したいとのことです」

ヨシッ、と意気込む者、手を叩いて悦《よろこ》ぶ者。特に刑事部の捜査員たちは、そろってその表情を明るくしていた。あの西脇部長ですら、だ。

「そうか石田かァ。いやいや、胆の据《す》わったデカだとは思っていたが、そうかそうか、脱出してきたか。……よし、早速聴取のチームを編成しよう」

「ちょっと」

警備部幕僚団の輪から進み出たのは、松田警備一課長だった。

「お悦びのところ、水を差すようで申し訳ないのですが、それを朗報と解するのはいささか早計ではありませんか」

「ハァ？　なんだとこの野郎」

胸座をつかもうとする西脇を引き止めたのは、やはり和田だった。だがその和田でさえ、きつく松田を睨みつけている。刑事部のノンキャリア課長と、警備部のキャリア課長。刑事捜査の生き字引的大ベテランと、せいぜい二年で部署を替わっていく未来の官僚候補。同じ階級、同じクラスの役職でありながら、二人の織り成すコントラストはあまりにも激しかった。

「事件が起こってすでに八時間半が経過しようとしている。そこにきて初めて、なんの前触れもなく生還者が現われるというのは、少し妙じゃありませんか」

「フザケんなよ松田ァ」

およしなさい、と太田部長も松田をたしなめる。だが彼は引かなかった。

「幸い現状、現場内はある種の小康状態にある。カメラに映る暴動も収まる方向にあり、警察側としても、一つ状況を冷静に判断しようと、姿勢を正そうとしていた……その矢先に、生還者です。彼がもしNWOの手先だったら？　あなた方は、そういうことは考えないのですか」

「馬鹿いってんじゃねえぞガキがッ」

暴れられても、和田は絶対に西脇の両肩を放さなかった。この二人の年齢差が、たぶん五つか六つ。西脇と松田も、ちょうどそれくらいの差だと思う。

「テメェんとこの小娘が誘拐犯とつるんでテロの片棒担いでやがるからって、苦し紛れに人んところの部下にまでケチつけんじゃねえぞ馬鹿がッ」

「自分のところがそういう目に遭ったからこそ、あえていうんですよ西脇部長。石田何某《なにがし》というのが何か重要な情報をもたらし、それを信用して作戦を立て、敢行し、しかしその結果、一網打尽にでもされたらどうするんですか。あなたにその責任がとれますか」

「よしなさい松田君」

割って入った太田は、沈痛な面持ちで西脇に頭を下げた。長らく対立し、牽制《けんせい》し合ってきた両者。そんな構図は美咲の頭にもあったので、この展開は意外だった。今の太田は、かなり参っている。部外者である美咲にすら、それは痛いほどよく分かった。

「……西脇さん、ここはどうか私に免じて、収めてはいただけませんか。こちらも、伊崎の凶行にどう対処すべきか、正直、部としての態度を決めかねております。それはさて置く……いえ、決して隅にやれる問題でないことは重々承知しておりますが、まずは総理と人質の救出を最優先に、共同でのオペレーションを組むという方向で、手を打ってはいただけませんか。私はこれから、警備局と国家、東京、両公安委員会との対策会議に向かわねばなりません。現場の指揮は、誠に勝手ながら、西脇部長にお任せしたいと存じます。どうか……ここは穏便《おんびん》に。松田君、君からもお詫びしなさい」

松田は諦めきれない表情だったが、一応は頭を下げた。

「テメェ、面倒なとこだけ俺に押し付けやがってよ」

西脇は荒い鼻息を吹きながら、放せよと、和田の手を振り払った。

石田のもとに向かったのは、脇田特捜二係長と特二の麻井係長、川俣《かわまた》主任の計三名だった。

「よかったですよね、東主任……」

美咲にも、ようやくかける言葉が見つかったという感じだった。東もいくらか、覇気を取り戻したように見える。

「ああ……あいつだけでも生きて……いや、あいつが還ってきたってことは、他の連中も、生きてる可能性があるってことだよな。なあ、門倉」

初めて東の真意に触れた気がして、美咲は涙が出そうになった。

東は、自分だけが生き残ってしまったと思い、それで自らを責めていたのだ。それは、偶然とはいえ彼がスタンドプレイに走ったがゆえの結果であり、それで生き残ったのでは、地道に聞き込み捜査を行っていた仲間に顔向けできない。そんな思いが、今まで彼を苦しめていたのだ。

「大丈夫。大丈夫ですよ……きっとみんな、どっかに隠れてて、チャンスを窺ってるんですよ」

周りでは、情報の絞り込み作業が急ピッチで進められていた。

まず、大沼総理がどの辺りにいるのかという点。これは、拉致されて劇場前広場でジウの仲間に引き渡されたあと、他の防犯カメラエリアでは捉えられていないということから、歌舞伎町一丁目と二丁目の境目辺りにいるのではないかとの見方に固まりつつあった。

次に、携帯電話がいまだ繋がりにくいという点。

これは、事件発生当初は回線が混み合っているだけだろうと考えられていたが、数時間経っても状況が改善されないことから、別のトラブルが発生しているのではないかという疑いが浮上してきた。

即座に対策本部がこれについて回線業者に調査を依頼したところ、まさに歌舞伎町周辺のエリアでは、携帯電話が使用する電波の帯域に著しい乱れが生じているとの回答が得られた。

まるで歌舞伎町の中心地から、妨害電波が発信されているかのようだと——。

そんなことが可能なのかとさらに問い合わせたところ、電波の入りをよくするブースター・アンテナは一般に販売されている、その機構を逆利用すれば、決して民間の技術でも不可能ではないということだった。

だがこれは、逆に犯人グループも携帯電話を使用しての連絡はできない状態にあることを意味している。今後突入を検討する際、この条件が大きく状況を左右するものと考えられた。

また伊崎基子の行方については、風林会館前を三回通っていることが確認できた。いずれのときも白石巡査と思しき男性と一緒であり、彼らのアジトがその辺りにあるのではないかと見られていた。逆にジウは大沼総理につきっきりなのか、ここしばらくは表舞台に姿を現わしていない。

と、その結果を見たとき、美咲はあることを思い出した。

「主任……あの、伊崎さんが三日間姿を消す前に、木原ってライターといた飲み屋さんって、この辺じゃなかったでしたっけ」

あまり目立たない会議室の端っこで、美咲は自分の捜査ノートを開いて見せた。区役所の裏手にある居酒屋「きよみ」。風林会館前から基子の入っていった路地を辿っていくと、ちょうどその辺りに行き着く。

「そうだな。そうかもしれない」

「直接、電話とかしたら、マズいでしょうか」

東の落ち窪んだ目に、男らしい濃い眉がかぶさってくる。

「もし本当にアジトだったら、マズいだろう」

「でも、立てこもりとかだったら、まずそうするじゃないですか」

「うーん……どうかな……」

事実、本部デスクは少し前、歌舞伎町内の店舗の固定電話に、手当たり次第に架けてみるという戦術を試みていた。直接そこの関係者でなくともいい。たまたま逃げ込んだ人がとってくれるだけでもいい。そう考えてのことだったが、意外にも受話器をとる者は少なく、とったとしても、すぐに切られてしまうケースが多いようだった。中には助けを求める者もいたようだが、逆に「助けてくれ」の一点張りで、どうにも話の持っていきようがない。その後に「一般市民を協力者に仕立てるのは危険すぎる」との意見が上層部から出され、その作戦は打ち切られた。

——ほんと、どうしたらいいんだろう……。

美咲はあちこちに散らばった湯飲みを片づけながら、今ある疑問に、自分なりの答えが出せるものはないかと考えた。

——総理の、居場所……。

きっと、厳重に警備されたところなのだろう。だが、そんな想像をなんの根拠もなく巡らせるだけで、正しい答えなど出るはずもない。この問題はパスだ。

——じゃあ、伊崎さんの、居場所……。

それがもし、さっき思いついた「きよみ」だとして、じゃあそれを、どう救出作戦に活かすことができるだろう。これも、今のところはパスか。

——そういえば、あの犯行声明って、誰の声だったんだろう。

それについては様々な憶測が飛び交っていたが、有力な説というのは浮かんでこなかった。機械で変えられていた声質はともかく、喋り方には独特の雰囲気があった。ジウ本人ではないにしろ、近しい誰かなのだとしたら、笹本や岡村に聞かせてみる価値はあるのではないか。いや、そんな時間はないか。もう午後十一時十五分、事件発生から九時間が経過している。NWOが設定したタイムリミットまであと十五時間。明日朝一番で東京拘置所に出向いて、面会の開始時間を待って——やはり、どう考えても現実的ではない。

——ああ、駄目だ……。

上座のテーブルから和田課長の湯飲みを下げ、通りがかりにホワイトボードをちらりと見やる。そこには、例のジウの似顔絵と、基子の写真が仲良く並んで貼り付けられている。もう、まるっきり犯人扱いである。

さらにその下には基子の部下、制圧一班の隊員五人の写真もある。初めてよく見るのだが、このところ基子と行動を共にしているという白石巡査は、いかにも「昔はツッパってました」というような、ちょっとヤンキーがかったというか、要するに、あまりお上品ではない顔つきをしている。

——なに、こんなんでも、警察官なの……？

顔だけでどうこういうのは失礼かもしれないが、ちょっと、警察という組織には馴染まないタイプのように見える。

——別に失礼じゃないわよ……この人だって、マル被なんだから。

いや待て。基子を庇うのなら、この人たちも庇わなければならないのか。いやいや、別に自分はそういうことをいいたいのではない。

——ああーッ、頭がぐちゃぐちゃになってきた。

思いきり頭を掻き毟りたいところだけれど、さすがに人前でそれはしたくなかった。ましてや、こんな講堂の上座でなんて。

——んもう。お風呂入って寝たいよ……。

強く奥歯を食い縛り、目を閉じ、フンと鼻息を吹くと同時に、目を開ける。依然としてそこには、もはや見飽きた感のあるジウの似顔絵と、仏頂面の基子の写真があり、その下にはヤンキー白石と、さらに四人の、これまたヤンキー面が——。

——ん？

美咲は背筋を伸ばし、改めて六枚の、いや、基子以外の五人の顔を注視した。この五人、もしかしたら、どこかで見たことがあるかもしれない。そう思ったのだ。

——私、機動隊に知り合いなんて、いないのに。

いや、でも確かに見たことがある。しかも、この組み合わせで見たことがある。この五人を、一つのグループとして、見たことがあるのだ。

——五人、五人、五人……。

そう遠くない過去。自分はこの五人に、直接会ったのか、あるいはこのように、写真で見たのか。

——五人、五人、ご……あっ。

ようやく、思い出した。

——あっ、あっ、あっ……。

美咲は掌で口を覆い、叫び出しそうになるのを必死で押さえ込んだ。

——この五人……警察官じゃ、ないじゃないッ。

それはあの、信金立てこもり犯、西尾克彦と共に行方をくらましていた、五人の、元陸上自衛隊員に違いなかった。

## 3

ようやく東も、何かしなければと思えるようになった。

近いところを見ると、特二の捜査員たちが防犯カメラに映る映像と、その詳細な位置関係について調べている。東はその一人に、自分にも手伝わせてくれといってみた。するとそのデカ長は快く、ではこれをお願いしますと、番号を振った歌舞伎町の地図数枚を差し出した。

「……これは、何番のカメラです？」

「二十二番です」

「位置でいうと、どこになりますか」

「ここの植え込みの、木の幹に仕掛けられてますね」

映像分析担当に一人一人尋ね、位置と角度を地図に書き込んでいく。あとは東が映る範囲を画面で確認して、見える範囲を線で囲っていく——。

とそこに、人目を忍ぶような歩き方で美咲が近づいてきた。長身の彼女がそういう怪しい挙動をすると、非常に目立つ。だが本人はそういう点を、あまり気にはしていないようだった。

「……東主任」

普通に呼べばいいのに、わざわざ声をひそめるから、監視担当員にまで怪訝な目で見られることになる。

「分かった。ちょっとこい」

「えっ、何がですか」

「分かったからこい」

とにかく、彼女を廊下の方に引っ張っていく。

「あ、主任……こ、転びます」

そんな、転ぶほどのスピードではない。

——足だって相応に長いんだ。黙ってついてこい。

東はとにかく人のいないエレベーター前、自動販売機の並んだ辺りまで美咲を連れていった。

「主任ってば」

そこで手を放す。美咲は安堵《あんど》したように息を吐いた。

「……門倉。内緒話があるのなら、もっと自然に声をかけろ。君の素直さは人間として大変な美点だとは思うが、度を過ぎるとただの馬鹿だぞ」

こういうふうにいうと、途端に悲しげな顔をしてみせる。

「すみません……」

基本的に自分は、彼女に対して常に好意的な態度で接してきたつもりだ。だがときおり、こういう女に苛立ちを覚える人間も、少なからずいるだろうなと思うことがある。それでも自分が寛容に構えていられるのは、ひとえに年が大きく離れているからに他ならない。

——なにせ、十八歳差だからな。

咳払いを一つはさみ、自動販売機に向き直る。

「まあいい……何か飲もう」

すると美咲は、急に何か思い出したように息を呑んだ。悲しげな表情はもうどこにもない。付け加えるならば、この立ち直りの早さも彼女の美点の一つではあるだろう。

「っていうか、主任も分かったんですか」

「……何が」

「え、だってさっき、分かったたって」

「いや、あれは違う。余計なことをいう前に君を連れ出そうとしただけだ」

はあ、とまた気の抜けるような声を出す。

「私、てっきり主任も……じゃなかったら、私が心を読まれたのかと思いましたよ」

「そんな能力が俺にあったら、初めて会った世田谷代田でジウをパクってる」

そして、得意の苦笑い。

「……ですよねぇ」

「もういいから話せ」

面倒なので、自分のと同じ缶コーヒーを買って渡す。

「あ、どうも……あの、だから、その、私、気づいたんです、すごく重要なことを」

「ああ、だから聞くよ。なんだよ」

「はい……あの、制圧一班の、伊崎さん以外の五人って、もしかしたら、西尾克彦と一緒に行方をくらましていた、例の陸上自衛隊員たちなんじゃないでしょうか」

まだコーヒーを飲む前でよかった。口に含んでいたら、彼女の顔に吹きかけているところだった。

「……なに？」

「ですから、白石守を筆頭に、制圧一班の……」

東は慌てて美咲の口元に人差し指を立てた。階段を上ってきた警備部の人間三人が、彼女の背後を通り過ぎるのを待つ。

――あの五人が……。

美咲はじっと東の指を見ている。寄り目になっている。

「よし、続けてくれ」

「あ、はい……いえ、今ので報告は終わりなんですけど」

まあ、そうだろう。

「なるほどな。だが、なぜ君はそのことに気づいた」

「なぜ……っていわれても、写真を見ていたら、なんとなく」

「根拠は」

「それはもう、かなり明白な事実ではないかと……これ、ホワイトボードのをとってきちゃマズいと思ったんで、コピーをもらってきたんですけど、ほら、見てください」

美咲が脇に抱えていたのは、彼女の自前の捜査ファイルだ。指をはさんでいたページを開き、そこに制圧一班の顔写真を並べる。

「ちょっとこっちは髪が伸びてるんで、分かりづらいっちゃ分かりづらいんですけど、でも、顔は同じですよね。ね？」

確かに、よく見れば同じ顔だ。

「本当だ。よく見つけたな」

「はい……」

簡単に嬉しそうな顔をするな。悦ぶのはまだ早い、と思ったがいわずにおく。

――つまりこれは、どういうことだ……。

とにかく急なことなので、それが何を意味しているのか、上手く頭の中で整理できない。

「とりあえず、警務にいってデータを当たろう」

「はい」

警務課というのは、一般企業でいうところの経理と人事を合わせたようなセクションである。エレベーター乗り口に掲示されている案内図を見ると、二階、三階、四階に「警務課」の文字があるが、二階は警察証明と被害者相談、四階は刑事課の届出部門とフロアを分け合っているので、人事に関しては三階だろうと当たりをつけた。

エレベーターで三階に下り、警務課「警務係」のプレートを探して歩く。大事件が起こったからだろう、もう夜中だというのに昼間と変わらないくらいの人数が残っている。

「すみません、捜査一課ですが、ちょっとデータベースを当たってもらえますか」

カウンターの向こうにいた男性に声をかけたが、彼は別の若い男に話を振った。おそらく、その若いのの方がコンピュータに明るいのだろう。

「はい、なんでしょう」

一応、胸のバッジを確認しておく。巡査長か。

「本部の人事データを、ちょっと叩いてもらいたいんだ」

「はい、では……どうぞこちらに」

彼はフロアの奥、壁際の、コンピュータが四台ほど並ぶコーナーに東たちを案内した。自ら椅子に座り、こっちを見上げる。

「何を、お調べすれば」

周りに人はいない。好都合だ。

「まず、白石守で、出してみてくれ。白い石に、守備の守だ」

「はい」

該当した名前は二件あった。ここで分かるのは入庁年度と現在の所属のみだ。一人は昭和五十五年入庁で、現在は総務部広報課の広報センター長となっている。明らかにこっちではない。

「下のを、開いてくれ」

「はい」

すぐに、お尋ねの「白石守」のデータが出てきた。顔写真は、対策本部に貼ってあったのと同じものだ。違っていれば話が早いのだが、そこまで敵も無用心ではないということか。

「この写真、わりと最近のものだと思うんだが、いつ更新されたのか、調べられないか」

「それは……どうでしょう」

彼はマウスを操り、二つほどウィンドウを開いた。

「ああ、十月の、十六日ですね」

約一ヶ月前か。

美咲が隣でファイルのページをめくる。

「……爆破の翌々日、第一小隊再編成の前日ですね」

「いいタイミングだな」

東は彼の肩に手をやり、画面を覗き込んだ。

「それの、更新する前の写真ってのは、見られないか」

「いや、それはさすがに……難しいかと」

しばらく、彼は様々な検索を繰り返していたが、五分ほどで背筋を伸ばした。

「無理ですね。上書きで更新されてるので、前のは消えてしまっています」

「どこかに残っていないか」

「本部で直接叩けば、もしかしたら出てくるかもしれないですけど、ここではこれが限界です」

手詰まりか。いや、もう少し粘ろう。

「じゃあ、もう写真はいい。下の方に、ちょっと送ってくれ」

「はい」

画面が上にスクロールしていく。彼の所属経歴が現われる。先月の十七日から第六機動隊設備管理室に配属、となっている。これはまあ、SAT以外に何か書かなければおかしいので、便宜上こうしてあるというだけだろう。その前は、第九機動隊の水難救助部隊に所属。そのまた前は所轄で多摩中央署の警備課、そこには同署の地域課から異動してきている。そこが振り出し、卒業配置のようだった。

「この、途中の履歴とか、写真は残ってないのか」

それも彼は色々と試してみてくれたが、目ぼしいものは何も出てこなかった。

だが、

――ん？

その、所属経歴の隣にある、受賞履歴というのが目に留まった。多摩中央署長賞二回。

それはまあ、大したことではないのだが、第八十五回警視庁柔道大会、団体三位というのは、けっこうすごい。

「この、三位っていうの、何か記録に残ってないかな」

「ああ、これ。はい、やってみます」

すると、出てきた。団体入賞を果たし、五人で並んで写っている記念写真と、一人一人の顔写真がある。解説文によると、白石が務めたのは副将だったようだ。

「……あれ、変ですね」

「いや、変じゃないんだ」

「はい。変じゃないです」

そこにある白石守の顔は、まったくの別物だった。

「ありがとう。大変参考になった。……しかし君、このことは、絶対に他言してくれるなよ」

東は少し強めに彼の肩を叩いた。

署内ではどこに人の耳があるか分からないので、玄関から出て話をすることにした。そういった意味では、東は美咲に全幅の信頼を置いているといっていい。彼女が自分をだますことはない。裏切ることはない。それだけは、根拠はないが信じることができる。

「門倉。いま俺たちが確かめたのは、実に、とんでもないことだ」

「はい……」

前置きだけで、滑稽《こっけい》なほど緊張してみせるところが、なんとも愛らしい。

「ＳＡＴの人事を左右できるポジションにいる何者かが、ＮＷＯと通じている可能性が、浮上してきたわけだ」

こくり、と真剣な面持ちで頷く。

「西尾と共に行方をくらましていた五人をＳＡＴに捻じ込み、警視庁の人事データの写真を上書き更新する……これは、いわばＳＡＴの秘匿体質があって初めて成立するトリックだ。もとの職場の人間は、そいつがどこにいったのかを明確に知らないから、基本的には疑うことをしない。ＳＡＴ側の人間は、異動の段階でデータが書き換えられているから、誰も不審には思わない。むろん、こういう悪巧みをするくらいだ、他の小隊のメンバーとどこかで会っている可能性のある人間には、そもそも成りすまさないだろうから、少なくともあの五人は、ＳＡＴの全隊員と初対面という触れ込みで入ってきたはずだ」

美咲は、ぱちぱちと忙《せわ》しなく目を瞬いた。頭脳がフル回転している様子が、まるで外から透けて見えるようだ。

「だが、なぜそんな事態になったかというのを考えると、当然この問題は、先の西大井信金爆破事件にぶち当たる」

はっと彼女が顔を上げる。

「よく思い出せ。あの事件は、発生から三日と半日が経って、ＳＡＴ第一小隊が現場に突入したところで、店舗爆破という結果を見るに至った。その間、西尾は何もしなかった。

要求も、暴行も。……おそらく西尾自身は、誰かにだまされて現場に入ったんだろう。実際に西尾は、ジウが爆弾を仕掛けたときは、まだ店舗には入っていなかった。知らなかったんだ……奴は、警察をおびき寄せる餌にすぎなかった。しかも敵は、爆破のターゲットを、SAT第一小隊に、ピンポイントで絞ってきていた」

「え、どうして、そんな……」

そう。確かにそこは、東にも疑問だった。

「おそらくそれは、雨宮巡査殉職の流れと、因縁付けるためだろう。小野がいっていたじゃないか。周りから、呪われた第一小隊などと揶揄されていると……普通、たったふた月の間に、八人も殉職者を出した部隊になぞ、誰もいきたがらない。その、いきたがらない、という状況を作るために、敵は第一小隊の臨場を待った……あるいは、配置につくよう、仕向けたのかもしれない」

美咲が表情を曇らせる。

「じゃあ、伊崎さんの復帰は」

「それは、また別の問題なんだろう。そういうことは、こいつに訊けばいい」

東は携帯を取り出し、小野を呼び出した。

『はい……』

「分かりますか、私が」

『ええ、分かります』

少し間が空く。人のいないところに動いたようだった。

『……実は、こちらからご連絡しようと思っていたんです。今、どちらにいらっしゃいますか』

「新宿署の前です。おたくは」

『八階です……今、下ります』

「待ってます」

だが携帯を閉じると、若干の不安が生じた。

「こいつも……考えようによっては、信用できないか」

「え、小野さんは、私……大丈夫だと、思いますけど」

その理由は、東には分からなかったが、あえて尋ねはしなかった。

署の前では落ち合わず、青梅街道を渡って路地に入ったところにある、信用金庫の裏手で待ち合わせた。少し歩いてみて、誰にも聞き耳を立てられない場所を探したら、ここにいき着いたのだ。

五分ほどして、地味なハーフコートを羽織った小野が姿を現わした。

「……お疲れさまです」

　東は目礼で応じ、早速本題に入った。

「偵察にいっていて、石田の脱出を報告してきたのは、あなたたちですか」

「ええ……そうです」

「端的に、様子はどうでしたか」

　小野は一瞬、空を睨んだ。

「命からがら逃げ出してきた……ようにしか、私には見えませんでした。うちの松田が嫌疑をかけるような発言をしたようですが、それははっきりいって、ないと思います」

「その根拠は」

「状況を考えれば、石田警部補がダブルスパイである可能性は皆無に等しいと思います。石田警部補が飛び出してきた路地はほとんど真っ暗でした。あの状況で、殺さないように狙って撃つのはまず不可能です。しかも使用されたのは拳銃です。レーザーポインター付きのライフルであれば話は別でしょうが、ただの拳銃で、あの状況で、動いている相手の、肩と頭を正確に撃ち分けるのは……絶対といっていいほど、不可能だと思います」

　石田を庇う。それが小野の本心に従ったものなのか、あるいはこちらを信用させるための建て前なのか、今の段階では判断できない。否定的に見るならば、以前自分に会いに出てきたのも、伊崎基子に嫌疑を向けさせるための芝居だったと、考えられなくはないのだ。

　だが、それでもいい。訊いてみようと、東は思った。

「では、もう二つ三つ、教えてください。今回の第一小隊の再編成で、直接人事に係わったのは誰ですか」

小野は微かに眉をひそめた。

「私と、名前は明かせませんが、もう二人の小隊長と、部隊長の四人です」

「一から、ですか」

「は？」

「その四人が、一から今回の人事を絞り込んで決定したのですか」

いえ、と短くかぶりを振る。

「それは上から、ある程度絞り込まれたリストを渡されまして、そこから選びました」

「どの程度、絞り込まれていました」

困ったように、少し下を向く。

「いえないなら、いえないでもいいんですよ」

だがそれを脅しととったか、小野はまた小さくかぶりを振った。

「いえ、お教えします……正直、巡査隊員に関しては、定員ぴったりでした。というか、たぶん、かなり強引に勧誘して、定員に無理やり持っていったんだと思います」

「つまり、なり手がいなかった？」

「ええ。いなくて当然だと思います。誰も、なりたくなんてないですよ。入ったら死ぬような、特殊部隊の隊員なんて」

「では、巡査部長に関しては、ある程度余裕があったのですか」

するとと小野は、険しくしていた表情を、何か迷ったように、曖昧なものにした。

「そう、ですね……はい。巡査部長は班長、指導的立場になりますんで、やはり経験者が望ましいということで、いずれもOB・OGである者、五人がリストアップされていました。まあ、OGというのは、伊崎だけですが」

「その五人の中から、伊崎基子を指名したのは誰ですか」

はい、と小さく頷く。

「私です。私が、伊崎を指名しました」

ここで自らの名前を挙げるか――。

東の中で、小野に対する心証はある程度固まった。

「なぜ彼女を？」

「それは、もし私が挙げなくても、他の誰かが挙げたと思います。何しろ彼女は、その実績を評価されて特進を果たしたくらいですから。復帰を望む声は、他の者より幾分高かった」

だがこれは、裏を返せば、上から下りてきたリストですでに制圧班の人事は決まっていたも同然だった、という意味だ。

「ではもう一つ。その巡査隊員十人の班分けは、誰が行いましたか」

「それは、試験入隊訓練の結果で判断しました。上位五名を制圧一班に、下位五人を二班に」

「変ですね。なぜ実力者を均等に、バラけるようにしなかったんですか」

「それは……」

しばし暗い地面に視線を落とす。

「上が、一班を、とにかく強くしろと、要求してきたからだと」

「あなた方が、そう直接いわれたのですか」

「いえ、私どもは、た……部隊長から、間接的に聞いただけです」

部隊長。あの、カメレオンみたいな顔をした奴か。

「試験の結果、あの五人が優秀だったから、制圧一班に組み込んだのですね」

「はい。圧倒的に、あの五人は優秀でした」

それはそうだろう。奴らは元自衛官だ。

「そうですか。分かりました……ありがとうございました」

軽く頭を下げると、小野は慌てて呼び止めるように「あの」と手をかざした。

「……ああ、あなたも何か、お話があると仰ってましたね」

「はい」

小野は沈痛な面持ちになり、少し、美咲に意識を向けながら口を開いた。

「実はさきほど、六機の医務室から連絡がありまして。向こうは、こっちの状況を知らないで連絡してきたんですが、その……つまり、伊崎基子が、現場できつい仕事に当たっているようなら、注意してやってほしいと」

話が見えない。

「どういうことですか」

「はい……あの、実は彼女は、妊娠していると、先生はいうんです。慈光医大からきてくれている、香坂先生です」

「……妊娠、って……」

隣で、思わずといったふうに美咲が漏らす。小野はそれに頷いてみせた。

「はい。それであの……これは私の、勝手な想像にすぎないのですが、子供の父親は、亡くなった雨宮ではないかと、思うんです」

それはまた、初めて聞く話だ。

「二人は、そういう関係にあったのですか」

「ええ……いや、確証はむろんありませんが、隊の中では、なんとなく、二人は仲が良かったですし、一度訓練中に、雨宮が誤射を受けた際、伊崎がとんでもない剣幕で怒ったことなどもありまして……本当に、根拠はないのですが、私は、そう思っているんです。ちゃんと話したことはありませんが、薄々気づいていた者も、隊内にはいたのではないかと思います」

伊崎基子が、妊娠。相手は、雨宮崇史。

しかし、その雨宮は葛西で殺され、一方で伊崎は昇進を果たし、ＳＡＴを離れた。

やがて西大井で信金爆破事件が起こり、第一小隊制圧班は壊滅。

元自衛官がすり替わって隊員に成りすます。

同時に仕組まれた、伊崎基子の復帰。

――誰なんだ、黒幕は……。

竹内に雨宮を殺させたのは、誰なのか。

伊崎を昇進させたのは。

信金爆破を仕組んだのは。

制圧一班の人事権を実際に握っていたのは。

――当然それは、ジウなどではない。

そう。もう「黒孩子《ヘイハイズ》」などと呼ばれた、密航孤児にできる規模の犯罪でなくなってきているのは明らかだった。もっと大きな力と思惑が、このヤマを動かしているのは間違いない。

「……小野さん」

　東は、少しだけ小野を信じてみたい、そう思い始めている自分を意識した。

「なぜあなたは、伊崎基子の妊娠を、わざわざ我々に知らせるのですか」

　数秒、考えるような間があった。だがそれは、決して迷いではないように、東には見えた。

「それは……直接、事件の解決に役立つかどうかは分かりませんが、でも、もし伊崎を救えるのだとしたら、そういう……なんでしょう、救おうとしてくれるであろう人と、情報を共有したい、そう思ったからです」

　目は、明らかに美咲の方を見ていた。

「警備部上層部は今、完全に伊崎憎しという方向に傾いています。彼女を、まるっきり敵と見なしています。でも……私には、どうにもそうは思えない。彼女の様子は、確かにおかしかった。総理を拉致したのも、動かしようのない事実だとは思います。ですが、彼女を今回のテロの旗頭のように見るのは、私は正直、納得がいかない。私にはどうしても……納得が、いかないんです」

　隣で、美咲が力強く頷いた。

「ですよね」

　そのひと言に、いつものような曖昧さはなかった。

　──俺も、乗ってみるか……。

吉と出るか凶と出るかは分からないが、東も小野に、賭けてみたいという気持ちになりつつあった。

「……小野さん。私は立場上、今あなたに多くを語ることはできません。ですが、これだけは覚えておいてもらいたい。……我々は、警備部の一部に、ある疑惑を抱いている。それが一体なんなのかを見極めることが、事件解決の早道であるとも、私は考えている。あなたがもし、我々と歩調を合わせる気があるのなら……その点をぜひとも注意してもらいたい」

これで警備部がおかしな動きをするようであれば、そのとき改めて小野を叩けばいい。逆に小野が警備部の内部情報を持ってくるようであれば、また次の利用方法を考えればいい。

さあ、小野はどう出るだろう。

## 4

小野と別れたあと、東はいった。

「奴の話がどこまで信じられるものなのか、俺には分からない。ただ、やはり警備部上層部だけは注意が必要だ。その点は君も、重々肝に銘じておいてくれ」

美咲は「はい」と頷き、共に新宿署に踵を返した。

戻ると、前線基地である講堂では、情報収集作業が大詰めに入っていた。さらに一時間ほどすると、それらをまとめて整理するための作戦会議が開かれることになった。

とはいっても、本部からの追加機材が持ち込まれた講堂は、すでに通信指令センターさながらの、電子機器の原野と化している。とてもこれだけの人数で話し合いができる状態ではない。仕方なく、二つの会議室に散らばっていた待機要員を第二の方に無理やり押し込み、第一の方を純粋な会議室として使用することになった。

日付は変わって、十一月十四日月曜日、午前一時。

会議の出席者は刑事部、警備部の両幕僚団に加え、新宿署の幹部。実動部隊としては、特一の一班と特二、殺人班の四係、七係、十一係の係長と主任クラス。一方警備部からは、第八機動隊の中隊長が三名、小隊長が九名、それと小野を含むＳＡＴのメンバーが二十数名。彼らの紹介は特になかった。所轄からは警備課長、刑事課長、組織犯罪対策課長、他数名。絞って絞って、七十名ほどにしたメンバーが席に着いた。

そこまで人数が絞り込まれているのに、自分のようなヒラ刑事が出席していいのだろうかと思いはしたが、東が和田課長に「同席させますから」といい、和田もそれを了承したので、まあ、いいのだろう。

司会は浜田管理官。捜査本部長は西脇ということで会議は始まった。

「まず、状況をまとめたものを、こちらから報告する」

内容は、それまで本部が防犯カメラ経由で得た情報と、石田主任の独自の捜査報告を付き合わせたものだった。

「大沼総理が監禁されているであろうと見られているエリアには、確かに、警備の厳重な建物があったとの報告が、石田警部補からあった。それがここ」

浜田が黒板に貼り出した歌舞伎町の地図の一点を指す。

「東宝会館の裏手で、やはりカメラの死角になっている一帯だが、ここには〝新世界〟という名の、比較的新しい店舗があるそうだ。以前ここは〝J〟というSMクラブだった」

美咲がはっとして顔を上げると、上座にいる三田村や、綿貫と視線を交わす恰好になった。

「そのSMクラブだった頃、この店には例のジウが、出入りしていたとの捜査報告もある。その点でも、ここが総理の監禁場所である可能性が高いのではないかと、そういう結論に至った。またその名前からしても、犯行グループと関係があるものと考えられる。ひょっとしたら、例の妨害電波の発信地も、ここなのかもしれん」

浜田管理官は、捜査員が書き取るのを待つようにひと呼吸置いた。

「……しかし、問題はここからだ。現状、ここが監禁場所であると確信するに足る証拠は、何一つない。防犯カメラは位置が遠く、総理やジウが出入りした場面を捉えてはいない。

ここがアジトであるという確証を得るには……やはり、偵察隊を内部に送る必要があるだろう。それについて、ＳＡＴ諸君の意見を伺いたい。タチバナ部隊長、いかがかな」

小野が「た」といいかけ、慌てて「部隊長」と続けたのを思い出す。あのＳＡＴ部隊長は「タチバナ」という名前だったのか。どうやら、彼の名前だけはオープンにされることになったようだ。

「はい。何度か探査には向かいましたが、やはり、一般人が内部にいて、それらの身も危険に晒されているというのが、ネックになると思います」

「潜入は、不可能か」

「いえ、石田警部補が脱出できたということは、またその逆も可能だろうとの見方はできます。しかしある程度、警察側の犠牲は覚悟しなければならないでしょうし、またそうなった場合、犯行グループは人質に危害を加えると宣言してもいます。どちらにせよ、ある程度の犠牲は……」

浜田の隣で、西脇が舌打ちをする。

「……総理さえ助け出せれば、一般市民に多少の犠牲が出てもいいという考え方は、この日本警察にはない」

そのひと言で、タチバナは黙ってしまった。

「他に案はないか、タチバナ部隊長」

彼は「いえ」とかぶりを振り、席に座った。

「では特殊班、どうだ」

立ち上がったのは、特一の新しい係長、沖警部だった。

「ええ……こういった特殊犯事案でのセオリーからすれば、やはり説得というのがまず、先にくるかと思います。犯人グループへの、チャンネルが開ければの話ですが」

「それを開くアイデアを募集してんだ馬鹿がッ」

西脇がテーブルに拳を落とすと、その反動のように麻井が立ち上がる。

「その〝新世界〟という店に、電話をしてみては」

「とっくにやってる。誰も出ない」

「では犯行声明が出された、商店街のホームページ経由で、何かアプローチできませんか」

「犯人とメル友にでもなれってか。馬鹿をいうな」

さらに第六機動隊長も指名され、強行突入をするとしたらどういう方法が考えられるかと尋ねられた。彼は、セントラルロードを始めとする数ヶ所の封鎖を強制撤去し、そこに犯行グループの注意が集まっている隙に、西側の、比較的〝新世界〟に近いビル群からSATをもぐり込ませるというアプローチを提案したが、これも西脇に却下された。

「強制撤去はともかく、その向こうに羽交い締めにされた人質の一人でも連れてこられてみろ。それだけでこっちは、手も足も出せなくなるんだぞ」

さらに小野も意見を求められた。彼は最少人数で潜入、〝新世界〟についての情報を収集する、その任務は自分が負うとまでいったが、タチバナの意見と五十歩百歩だと、これも却下された。

浜田が指名し、受けた者が意見を述べ、西脇が潰す。そんな展開が延々と続いた。

だが美咲は、次第にある疑問に囚われるようになっていった。

なぜ誰も、伊崎基子の説得を試みようとはいわないのだろう。

美咲や東、そして少なくとも小野は、基子を犯行グループの中心人物だとは思っていない。だが、警備部幹部の中には、そう思っている者がいる。ならば、そういう意見が出てきても不思議はないのではないか。

などと考えていたら、ふいに上座の西脇と目が合ってしまった。まるで小学生の頃、授業を聞かずに校庭を眺めていたのを先生に見つかってしまった、あの瞬間のようだった。すぐに下を向けばよかったのだろうけれど、なんとなく、美咲はそれもしそびれてしまった。

やがて、西脇の口元に、意地の悪そうな笑みが浮かぶのが見えた。

「……そこにいるのは、元特殊班の、門倉巡査か」

もう、とぼけるわけにもいかない。仕方なく立ち上がる。

「はい……」

「何か、意見がありそうな顔をしてるな。あるならぜひ、聞かせてほしいんだが」

東は隣で渋面を作り、仕方ないだろう、とでもいうように小さく頷いた。

そう。もう仕方ないのだ。こうなったらイチかバチか、いってみるしかない。

「あ、あの……意見、っていうか……」

「遠慮は無用だ。会議の恥なんてのは掻き捨てだからな」

西脇は自分でいって、自分で手を叩いて笑った。もうほとんどヤケクソといった感じだ。だったらもう、こっちだって——。

「はい……あの、ですから、せっかく……いや、せっかくっていうのも、変ですけど、みなさん、よくご存じの、伊崎基子が、犯人グループ側に、いるわけですから、彼女を説得するというのは、どうなのでしょうか」

西脇は頭を掻き毟り、だからよォ、と立ち上がった。

「どうやって、そのチャンネルを開くんだよ」

「携帯番号なら、私、知ってますけど」

「そんなのはこっちだって知ってら馬鹿がッ」

ペンか何かを足下に叩きつける。こっちに向かってじゃなくてよかった。

「でも、通じない……ですよね」

「アーッ、通じねーよ通じませんよ」

「じゃあ、いつもみたいに、外から、拡声器で……」

「外ってどこだよ」

「……まあ、セントラルロードの、前ですとか」

「中央分離帯までマスコミが占拠してる現場前で、伊崎さーん、伊崎基子さーんってやるのか。そんなことやったら、せっかく総監が会見で隠し通したのが無駄になっちまうだろう。警察官が犯人ですと、いってるも同然になっちまうだろうがッ」

確かに、それはそうだ。

「じゃあ、あとは直接、いくしかない……ですか」

だが、このひと言が、どうもよくなかったようだ。

西脇の顔が、見る見る赤く膨れていく。

「直接って……現場にか」

「あ、はい……」

「誰が」

「は？」

「誰が伊崎を説得しにいくんだよ」

まあ、それは——。

「……と、特に、適任者がいない場合は、私でも」

「テメェは今まで何を聞いてやがったッ」

今度は、ほんとにペンが飛んできた。

「ひっ」

「見つかったらぶっ殺されんだぞオマエッ」

マズい。地雷を踏んでしまった。

西脇は上座中央からテーブルを迂回し、肩を怒らせてこっちに歩いてくる。

――あ、ああ、怒らせちゃった……。

だが、逃げも隠れもできる状況ではない。

西脇は、目の前まできてテーブルに拳を落とした。

「大体なァ、あの女がすべての元凶なんだよ。SATの班長にまでなっておきながら、連続誘拐犯の中国人と通じて総理を拉致したんだぞ。その後には沼口巡査部長を射殺してもいるんだ」

美咲は思わず「えっ」と反論の声をはさんでしまった。

「それってでも、まだ、未確認なんじゃないんですか」

「さっき石田が証言したんだ。あれは沼口だったってな。奴は、沼口がデカだとバレて、連中に引きずり出される場面を目撃したんだそうだ。たった一人では、止めに入ることもできなかった……石田はそれを、ひどく悔いていたそうだ。これを今まで俺があえていわなかったのは、またショックを受ける人間が出るといけないからだ。だがな」

西脇は、溜め息のように深く息を吐いた。

「……キサマのようなトンチンカンをいうのが出てくるんじゃどうしようもない。いいか。日本警察はな、一般人に犠牲者を出すことも許されないが、身内である警官が死ぬと分かっている手段に訴えることも、また同じようにできないんだ。それはかの後藤田正晴《ごとうだまさはる》氏が警察庁長官だった頃と何一つ変わっていない」

美咲から視線をはずした西脇は、会議室全体を見渡した。

「俺たちキャリアは君ら現場の人間を、いくら死んでも替えの利く、消耗品のように思ってるわけじゃないんだッ」

そのときだ。

「西脇部長ッ」

会議室の扉が開き、本部のデスク担当が一人、飛び込んできた。

「なんだ騒々しい」

彼は「はい」と詫びるように頭を下げながら、手に持っていた書類を読み上げた。

「今し方、国家公安委員会を中心とする、緊急対策会議から連絡が入りまして、民自党、公民党、新民党の三党が、船越幸造衆院議員を総理代行に任命することに、正式に合意しました。なお、これは非公式にですが、船越代行は、一分一秒も早い事件の解決を目指し、これ以上一般市民に犠牲者が出るようであれば、奇襲作戦もやむなし、回答時限を待たず、当該地への強行突入を命ずる可能性もあるとの考えを、併せて伝えてきました」

西脇の両眉が、徐々に、あり得ない角度に吊り上がっていく。

「……おいキサマ、なんだその、無駄に強気なコメントは」

「いえ、これは」

「この国のトップは、いつから危機管理においてまでアメ公と同じ発想をするようになっちまったんだ」

「いえ、ですから」

「終いの絵図だけ勝手に描きやがって、あとで犠牲者の数に見合うだけ警察幹部のクビ切って、それで帳尻合わせようって魂胆が見え見えなんだよッ」

彼の持っていた書類を上から叩き落とす。そのデスク担当もされるがままで、床に落ちたそれを拾おうともしない。

美咲は居たたまれず、隣の東に目を戻した。

――し、主任……。

東は、黙って空を睨んでいた。だがその目には、あの「ジウは羽野さんを二度殺した」といったときと同じ、激しくも冷たい、殺意にも似た狂気が宿って見えた。

——東主任……。

時刻は今、午前一時半を過ぎようとしていた。

タイムリミットまで、あと十二時間と四十分。

## 5

白石と交代で仮眠をとり、午前四時頃になって店に下りた。スマはまだ寝ていたので、そのまま二階に残してきた。

出入り口に扉はない。そんなものは、もはやある方がこの町では珍しくなっている。白石は自分で蹴破った手前、直そうかと申し出たが、スマはいいといった。あっても、どうせまた壊されるだけだと。

外はまだ真っ暗だった。

息が白くなるほどではないが、かなり寒かった。

「ねえ。あたしたちは、出入り道路の警備とかしなくていいの」

「はい。人手はありますから、大丈夫です」

「平山とか、吉田とかは」

「まあ、奴らには奴らの仕事があるんで」

なんとはなしに、二人で封鎖地点を見て歩く。スマの店から一番近い東通りには、ヤクザふうの男二人が見張りに立っていた。いや、正確にいうと、立ってはいなかった。手前の店舗の入り口にパイプ椅子を据え、そこに座っている。がっくりとうな垂れて。

「思いっきり寝てんじゃん」

「起こしてきます」

白石は、いきなり二人の頭を拳銃のグリップで殴った。いてッ、と飛び起きた二人はとっさに臨戦態勢をとったが、顔見知りなのか、相手が白石だと察すると、すぐすまなそうに頭を掻いた。

「……いやぁ、起きてたっすよ」

「嘘つくな。俺がきたの、気づかなかったじゃないか」

「そんな……ナカジマさんは、別格っすよ。なぁ」

「あ？　ああ……そうっすよ。ナカジマさんは、別っす」

二つ三つ小言をいい、彼は一服している基子のところに帰ってきた。呆れたといわんばかりに溜め息をつき、首を傾げる。

「……急に、いろいろ心配になってきました」

基子は目で二人を示した。

「ねえ、今いってた、ナカジマって誰」

白石が、照れたように小鼻を掻く。

「俺の、一つ前の名前です……ナカジマ、トモキ」

トモキ、か。

「守より、そっちの方が合ってるかも。漢字は？」

「知る、樹木の樹、で知樹です。ナカジマも、普通の中島です。でも俺は、けっこう気に入ってるんすけどね。この、白石守って名前」

殺された本物にとっては、いい迷惑だろうが。

「何者だったの」

「はい？」

「だから、前の、知樹の頃は」

「仕事、ですか」

「そう」

「自衛隊員でした」

なるほど。だから腕が確かなのか。

「平山、吉田、三上、千葉とは同じ中隊でした。……そうそう。あの、班長にパクられた、竹内亮一も同じ基地にいましたよ。隊は別でしたけど」

竹内亮一。葛西で雨宮を撃ち殺した、元自衛隊員——。

急に、様々な思いが胸の奥で絡まり合った。

いま隣にいる白石は、かつて中島知樹であった頃、竹内亮一の仲間だった。その竹内はのちに、雨宮を射殺した。だがミヤジは、雨宮を自分たちの仲間だったといった。そう、だからこそミヤジは、基子の十七歳のときの殺しについて、知っていたのだ。

また、あの疑問が頭をもたげてくる。

なぜ雨宮は、竹内に殺されたのか。

雨宮は裏切り者で、それを竹内が処刑したということなのか。あるいは口封じのために雨宮が竹内を殺そうとして、だがしくじって、逆に返り討ちにされてしまったのか。それとも、互いに仲間とは知らずに、成り行きで殺してしまったのか。

基子は、アスファルトに落とした吸殻をパンプスの爪先で踏んだ。

「ねえ、変なこと訊くようだけど……竹内と雨宮崇史ってのは、面識はあったのかな」

白石はさくら通りの方を、背伸びをして見ていた。

「は？　竹内と、あの殺された、ＳＡＴの隊員ですか？　いえ、なかったと思いますよ」

「あんたは、雨宮崇史を知ってるの」

なぜだろう。一瞬、目が泳いだように見えた。

「……いえ、知りませんよ。だってそんな、知るはずないじゃないですか。あっちは警官、こっちは自衛官ですよ。俺らの側で面識があったのは、せいぜいジョーカーくらいでしょう」

ふいに飛び出した名前。基子は、己の平常心が激しく揺さぶられるのを感じた。

――ジョーカーと、雨宮が、知り合い……？

それは一体、どういうことだ。

「ねえ、でもミヤジと雨宮は、知り合いなんだよね？」

「いや、それは……」

いいかけ、途中で彼は、眉をひそめた。

――なに……？

じっと基子を見つめる。彼は必死に、基子の中に何かを探り当てようとしている。

「……それって、ミヤジさんが、いったんですか」

基子は、あえて答えずにいた。

「ミヤジさんが、そういったんですね」

彼は、ひどく慌てていた。少なくとも、基子にはそう見えた。

「まあ……そういうのは、よくあることっすよ。これはその、組織とか、そういうものじゃないっすからね。誰が誰の知り合いだとか、案外、分かりづらかったりするんで……あちょっとッ」

歩き出そうとしたら、左の二の腕をつかまれた。

「どこいくんすか」

「決まってるでしょ。ミヤジのところだよ」

「なんでですか」

「放せよ」

基子は肘を返しながら白石の手を振り払った。彼は手首が逆に曲がる前に、基子から手を放した。

「……何も、今いかなくたっていいでしょう」

おかしい。こいつは、何をそんなに慌てているのだ。

「ねえ、そういえば、ジョーカーって何者なの」

答えない。黙って、基子の目を見ている。

「誰なんだよ、あのジョーカーって野郎は」

胸座をつかむ。力ずくで引き寄せると、彼は基子から、あろうことか目を逸らした。

「……いえません」

ぐつっと、基子の喉の奥で、何かが熱く煮え立った。

「お前いま、なんか勘定したろ。これがどういうことなのか、あたしの立場とか、そういうこと、色々考えたろ。……なあ、教えてくれよ。ジョーカーって誰なんだよ。なんでジョーカーだけが雨宮と面識があったんだよ。ミヤジはどうして……」

彼に訊きながら、だが基子は自分なりの答えにいき当たりつつあった。しかし、それを認めるのが、どうしようもなく怖い。

雨宮は、ミヤジの直接の仲間ではなかったのか。

ミヤジは、ジョーカーを介して雨宮を知ったのか。

ミヤジは、雨宮と直接話をしたわけではなかったのか。

基子の初めての殺しについて、ミヤジは直接、雨宮から聞いたわけではなかったのか。

直接だろうが又聞きだろうが、大した違いはない。むろんそう考えることはできる。どちらにせよ、雨宮が喋ったことに変わりはないのだから、いまさら自分が四の五のいっても始まらない。

だがどうしようもない、払拭しがたい違和感があるのも、また事実だった。

何かが間違っている。

自分が勘違いをしていたのか。

それとも——。

「待ってくださいよ、班長」

いったんセントラルロードに出て、そこから劇場前広場の方に向かう。ミヤジたちのいるクラブ〝新世界〟は、ここを突っ切って通りを渡った向こうにある。

「班長、よしましょうよ」

「班長、今そういうことといってる場合じゃないでしょ」

「お願いしますよ、班長」

コマ劇場の隣、東宝会館のロッテリア前で、また腕をつかまれた。

「……なんだよ。何をそんなに慌ててんだよ、白石」

「だから、そういう個人的なことは、今はよしましょうよ」

無視して歩き続ける。

また彼は「班長」と呼びながらついてくる。

廃墟のようになった歌舞伎町交番を、左に見ながら道を渡る。

そこから、もう少し右。

最初の路地の角にある、真っ黒いビル。

ラブホテルのように、外部から直接入り口が見えないように設けられた衝立。その真裏に、〝新世界〟への入り口はある。

基子が近づいていくと、何人かの人影が衝立から出てきた。

平山、吉田、三上、千葉。

「なにやってんの、あんたら」

いつになく真面目な顔つきの吉田が答える。

「班長こそ、どうされました」

「ミヤジに会いたいんだ。入れてくれ」

そのまま進もうとすると、吉田が、次いで平山が、三上が、千葉が、次々と拳銃を構えた。いずれもSATが採用しているP9Sだ。

白石は背後にいて見えないが、銃は構えていなそうだった。

「……なんの真似」

「この中は、駄目っすよ」

「なんでだよ」

「なんでもです」

白石は左斜め後ろ。基子は、タックルを切るのと同じ動作で左足を引き、素早く白石の背後に回った。

動きながら引き抜いたP9Sを、白石のこめかみに突きつける。

「……どきな」

吉田を始めとする四人は動かない。白石も抵抗しない。

——脅しだと思ってんだろ……。

基子は銃口を手早くずらし、

「あッ」「おいッ」

白石の、肩の後ろで引き鉄を引いた。

軽い破裂音。閃光の瞬間だけは目を逸らす。

熱い硝煙が自分の頬にもかかる。

白石の、胸板の端、スーツの袖の付け根がささくれる。上手く貫通したようだった。

「んぐ……」

白石が呻いたのは、その一回だけだった。

銃口はすぐこめかみに戻す。

「もう一度いうよ。どきな」

多少は仲間を思う気持ちが芽生えたか、吉田たちは左右に割れて進路を空けた。

「駄目だ。全員左、路地に入りな」

今度も素直に従った。

基子は白石を盾にしたまま、〝新世界〟へと足を踏み入れた。

# 第五章

## 1

具体的な作戦会議は改めて招集するとして、深夜の会議は解散になった。美咲は、会議終盤に険しい表情を浮かべていた東の精神状態が気になって仕方なかったが、

「美咲ちゃん、いま警務課が夜食届けにくるらしいから、そこら辺の若い子使って、きたらすぐにパパーって配っちゃって」

「はい、分かりました」

前島にいわれ、なんだかんだで、それどころではなくなってしまった。

「お夜食って、お握りですか、サンドイッチですか」

「お握りみたい」

「じゃあ、お茶だ……」

そんな雑務に追われているうちに、東の姿を見失ってしまった。

——主任、ちゃんと食べてくれるかな……。

七階の講堂、二つの会議室にいる者すべてに夜食をいき渡らせ、手が空いたら防犯カメラの監視担当を休憩させるため交代を名乗り出、そんなこんなしているうちに、現場から上がってきた警備要員も夜食をとることになり、でもそれは前島の判断で「八階で食べて」もらうことになった。

食べたら寝る、は自然の摂理。交代要員の当てができたら、各々道場で仮眠をとろうということになった。さすがに、女だからといって布団敷きをさせられることはなかったが、逆に女だから、男性と一緒に道場でごろ寝、というわけにはいかない。

そこは気を利かせた前島がいってくれた。

「あたしら、特殊班の指揮車で寝ることにしたんだけど、美咲ちゃんも一緒にどう」

隣には茂木芳江《もぎよしえ》、美咲たちのあとに入った、寺西典子と中島香穂もいた。

「いいんですか、私なんか」

「いいじゃん、なんか修学旅行みたいで」

芳江が「ねえ」と付け加えると、典子も香穂も「はい」と頷いてくれた。

久々に触れる特二の空気が、やけに心に暖かだった。

せめて仮眠をとりにいくことだけでも伝えたいと思い、七階の各部屋に東の姿を捜した。

だが、どこにも見当たらない。また警務課にいってるのかなと思い、捜しにいってみようとエレベーターを待っていたら、ちょうど階段を上ってきた。

「あ、主任。どちらにいらしたんですか」

やはり、なんとも険しい表情をしている。

「ああ、門倉。ちょうどいい……」

東は、わざわざ肩を抱くようにして、美咲をエレベーターホールの端っこにいざなった。周りに人なんて一人もいないのに、まるで誰かから隠れようとするかのように。

——っていうか、ちょっと、顔近すぎ……。

しかし、化粧が落ちて顔がドロドロ、などという女の事情を解する東ではない。険しい表情のまま、遠慮なく美咲の顔を覗き込む。

「いいか、よく聞け」

「あ、はい……」

嫌でも聞こえます、この距離ですから。

「俺はこれから本部にいく」

本部？　霞が関の？

「なんでまた、こんなときに」

なぜか睨まれる。

「黙って聞け」

「はい……」

一応、謝る感じで頷いておく。

「しかしその、本部にいくことは、誰にもいわないでほしい。刑事部の人間にも、警備部にも、一切誰にもだ。留守だということ自体を、周りに伏せてほしい。もし誰かに居場所を訊かれたら……」

少し、困った顔。

「そうだな……腹具合が悪い、とかなんとか、適当にいって誤魔化してくれ。次の会議までには戻るつもりだから……」

腕時計を見る。もうすぐ午前四時だ。

「かかってもせいぜい一時間半か、二時間だから。頼むぞ。誰にも気づかれないようにしてくれ。な」

ぽんと美咲の肩を叩き、東はちょうどきたエレベーターに乗り込んだ。

美咲は呆気にとられ、扉が閉まってから、なんとなく手を振った。

前島たち四人の女性捜査員は、特殊班の資機材車両A1に常備されていた寝袋に包《くる》まり、移動指揮車両の床など思い思いの場所に転がった。美咲は柔剣道場の奥の布団部屋から毛布だけを借りてきて、同じ指揮車のベンチシートに横たわった。

「まだ寝袋あるんだから、遠慮しないで使えばいいのに」

前島は、さあ寝ようという段になってもまだいっていた。

「いえ、私は本当にこれで。ありがとうございます」

正直にいうと、OGだからといって、もう後釜《あとがま》も入った古巣にそこまで甘えたくない、という思いがあった。また個人的な理由を挙げれば、使ったあとで寝袋を畳むのが苦手、というのもある。だが何より、今の自分は寝場所を貸してもらえるだけで充分にありがたい、という思いが一番強かった。

「ごめんなさい。なんか却って、高いところ占有しちゃって」

すぐ下の床で、芳江が「ニッ」と笑う。

「美咲ちゃん、落ちてこないでね」

「はい……気をつけますけど、落ちたときは芳江さん、遠慮なく逃げてくださいね」

そんな他愛ない会話をするうちに、一つ、また一つ、静かな寝息が聞こえ始める。

指揮車が停まっているここは、新宿署の地下駐車場だ。現在は満車状態。誰が乗ってきたものか、黒塗りの公用車や、A1を始めとする特殊車両も数多く停められている。

すぐには、眠れそうになかった。いつしか美咲は、鈍い蛍光灯の明かりを浴びる車列を眺めながら、物思いに耽《ふけ》っていった。

やはり思いは、自然と東や、基子に向いていく――。

東は本部まで、一体何をしにいったのだろう。二十四時間というタイムリミットを切られた状況下で、しかもこんな夜明け前に、警視庁本部庁舎でしたいこととは、なんなのだろう。

そして、基子。

自分は一体、今まで彼女の中に、何を見てきたのだろう。

あの、決して大きくはない体が発揮する、無限のパワー。野生動物並みの瞬発力。目的を達成するまで止まらない突進力。そして、あの遠い眼差し。

そう。基子は、いつも自分の足下より、もっと遠くのどこかに焦点を合わせるような目をしていた。とんでもないスピードで、遥か彼方《かなた》の地平を目指してひた走る。そういった意味では、格闘家というより走者に近い佇まいだったようにも思い起こされる。

そのいき着くべき場所とは、本当はどこだったのだろう。

彼女は一体、何を目指していたのだろう。

とてもではないが、それが封鎖された歌舞伎町だったとは、美咲には思えない。

――伊崎さん……。

彼女がなぜNWOにその身を投ずることになったのか、美咲には分からない。どうしたら救い出せるのか。その方法も、今は思いつかない。ただ、助け出したいとは思う。そしてそれは、決して不可能なことではないと、確信めいたものすら自分の中にはある。

なぜだろう。

――伊崎さん、教えて……あなたの本心は、どこにあるの。

そのとき、ふと視界の端に、何か動くものを感じた。目を向けると、見覚えのあるハーフコートの背中が、駐車場出口に向かっていくところだった。

――えっと、あれは……小野さん？

体を真っ直ぐに起こし、ちゃんと目で追ってみる。間違いない。あれはSAT第一小隊長の小野警部補だ。しかしこんな時間に、一人で駐車場で、何をしていたのだろう。

美咲は起き上がり、こっそり指揮車を抜け出した。途中、茂木が「うぅん」と唸ったり、中島が寝言をいったりしたが、なんとか誰も起こさずに出てくることができた。

通路を見通すと、小野の背中がちょうど階段室に消えるところだった。

急いで追いかける。ふと、なぜ自分はこんなことをしているのだろうという疑問に囚われる。

小野の挙動が怪しかったのか。今までは信じられる人物だと感じていたが、それを覆すような心証があったのか。

いや、そうではない。別にそういう感じではなかった。

ただ、まったく怪しくなかった、というのとも違う。やはり、少し怪しかったのだ。会って話したのはたったの二回だが、それらのときとは違う何かを感じたから、追いかけてみたくなったのだ。

同じように階段を上がる。一階まできて、そのまま階上を見上げたが、小野が上にいった様子はなかった。とすると、外か。

美咲は正面玄関の方に通路を走った。

夜中にしては人の多い総合受付の前を通り、自動ドアを抜け、立番の私服警官に頭を下げて通りに出る。左右を見渡すと案の定、歌舞伎町方面に向かう歩道に、小野の背中はあった。

小走りで追いかける。徐々に距離を詰め、だがあと十メートルくらいという辺りまで近づいて、美咲はあることに気づいた。

小野の背中が、なんだか変だった。何か背負っているのか、コートの中に妙な盛り上がりが見てとれる。

――なんだろう……。

しばらくあとをつけ、その背中の揺れ、風が当たって浮き出る輪郭などを見ているうちに、分かってきた。そこにはたぶん、サブマシンガンが入っているのだ。

――でも、どうして……。

小隊長とはいえSATの隊員が、一人で現場に出向くのは変だった。それから、東が呼び出したとき、彼の背中はあんなふうに盛り上がってはいなかった。むろん、会議のときはコートを脱いでいたので、そういう装備をしていなかったのはいうまでもない。

ようやくピンときた。

彼は、ＳＡＴの資機材車からサブマシンガンを持ち出すために、地下駐車場にきたのだ。美咲が見たのは、装備を終えて出ようとしたときだったのだ。そして美咲は、その後ろ姿にある種の違和感を覚え、尾行してきてしまった――。

美咲は、足音を殺すのをやめた。

パタパタとパンプスを鳴らし、小野の背中に向かって足を速めた。

あと三メートル、というところで、小野が振り返った。

足音の主を確認し、また前を向く。そんな短い挙動だったが、すぐに美咲だと気づいたのだろう、今度は足を止めて、完全にこっちに向き直った。

「……門倉さん」

そのまま足を止めず、美咲は会釈しながら近づいていった。

「すみません、なんか……駐車場でお見かけして、ちょっと気になったもので、ついてきてしまいました」

小野は、明らかに驚いていた。そして困っているようでもあった。

「見られてたんですか」

「はい、ずっと」

「そう……ですか」

やはり、正直な人なのだなと思う。目が泳いでいる。緊張し、彼自身が、自分の背中に意識を向けているのが手にとるように分かる。

「サブマシンガンなんて担いで、どこにいくんですか」

息を呑んだ小野は、美咲の顔を見て、すぐにうつむいた。

その反応には、彼の決心が見え隠れしている。

「……一人で、現場に入るつもりなんですか」

答えない。

「一人で、いくつもりだったんですね」

その沈黙は、肯定とまったく同じ意味だった。

「単独で潜入して、どうするんですか。一人で情報を集めてくるつもりなんですか」

強く奥歯を嚙み締める。

「会議で却下されたのに、それでもいくつもりだったんですか」

美咲はいっていて、段々嫌になってきた。なんだか自分が、小野を責め立てているような気分になってきたのだ。

──違う、そうじゃない……。

自分は小野の行動を咎《とが》めたいのでもなければ、止めたいのでもない。むしろ、そういう思いきった手段に出ることを決めた彼の強さを、羨《うらや》んですらいるのだ。

やがて彼は、心を決めるように頷いた。

「……先ほど、辞表を書きました」

「えっ」

駐車場で見た彼の背中の、妙な違和感を思い返す。

「そうすれば、もし、私がいったことで、仮に一般市民に犠牲者が出たとしても、理屈上は、警察の失態ではなくなります……まあ、そういうふうには、絶対にしないつもりですけど。それに、警察を辞めてさえいれば、もし私が死んでも、殉職にはならないわけですから」

小野は、コートの襟元をちらりとめくった。

「無線機も、持ってきました。だから、報告だけは、できます……ですから……期待してください」

敬礼ではなく、小さくお辞儀をして、彼は背を向けようとした。

「待って」

美咲は思わず、そのコートの袖をつかんだ。

「待ってください……なぜ、そこまでするんですか」

愚かな問いであることは百も承知だった。本当は、そうするのが当然であると分かっている。自分だって本当は、自らの命を投げ打って、現場に入らなければならない。それは分かっている。なのに、そう決心できない。怖いから、別の方法はないかと思案している。いや、他の方法がないことは分かりきっているのに、あると思い込もうとして、あると信じている振りをして、考える振りをしている。

本当は、そんな上手い方法なんてない。

誰も傷つかないですむ方法なんて、最初からない。

それに対して、小野は正面から「NO」といっているのだ。

強い。

いま小野を目の前にして、美咲は思う。

本当に、強い人。

そしてその強さを、少しでも自分に、分けてほしいと思う。

「門倉さん」

小野は鉄橋の向こう、暗い、歌舞伎町の上空に目を向けた。

「僕は、伊崎を助けたい……ただ、それだけです」

夜明け前の冷たい風が、美咲の、くるぶしの辺りを引っ掻いては過ぎていく。

「むろん、彼女が犯した罪は、消えるものではありませんし、NWOの中での位置付けは分からないにしても、彼女が犯行グループにその名を連ねている事実は、動かしようがありません。ですが私には、彼女が、歌舞伎町を封鎖して犯罪特区にしようだとか、あまつさえ治外法権をもたらそうだなんて、そんなことを、本当に彼女が欲するとは、到底思えないんです」

そう、そうなのだ。

頷いてみせると、小野はさらに続けた。

「でも、このままタイムリミットがきたら、どんな形であれ、私は……彼女が、死ぬしかなくなるような気がしてならないんです。でも、それだけはさせたくない……僕は彼女を、あんな地獄で、死なせたくはないんです」

車もほとんど通らない、青梅街道。

渡る者など一人もいないのに、歩行者信号が点滅を始める。

美咲は、いつのまにか止めていた息を、大きく吐き出した。

「……分かりました」

美咲がそういうと、小野は少し、安堵したようだった。

だが、

「私も、一緒にいきます」

付け加えた途端目を見開き、口をぽかんとさせ、激しくかぶりを振った。

「そ、そんなこと、東主任が、許しませんよ」

「ええ。ですから、黙っていきます」

どちらにせよ、東は留守だ。

「いや、そういう問題じゃ……」

「いいえ。そういう問題なんですよ、小野さん」

不思議と、微笑《ほほえ》むことができた。そう。自分で自分の気持ちが分かって、なんだか、やけにすっきりした気分なのだ。

「あの、実は……私って、すっごく伊崎さんに、嫌われてるんですね。でもそれについて、私は嫌いじゃないのにな、とか、どうして私を嫌うんだろうとか、そういうふうにしか、考えたことがなかったんです……でも、いま分かりました」

小野が、訝るような表情を浮かべる。

「私、たぶん、ずっと伊崎さんのことが、好きだったんです。あの真っ直ぐな強さに、憧れてた……でも私は、一度も彼女に、あなたのことが好きだとは、いわなかった……小野さんは、どうでした？ 小野さんだって、本当は伊崎さんのこと、好きだったんでしょう？ でも、一度も彼女に、好きだなんて、いってあげなかったんじゃないですか？」

どこを肯定したのかは分からないが、小野は小さく頷いた。

「私にとっては、命の恩人ですから……むろん、お礼はいいました。でも、彼女がほしかったのって、本当は、そんな感謝の言葉なんかじゃなかったのかもしれない。みんな、彼女の強さがもたらした、結果を褒めはするけれど、でもその、強さを支えている、心の部分を、褒めてはあげなかったんじゃないですかね……」

なんだろう。胸が熱くて、痛い。

「だから、今度こそ、素直にいいたいんです……私は、あなたのことが好きだから、生きていてほしいって。あなたのことを大切に思ってるから、帰ってきてほしいって」

暗い歌舞伎町に目を向ける。

潜入するなら早い方がいい。夜が明ける前がいい。

「小野さん……こう見えても、私は元特殊班の人間です。ですから、連れていってくださいとはいいません。足手まといにならないよう、自力でついていきます。だから……」

差し出した美咲の手を、小野は、じっと見下ろしていた。

また歩行者信号が点滅を始め、赤になる。

「一緒にいきましょう」

指の間を、風が抜けていく。体温がそこから漏れていく。

やがて小野は、優しくすくい取るように、美咲の手を握った。

大きくて、あたたかい手だった。

潜入ポイントは、多少現場からは遠くても、できるだけ安全な場所を選ぼうということになった。候補となったのは、歌舞伎町エリアの北東、住所でいうと二丁目三番地辺り。大きなマンションやビルがあり、その隙間からもぐり込もうと決まった。

周りを警備している警官への対処は、小野に任せた。

「六機の小野だ……捜査本部からの特命で、極秘に現場に潜入することになった。ただし、無線は傍受される可能性があるので、関係者にも一切連絡していない。できればこのエリアで知らせるのも、君だけにしたい。そして君には、我々が潜入を終えるまでの見張り役になってもらいたい。できるか」

若い制服巡査は、息を殺すようにして「はい」と呟いた。

「では、よろしく頼む」

互いに目礼を交わし、美咲たちは潜入ポイントと定めていた路地に向かった。振り返ると、制服の彼は異様にぎこちない動作で左右に目を配っていた。

「一応、門倉さんにも、渡しておきます」

小野は美咲にオートマチックの拳銃を差し出した。

「はい……」

久々に持つ拳銃はずしりと重たかったが、冷たくはなかった。小野のぬくもりを感じる。

「撃つべきときに、躊躇《ちゅうちょ》だけは、しないでください。いいですね」

「はい」

　彼自身も、背中に隠していたサブマシンガンを出して構えた。

　今一度頷き合い、真っ暗な路地に入る。むろん、懐中電灯などは使わない。周囲から射し込むわずかな明かりと、あとは感覚でいくしかない。

　ガラスの破片や砂利の乗ったコンクリートの地面を踏みながら、ゆっくり、ゆっくり、進んでいく。

　音をさせないよう、一歩一歩足を運ぶのは、思ったより神経を使う作業だった。

　だが、さすがはSATの現役隊員だけのことはある。小野は大きな体には不似合いなほど、軽やかな足運びで進んでいく。

　途中、美咲が何か異物を踏み、音を立ててしまうと、様子を見るためにいったん停止する。何も起こらないと分かったら、また前進を再開する。

　天井のない、長いトンネルをいく気分だった。

　だが暗闇に目が慣れてくると、異物を踏むことは少なくなった。

　やがて行き止まりになり、前を塞いでいる非常階段を、よじ登って越えなければならなくなった。

　ジャンプして柵をつかみ、そのまま猿のように上まで登った小野が、手を差し出してくる。こっちだって元特殊班、とは思ったが、意地を張って音をたてたら台無しだ。ありがたくその助けを借り、美咲も無事、非常階段の踊り場に立つことができた。

その非常階段もだいぶ老朽化しているので、壊したりしないよう注意して下りた。そうしたら、あとは真っ直ぐ。だが、出口までもう少しというところで小野は立ち止まり、背後の美咲に「待て」の合図を送った。

目の前の道路を、三人ほどのグループが歩いて通り過ぎる。

街灯の下に差しかかると、いずれもストリート系のファッションでキメた若者であることが分かった。その中の、少なくとも二人が拳銃を持っていることも確認できた。

息を殺し、じっと彼らが遠くにいくのを待つ。

慎重すぎるほどのインターバルを置き、ようやく小野は通りに顔を出した。「ＯＫ」の合図。二人そろって通りに出る。

そこからは美咲の提案で、できるだけ普通に歩くことにした。

潜入するところを見つかってしまっては言い訳のしようもないが、内部に自分たちのような人間がいること自体は、歌舞伎町がこんなふうになってしまった今も、決しておかしなことではないと考えたからだ。

念のため、拳銃は小野に返した。彼が持っていた方が、なんだか暴徒っぽいし、何かあったときの対処も早いだろうと判断したのだ。

静まり返ったラブホテル街を歩く。普段ならかなり意識するであろうシチュエーションだが、むろん今は、それどころではない。

道端には誰とも知れない死体がいくつも転がっている。撃ち殺された者も、殴り殺されたのであろう者もいる。美咲たちの姿を認め、さっと窓の陰に隠れた人影もあった。

区役所通りを横断し、だが広い通りは避け、できるだけせまいところを選んで進んだ。交差する細い路地にも、破壊と殺戮《さつりく》の残滓《ざんし》は嫌というほど見てとれた。死体、割れた窓、扉のない出入り口。だが、暴徒もいい加減疲れたのだろう。通りはどこも静まり返っていた。ときおり見回りをしているようなグループやバイク、自動車を見かけるが、下手《へた》に逃げ隠れをしなかったせいか、呼び止められたり、襲われたりすることはなかった。

焼き肉屋「叙々苑」の手前から左に入り、風林会館裏まで抜ける前に右に曲がる。しばらくそのまま真っ直ぐいくと、例の「新世界」の一角にぶち当たる。そこを、今度は右周りに迂回して進む。

一つ、角を曲がる。幸い、そこには誰もいなかった。

だが、もう一つ曲がろうとしたときだ。

あ、とか、おい、とかいう声が聞こえ、すぐに軽い破裂音が続いた。銃声か。小野の背中が緊張に強張る。

「……もう一度いうよ。どきな」

続いて聞こえたのは、なんと、基子の声だった。遠かったが、周りが静かなのでよく聞こえた。間違いない。基子はすぐそこにいるのだ。

「駄目だ。全員左、路地に入りな」

小野が声のした通りの様子を窺っている間、美咲は自分たちの周囲を見張った。幸い、誰かに見咎められるようなことはなかった。

やがて、バタバタという足音が遠ざかり、小野は背筋を伸ばした。

「……伊崎と、白石かな、とにかく二人が、新世界に入っていきました。なぜかこう、伊崎が、白石を抱きかかえるようにしていきました。他の者は、広場の方に走っていきました」

今の銃声は、誰が誰を撃ったものだったのだろう。訊いてみたが、小野も分からないようだった。

「とにかく、いま入り口前は無人です。かど……」

門倉さんはここで待っていてください、と小野がいい出すのは分かっていた。

「私もいきます」

先回りしていうと、小野は「あ……はい」と、気まずそうに頷いた。

## 2

東は、警視庁本部庁舎六階のいつもの会議室で、公安一課の間山警部補と相対していた。初め、東は自分が十四階の公安一課を訪ねるといったのだが、いきなりこられても困ると間山がいうので、結局また六階で会うことになったのだ。

「……なんなんです、こんな時間に」

本部捜査員は幹部まで全員が出払っている。今ここにいるのは、東と間山の二人だけだ。

「どうせ暇だったんだろう」

「ええ。こんな事態になってしまっては、公安にできることなんて、何もありませんからね。かといって、ウチだけ通常シフトを通しているのも体裁が悪い。……まあ、義理ですよ。完全なる義理」

間山が内ポケットからタバコの箱を取り出す。東はそれから目を逸らした。

「刑事部がパクって締め上げて、僕たち左翼です、なんてゲロされたら、面目丸潰れだな」

「……そんな、縁起でもない」

先日とは打って変わって、間山はやけにダレた態度をしてみせた。手近なパイプ椅子に腰掛け、銜えたタバコに火を点ける。

「吸うなら灰皿のあるところにいけ」

「固いことをいわんでください。一本どうですか」

「禁煙二年目だ」

まあ、呼びつけた手前もある。東はドリンクコーナーにいき、前もって淹《い》れておいたコーヒーをカップに注ぎ、アルミの灰皿を持って席に戻った。

「すみません。砂糖は二本ください。甘党なんで」

「俺のをやる」

似合わないことをいう奴だ、と思いつつ自分のを差し出す。

間山が一本ずつ、丁寧に空けるのを見ながら、東は本題に入るタイミングを計った。

「……こんなもんが見つかったよ」

ポケットから例の携帯電話を出し、テーブルに載せる。秋葉原の携帯屋が包んだままの状態、透明なビニール袋に入っている。

さらっ、と二本目の砂糖が落ちきった。

「なんですか」

「竹内の、二つ目の携帯電話だ」

途端、間山の目の中に険しいものが宿り、だが、すぐに消えた。細い針が一本だけ横切った。そんな刹那《せつな》だった。

「……だましたんですね」

刑事部や組織犯罪対策部の気の荒い人間なら、フザケるなと、カップを平手で払い除けているところだろう。

「いや、だましてはいない」

「違う。前回の資料はまるでスカだった。あれはわざとだったんですね」

「前回あんたは、本命は携帯だといった。だからあれから、わざわざ葛西まで捜しにいったんだ。そして、二週間かかって見つけ出したのが、これだ」

間山は、ビニールの中身を透かし見るように睨んだ。

「ずいぶん、ボロボロですが」

「ああ」

「内容は見られるんですか」

「いや。だが業者に頼んで、データの吸い出しには成功した」

「拝見しましょう」

東は、ゆっくりとかぶりを振った。

「……いや、タダでは見せられない。取引をしよう」

間山は、呆れたといわんばかりの鼻息を吹いた。

「東さん、いいかげんにしてください。前回臆面もなくスカをつかませておいて、また同じネタで取引ですか。ちょっとそれは、いくらなんでもムシがよすぎるんじゃないですか」

「何をいっている。これは俺が手を使って足を使って新しく見つけたネタだ。国家予算を湯水のように使って掻き集めるお前らの情報と一緒にするな。そんなもん、端っからタダで見せてもバチは当たらないと思うが、そこをこっちは、譲って取引しようといってやってるんだ」

これには、さすがの間山も少々腹が立ったようだった。

「ちょっと待ってください。公安だって、足も使えば時間も使いますよ。我々の仕事のすべてを金ずくのようにいわれるのは心外です」

だが、これで東の方が一つ駒を先に進める恰好になった。

「だったら、俺の苦労も理解できるな。現場の周りの草むらという草むらを這いずり回って、手で指で掻き分けて、それでも結局見つからなくて、例の現場の屋上も捜して、ようやく高架水槽の中から引っ張り出してきた、これはそういう代物だ……分かったら、ありがたく取引に応じろ」

目を閉じ、微かに眉をひそめる。見慣れると、この男にも案外表情があることが分かってくる。

「どんな取引です」

　東はわざとゆっくり、コーヒーをすすった。

「……九月十六日、十九時三十七分。すでに警察が葛西の現場を包囲していたその時刻、竹内はある携帯番号からの架電を受け、一分ほど通話している。まあ、あんたの説が正しいとしたら、その内容は、雨宮巡査射殺命令ってことになる。あんたは、その架けてきた番号の契約者名を教えろ。代わりにこっちは、この携帯の番号をあんたに教える」

　間山は馬鹿にするような苦笑いを浮かべた。

「教えろって……私が知っている番号かどうかは、分からないでしょう」

　東は鼻で笑ってみせた。

「俺にそんな逃げは通用しない。あんたは知ってる。知っているから前回、わざわざここの資料を見にきたのだし、見たものがスカだという判断もできたんだ。逆にいえば、あんたはある人物が九月十六日の十九時三十七分、何者かに架電した記録を握っている。そしてその相手が、竹内なのではないかと考えている。ある人物があの時間、竹内に連絡をして雨宮の殺害を命じたのだと読んだ。何か違うか」

　無反応。つまり図星ということだ。

「あとは、その受信した方の番号が、竹内の使用していたものだという事実さえつかめればいい……だが前回、ここにある資料から思った通りの情報は得られなかった。俺たちの捜査資料にあった竹内の携帯番号は、まったくの別物だった。ただ、今回はどうだろうな、間山警部補」

東は、パイプ椅子の背もたれに寄りかかった。

間山は拳を口元に当て、あらぬ方を見上げていた。

「あんたはある番号の所有者が、竹内亮一であるという事実をつかみたい。俺はその番号に架けてきた奴の名前を知りたい。……どうかな。決して悪い内容の取引ではないと思うが」

沈黙に紛れ込むのは、互いの息遣いと、壁時計の秒針の音だけだった。

東はたっぷり、百秒は待った。

ようやく間山も、観念したように背もたれに体を預けた。

「……分かりました。乗りましょう、その話」

そして、内ポケットに手を入れる。てっきり手帳か何かを出すのかと思ったが、どうやら、もう一服するようだった。

新宿署に帰るタクシーの中で、東はひたすら考えた。

この一連の事件の、本当の黒幕とは誰なのか。

間山の言葉を反芻《はんすう》する。

「取引をしてからいうのもなんですが、この番号の契約者は、使用者とはまったく別の中国人です。……名前は、勘弁してください。使用料は今も、その者が払い続けています。が、それについての事情聴取はしていません。泳がせている段階です。……公安では、引っ張ったら尻尾だけスッポ抜けてしまいました、なんて、素人《しろうと》臭い失敗は許されませんのでね」

お陰で警視庁内部の黒幕については分かった。そいつが竹内に命じ、雨宮崇史を射殺させたという線も納得のいくものだった。

だが逆に、今現在起こっている歌舞伎町封鎖事件が、一警察官僚などに仕切れるヤマではない、というのもまたはっきりしてしまった。もっと大きな力が裏で動いている。本当の黒幕は、まだその影すら見せていない。東はそう感じていた。

少し手前でタクシーを降り、あとは歩いて署に戻る。

玄関に入り、総合受付の前を通ると、当直に当たっている連中はテレビのある一画に寄り集まっていた。

「どうかしたんですか」

一番手前にいた紺のスーツの男に訊くと、彼は「会見が始まるんです」と肩越しに答えた。

東も、人の頭と頭の間から画面を覗き見る。民自党本部からの中継のようだった。会見のテーブルには、若手のホープといわれている野口一太衆院議員と、公民党の竜川代表、それと、総理代行に就任した船越幸造が座っている。むろん、中央が船越代行だ。

『民自党、公民党、新民党、三党で協議の結果、総理代行を仰せつかりました、船越、幸造でございます』

画面が白くなるほどフラッシュがたかれる。船越はそれを、何かの圧力に耐えるように、沈痛な面持ちで浴び続けた。

『ええ……現在、「新世界秩序」なる団体に、新宿歌舞伎町が占拠されるという事態、並びに、大沼堅次郎内閣総理大臣が拉致、同所に監禁され、当該地の治外法権の認定を要求されるという事態について、内閣府の、公式見解を発表いたします』

さらにフラッシュ。

船越は、少し目線を上にして続けた。

『……NWO、代表に告ぐ。我々日本国政府が、国内の特定地域に治外法権を認可することは、いかなる条件をもってしても、現状、不可能であるといわざるを得ない。国家が人命を最優先に考えるのは当然であるが、それと引き替えに治外法権を認可することはもちろん、あらゆるテロ行為に屈することもまた、同様にあり得ない。……総理代行として、NWO代表に要求する。ただちに人質全員を解放し、速やかに投降してほしい。これは日本国政府の……』

腕時計を見る。午前五時半。

——なぜこんな時間に。

正直、政府の対応のまずさには憤りを感じた。これにNWOが過剰反応し、また人質の命を奪う行動に出たらどう責任を取るつもりなのか。

東はエレベーター乗り場に向かった。どこかに待合室をあてがわれたのか、辺りにマスコミ関係者の姿はない。

七階で降り、小走りで講堂の本部に駆け込むと、やはり多くの者はテレビにかじりつき、船越代行の記者会見を凝視していた。いや、もう会見自体は終わり、今はコメンテイターたちが思い思いの意見を述べているところだ。

「なーにが投降だッ」

また西脇が機嫌を損ねている。

「誰だこんな下手糞《へたくそ》な本書きやがったのは。おい松田、太田を呼べ、太田を。今すぐ戻ってこさせろ。俺が、釈明しろって帳場で大暴れしてるっていえ。よりによって、こんな煮えきらねえコメント出させやがって……治外法権は認めねえ、人質は解放しろで、本気で敵が投降してくるとでも思ってんのか糞馬鹿がッ」

じゃあ、あんただったらどういう台本を書くのだと訊いてやりたかったが、そんな間もなく誰かが東の袖を引っ張った。

「東さん」

振り返ると、特殊班二係の女性捜査員二人が難しい顔をして立っていた。確か、小太りな中年の方は、前島とかいう巡査部長だ。もう一人は名前も知らない。年齢不詳。どう形容していいのか分からないくらい、特徴のない顔をしている。

「はい、なんでしょう」

前島の方が小さく頷く。

「あの……門倉巡査と、ご一緒では、ない……ですよね」

彼女は、ひどく気まずそうな表情を浮かべていた。

「いえ、ここしばらくは別行動でしたが、何か」

さらに困った顔をする。

「あ、ええ……実はその、私が彼女を誘いまして、四時頃から、一緒に特殊班の指揮車で仮眠をとっていたのですが、いつのまにか、その……彼女だけが、いなくなってしまったんです」

「はあ。しかし……」

子供じゃないんだから、と思ったが、前島はまさに捜索願を出しにきた母親よろしく、深刻な顔で続けた。

「いえ東さん、おかしいんです。私たちは自前の寝袋で寝てたんですが、彼女だけは、ここの毛布を借りて寝てたんです。なんか古巣とはいえ、遠慮しちゃったっていうか、そういうのがあったみたいなんですけど……でもそんな彼女が、所轄署から借りてきた毛布をですよ、畳みもしないで、しかも床に落としていなくなるなんて、変だと思いませんか」

確かに。東の中にも、門倉美咲は几帳面で綺麗好きで、よく気がつく礼儀正しい女性というイメージがある。他人に借りた毛布を、車内とはいえ土足の床に落として平気でいられる人間ではない。まあ、落ちたのはたまたまなのかもしれないが。

彼女がどこにいったのか、前島に心当たりを訊こうと思ったが、それがないから困った顔をしているのだろうとすぐに思い直す。

「いなくなって、一時間くらいですか」

前島も腕時計を見る。

「出てったのが、私らが寝てすぐだったら、一時間……半、くらいになってるかもしれないです」

「指揮車は、どこに停めてあったんですか」

「ここの地下駐車場です」

車内にいた人間が目を覚まさなかったくらいだから、誰かに連れ出されたというよりは、自分の意思で出ていったと考えるべきだろう。毛布を畳まない程度に急いではいたが、周りの仲間を起こさないくらいの冷静さはあった。

——門倉……。

もうすぐ六時。まだ外は暗い。

## 3

小野に従って、新世界へと続く路地を進む。

まだ暗く、街灯の明かりも射し込まないこんなところでは、道端に転がっているのが死体なのか生存者なのか、判断することもできない。懐中電灯でも向けてみればある程度分かるのだろうけれど、それをしている余裕は、今はない。

——ごめんなさい……。

美咲にできることといえば、せいぜい彼らの体を踏まずに進むことくらいだった。

新世界の入り口までできた。辺りに人影はない。

小野が、ラブホテルじみた衝立の中を覗く。

「……下りの階段だけですね」

見上げると、ビル自体は五階建てであることが分かる。上への入り口は別にあるということか。

「ちょっと、僕が」

「私もいきます」

小野は、なんとかして美咲を置いていきたいのだろうが、そうはいかない。大体、こんなところに置いていかれること自体、あまり安全だとも思えない。

「分かりました。じゃあ……これを」

再び小野が拳銃を差し出す。美咲は受け取り、一つ頷いてみせた。

二人で、そろりそろりと階段を下りていく。

最近商売替えをしたというだけあって、天井まで回った白いクロスはまだ真っ白で、照明を囲う金の飾りにも一切曇りはない。地上の混乱振りと比べると、ここがいかに厳重に警備されていたかが窺い知れる。

地下一階くらいのところで、少し広いフロアに出た。左手にはエレベーターがあり、正面には両開きの、重そうな木製ドアがある。それが今、開けっ放しになっている。ちなみにエレベーターが動いた様子はない。階数表示は消えたままになっている。

小野と目で頷き合い、開いたドアの向こうを覗く。

暗い通路が左方向に真っ直ぐ伸びている。やや下り傾斜になっており、それが距離にして、優に二十メートル以上は続いている。突き当たりにあるドアは開いており、きらびやかな中の様子が少しだけ見てとれる。

「……いってみますか」

すると、小野は小首を傾げた。

「いって、もし向こうが出てきて、鉢合わせになったら危険です。この距離じゃすぐには戻れないし、銃撃戦になったら隠れるところもない」

確かに、そういう事態は怖い。

結局、少し様子を見ることになった。小野は「五分待ってみましょう」といったが、三分を過ぎた頃だったろうか、通路の奥で物音がした。慌てていかなくてよかった、と思ったのも束の間、いきなり銃声が通路にこだました。

――ひィッ。

二発、三発。

だがそれは、こっちに気づいて撃ってきたのではなく、もう一つある扉の鍵を壊すための銃撃だったようだ。

静かになったので覗いてみると、白石を人質のように捕らえた基子が、突き当たり右手の扉を蹴破って入っていくところだった。

「……突き当たりの部屋まで、移動してみましょう」

小野に続き、足音を殺しながら通路を進む。正面の扉に至り、一気に中まで入ってしまう。

思わず、ふぅとひと息つく。

——なに、ここ……。

見回すと、そこはＳＭクラブでも秘密クラブでもない、単なる高級クラブのような雰囲気だった。

「一応、チェックしておきましょう」

「はい……」

フロア部分は、所々に高低差を設けた造りになっていた。各ボックスでは肘から背中を丸く覆う形のソファが、まるで花弁のように各テーブルを囲んでいる。壁際にはベンチソファ。全部で十五、六組座れるようになっているだろうか。特に視界を遮るような仕切りはなく、店内が無人であることはひと目で分かった。

奥のスタッフルームや厨房、小さなステージ裏にある楽屋まで見たが、やはり、誰もいなかった。

「いきますか」

「はい」

再び通路に戻り、基子たちが入っていったドアの中を窺う。その向こうには、さらに同じような暗い通路が続いていた。下り坂で、また二十メートル以上先で右に折れている。

「どうしましょう」

小野は眉をひそめ、険しい顔をしてみせた。

「……お願いします。ここだけは、私一人にいかせてください。その角の向こうを見てくるだけですから」

あまり、意地を張るのも迷惑になるか。

美咲が頷くと、小野は数秒奥を睨んで、中腰のまま中に入っていった。足音をさせず、かつ素早く。やがて角に至り、様子を窺う。すぐに美咲に手招きをする。

指示通りにし、隣までいくと、また「待て」の合図をし、小野は自分だけ先に進んでいった。覗くと、またしても同じような通路が続いている。だが今度は、突き当たり右手が直接、部屋に繋がっているようだった。

小野はその手前までいき、再度様子を窺った。

そのときだ。

「ミヤジーッ、どこにいるーッ」

基子の怒声が聞こえた。間髪を入れず銃声も。

――ミヤジ？　誰？

その響きから、向こうはだいぶ広くなっているのではと思われた。

ようやく小野が手招きをした。急いで隣まで進む。

「……中はちょっと、武道館とかに似た、すり鉢状のホールになってるみたいです。よく分からないんですが、その中心の低いところに、伊崎たちはいるみたいです。先に」

「私もいきます」

小野は難しい顔をしたが、結局は頷く。

「……じゃあ、ついてきてください」

「はい」

ほとんど四つん這い状態で入り、左回りに進む。確かにこのフロアは、何層かの段々が中心に向かって低くなっていく構造になっている。見上げると、二階席みたいな部分もある。フロア全体は暗いが、天井には間接照明で青い光が回っている。まるで暗い海の底にいるような眺めだ。

美咲たちが這っている通路は、いわば回廊のような場所で、一段低い場所とは腰壁のようなもので仕切られている。なので、体勢を低くして足音さえたてなければ、少なくとも低いところから見咎められる心配はないと思われた。

二人が移動している間も、基子は下で怒声を上げ、威嚇であろう銃撃を繰り返している。

「いないのかーッ、ミヤジィーッ、出てこいッ」

さらに進み、中央へと下りられる階段の前まできた。

腰壁の切れ目からそっと見下ろす。基子たちがいるのは、闘牛場をイメージしたような中心フロアの、少し左に寄った辺りだった。近くにはバーカウンターがあり、天井と似た雰囲気にライトアップされている。

小野は前方を指し、進もうと示した。

頷き、ついていくと、途中で男の笑い声が聞こえ始めた。むろん小野ではない。下の白石という、ニセSAT隊員の声だろう。

また腰壁の切れ目に出た。小野はタイミングを計って、さらに切れ目の向こうに渡った。これであっちとこっちから、同時に下を覗ける恰好になった。

目の前にある階段は中心フロアへと下っており、だが最後の方は、左に折れ曲がって見えなくなっている。その先は、たぶんスケートリンクへの下り口のようになっているのだろう。

見ると、下り口の三メートルほど向こうにいる基子は、あろうことか、床に倒れている白石に銃口を向けていた。

「……何がおかしいの」

基子が訊いても、白石は答えない。両手を後ろにして、横向きに寝そべっている。手錠でもはめられているのだろうか。

基子は苛立ったように、白石の右肩を蹴った。

「フガァッ」

目を凝らすと、その右肩だけが妙に黒々していることが分かった。出血しているようだった。もしそれが銃創なら、撃ったのは基子である可能性が高い。二人は、仲間ではなかったのか。

「何がおかしいんだって訊いてんだよ」

また基子が引き鉄を引く。

「アッ」

美咲は思わず声を上げてしまった。基子が、白石の顔面を狙って撃ったように見えたのだ。

しかし、そうではなかった。顔の近くではあったが、狙ったのは床だったようだ。そして幸いなことに、基子が美咲の悲鳴に気づいた様子はない。

ゆるゆると、硝煙が真上に昇っていく。

基子は白石に銃口を向けたまま動かない。

「……ミヤジはどこにいる」

白石は黙ったまま、たっぷり時間をかけて上半身を起こした。そのまま、胡坐《あぐら》を掻いて基子を見上げる。初めて直に見る白石の顔は、ＳＡＴの隊員として登録されていた写真とも、自衛隊時代のそれとも若干違って見えた。

「ようやく、分かりましたよ……つまり班長は、あれですね、ミヤジさんに、だまされたんすね」

基子は動かない。答えない。

「どうせ、雨宮は俺たちの仲間だから、お前もこっち側にこい、みたいにいわれたんでしょう……よくあることです。よくあることっすけど……そんなの、嘘に決まってるでしょう」

白石は低く笑った。基子はまだ動かない。

「大体、雨宮が俺たちの仲間だったら、わざわざ竹内を使って殺す必要なんてないでしょう」

基子の銃口が、少し下に向いたように見えた。

「……じゃあ、なんで……」

その背中には、若干の動揺が見てとれる。声も、やや震え気味だ。

「ああ、あれですか。班長の、若かりし頃の、殺しの話ですか」

若かりし頃の、殺し？　一体なんのことだ。

「……あれだったら、俺っすよ」

基子が、はっとしたように顎を上げる。だが、またすぐに構え直す。

「どういう意味」

白石は鼻で笑いながら上を向いた。

「ちょうどあの頃……ジョーカーは、馬鹿じゃねえのかってくらい、雨宮を警戒してましてね。誰だ、ＳＡＴに公安の犬なんか仕込みやがったのはって、誰彼かまわず当たり散らしてました」

ジョーカー？

「それで何人かが、雨宮の身辺調査を命じられたわけですよ。まあ、俺自身は一応、当時は自衛官でしたからね、毎日ってわけにもいかない。仲間内の何人かで、順番に交代しながらってことになる。……で、あの夜ですよ。ほら、土砂降りの、班長が雨宮と、あの品川の居酒屋で飲んだ夜のことですよ」

ちらりと見ると、向かいの小野は二人から目を背け、苦渋の表情で、白石の言葉に耳を傾けていた。

「あの夜は、俺が当番でした。襖《ふすま》一枚を隔てたところで、全部聞かせてもらいましたよ。こう、襖と襖の間から、ちっちゃい集音マイクを突っ込んでね。……まさか、こっちも現役の警官が、しかもSATの隊員が、十代の頃に人殺しをしてるとは思わなかったんでね、こりゃ面白いってんで、上に報告しましたよ。……ただ、そのネタをミヤジさんが使うとはね、あまり思ってなかった。いや、別に誰が使ったっていいんですけど」

遠目に見ても、基子の様子は、明らかにおかしくなっていた。

肩で荒い息を繰り返し、必死に何かに耐えているようだった。

対する白石は、体勢こそ低く不利なものの、微かに笑みを浮かべる余裕の態度をみせている。

マズい、と思った。白石の実力がどれほどのものかは知らないが、あの動揺した状態で戦ったら、基子の方が負けるような気がした。

「ま、そんなこんなで、雨宮のことを調べてたわけですが、でもどう見ても、奴の目的は、俺たちではないようだった。いや、それ以前に、そもそも奴が、公安の片棒を担いでスパイ活動をしているようには、俺には見えなかった。それについても正直に報告しましたよ。奴は別に、スパイじゃないんじゃないですかね、って。それでも、ジョーカーは不安でしょうがないわけですよ。マヤマとかいう公安野郎と会ってたって、それは絶対間違いないんだって、もうただその一点だけで、不安で不安でしょうがないんですよ」

マヤマ。公安一課の、間山警部補――。

「……だから、雨宮を、殺したっていうの」

「そう。ジョーカーが竹内に電話して、先頭で登っていく、SATの隊員を撃ち殺せって、命令……」

突如基子は拳銃を捨て、肩に提げていたサブマシンガンを前に構えた。腰を落とし、すぐさま引き鉄を引く。

「やめろォーッ」

気づいたときには、小野が飛び出していた。

あっ、と思ったが、美咲に止める間はなかった。

銃声が響き渡る中、小野は基子に向かって、一直線に階段を下りていく。

だが、途中で基子が気づく。銃声が止む。

「やめろォーッ」

基子が、小野に銃口を向け直す。

――やめてッ。

美咲も腰壁から飛び出した。でも、何をどうすることもできない。

基子は、なんの躊躇いもなく引き鉄を引いた。

サブマシンガンが火を噴く。

弾は辺りの椅子を砕き、テーブルに火花を散らし、

「ンガァッ」

小野の足を払い、

「キャッ」

美咲の、すぐ右にあるソファのスポンジを搔き散らした。

――小野さんッ。

もう、なり振りかまってはいられなかった。犬のような四つん這いで、仰向けに倒れた小野の横まで下りていく。

「大丈夫ですか、小野さんッ」

見れば左腿と、腹部に被弾している。現状、命に別状はなさそうだが、腹部の弾は早く摘出しないと大変なことになる。

「……門倉さん？」

気がつくと、すぐ下まで、基子がきていた。

美咲は息を呑み、とっさに小野を庇うように両手を広げていた。

「うう、う、撃たないで……」

「なんであんたが、こんなとこにいるの」

基子の顔が、見る見るうちに、あの苛々した表情になっていく。

「なんでって……あの、だから……伊崎さんと、お話を、しに」

「フザケんなッ」

硬い銃声が、続けざまに三つ。

「アアッ」

美咲は、金属バットで思いきり殴られるような衝撃を左肩に受けた。

それと、熱。赤く焼けた金属バットで殴られて、そのまま押し付けられているといったらいいか。

――ああ……。

もう、悲鳴も声にならなかった。

痛みを堪えて薄目を開けると、涙の向こうに、基子の下半身が歪んで見えた。

いつのまにか階段を上がってきた基子が、すぐそこに立ち、美咲に銃口を向けていた。

## 4

だまされてたって、どういうこと？

ミヤジがあたしにいったことは、全部、嘘だったの？

「どうせ、雨宮は俺たちの仲間だから、お前もこっち側にこい、みたいにいわれたんでしょう」

そう。確かに、そんなふうにいわれた。そしてあたしは、それを信じた。でも、それはその前に、ミヤジがあのことを知っていたから。ミヤジがあたしの、十七歳のときの殺しについて、知っていたから。

「大体、雨宮が俺たちの仲間だったら、わざわざ竹内を使って殺す必要なんてないでしょう」

それは、あたしも疑問に思った。でも、仲間割れとか、何かそういうことがあったんじゃないかって、勝手に思ってた。いつかそれについては、ちゃんとミヤジに訊こうと思ってた。けど、なんとなく、訊かずにここまできてしまった。

それもこれも、すべてはミヤジが、あの十七歳のときの殺しについて、知っていたから。あれは雨宮しか知らないはずのことだった。なのにそれを、ミヤジは知っていた。だからあたしは、ミヤジを信じた。雨宮は仲間だったっていう、奴の言葉を受け入れた――。

そんなふうに考えたことはなかったけれど、もしかしたらあたしは、ミヤジの近くに、雨宮の痕跡を、探したかったのかもしれない。ちょうど、小野の個室にあった、雨宮の衣類のように。彼の匂いに、ふらふらと、おびき寄せられていただけなのかもしれない――。

「……じゃあ、なんで……」

自分の声が、やけに遠く聞こえた。

その最大の疑問に、白石はこともなげに答えた。

「……あれだったら、俺っすよ」

突如明かされた真実。雨宮崇史、抹殺の舞台裏。

ジョーカー、警戒、公安、犬、SAT、仕込み。

身辺調査、土砂降りの夜、居酒屋、コーチ、人殺し。

現役警官、人殺し。

SAT隊員、人殺し。

十代、人殺し。

ネタ、ミヤジ、ネタ、ミヤジ、ネタ、ミヤジ――。

「でもどう見ても、奴の目的は、俺たちではないようだった。いや、それ以前に、そもそも奴が、公安の片棒を担いでスパイ活動をしているようには、俺には見えなかった」

つまりそれは、ジョーカーの、勘違い――？

「それについても正直に報告しましたよ。奴は別に、スパイじゃないんじゃないですかね、って。それでも、ジョーカーは不安でしょうがないわけですよ。マヤマとかいう公安野郎と会ってたって、それは絶対間違いないんだって、もうただその一点だけで、不安で不安でしょうがないんですよ」

そんな馬鹿な――。

「……だから、雨宮を、殺したっていうの」

「そう。ジョーカーが竹内に電話して、先頭で登っていく、SATの隊員を撃ち殺せって、命令……」

カッと頭に血がのぼった。

ここで白石を撃ち殺しても、なんにもならないことは分かっていた。でも、撃たずにはいられなかった。だが、

――やめろ……。

また、あの声が脳裏に響いた。

わざと、その声に抗《あらが》うためにMP5を構え、引き鉄を引いた。

でも、白石を撃つことは、できなかった。

すると銃声に混じって、

「やめろォーッ」

現実としか思えない声が、聞こえた。

振り返ると、こっちに向かって階段を下りてくる男がいる。よく知っている男。

――小野さん？

ぞっとした。自分でもよく分からなかったが、なんだか急に、怖くて堪らなくなった。

「やめろォーッ」

思わず彼に銃口を向け、引き鉄を引いた。レバーはフルオートになっており、指を戻すまで、弾はいくらでも出た。

辺りのテーブルや椅子が次々と弾け飛んだ。

その間にいた小野は真後ろに吹っ飛んだ。

「ンガァッ」

だが、本当に驚いたのはそのあとだ。

倒れた小野の後ろから、誰かが階段を這って下りてくる。しかも女。よく知っている、メス犬。

――門倉、美咲……？

どうも、そのようだった。

「大丈夫ですか、小野さんッ」

思わず、そこまで駆け寄った。

「……門倉さん？」

美咲は、馬鹿みたいに両手を広げた。

「うう、う、撃たないで……」

溜め息が出そうだった。

それで小野を守っているつもりなのか。そんなことで何かを守れると、本気で思っているのか。大体、なんでお前と小野が一緒にいるんだ。しかもこんな、地獄のド真ん中に。

それに対する美咲の答えは、さらにこっちの神経を逆撫でするものだった。

「なんでって……あの、だから……伊崎さんと、お話を、しに」

「フザケんなッ」

殺す。

──よせッ。

絶対に殺す。引き鉄を絞る。

「アアッ」

この距離ではずすはずがない。本気でそう思っていた。だが当たったのは、左肩に一発だけだった。弾切れだった。弾さえあれば、確実に殺せていた。

――ちくしょう。

弾倉を交換しながら右手の階段に向かう。二段飛ばしで上って顔を出すと、美咲は左肩を押さえて涙を流していた。

もう一度、改めて銃口を向ける。

「……あんた、馬鹿じゃないの？」

サブマシンガンを持った現役ＳＡＴ隊員に、いや、すでに犯罪集団の一員となった自分に対して、丸腰で「お話ししにきました」はないだろう。とてもではないが、正気の沙汰とは思えない。

美咲がこっちを見上げる。泣いている。普通にというか、本気でというか、とにかく、覇気や殺気などというものは百パーセント含まない、もう本当に、馬鹿としかいいようがないくらい、無防備な情けない顔で、美咲は泣いている。

――死んじまえ、この馬鹿が。

だが、

――よせと、いってるだろう……。

なぜだ。指に、力が入らない。引き鉄を引こうとしても、一ミリも、人差し指を動かすことができない。

美咲は泣きながら、再び両手を広げた。

「……いいよ、撃っても」

いや、左は痛くて動かせないのだろう。肘から先を上げるのが精一杯という有り様だ。

「いいよ、伊崎さん……撃ちたいなら、そんなに、殺したいなら、私を、殺していいよ」

嘘をつけ。そんなこと、これっぽっちも思ってないくせに。

だったら、ほんとに殺してやるよ。望み通り、今すぐぶち殺してやる——。

しかし、思いに反して指は動かない。

「私、伊崎さんに、二度も助けられてるんだから、惜しくない……っていったら、嘘になるけど、でも……うん。私は、しょうがない。嫌われてるのに、二度も助けてもらったんだもん」

クソ、クソ、クソ。なぜ動かない——。

「でも、その代わり……私で、終わりにしてね。もう、誰かを傷つけるのは、私で、最後にしてね」

何をいってやがるんだ、このクソアマ。

「……ごめんなさい。今の、つい、聞いちゃったの。その、ミヤジっていう人が、どんな人だかは、私には分からないけど、でも、だまされてたんでしょ？　その人に、雨宮さんだって仲間だったんだって、そういわれちゃったから、協力しちゃったんでしょ？」

黙れ、黙れ黙れ黙れ——。

「好きだったん……でしょ？　雨宮さんのこと」

よ、よくもお前、そんな——。

「だから、ミヤジって人のいうこと、聞いちゃったんでしょ？」

キサマ、その、その口——。

「……私なんかに、分かったようなこと、いわれたくないかもしれないけど……でも、分かるよ。分かるに決まってるよ。同じ女だもん。私と伊崎さんは、同じ、女なんだもん」

「……違う」

ようやく、声が出た。

「お前と、あたしは……同じなんかじゃ、ない……」

「どこが？」

美咲が、少し腰を浮かせる。

「何が、違うの？」

膝立ちになる。

「何が、って……」

立つな、立つなよ。

「あたしは、人殺しなんだよ。十七歳のときに、初めて寝た男を、この手で縊《くび》り殺《ころ》した女なんだよ」

美咲はかぶりを振った。

「それは」

──君が純情だったから。

「……でしょ」

誰だ、いま喋ったのは──。

「分かったようなこといってんじゃねえぞッ」

チクショウ、まだ指が動かない。

「こ、この前だって、プロレスラー崩れとか、ションベン臭いメスガキとか、木原ってライターとか、何人も殺してんだよ」

美咲は、一瞬頬を引き攣らせたが、すぐにかぶりを振った。

「だからそれは」

──僕が仲間だったって、だまされたから。

「……なんでしょ？」

「なんなんだお前ッ」

誰が喋ってんだよ。なんでそんなこといえるんだよ。どうして、どうして撃てないんだよ。

「……あたしは、ここにきてからだって、デカを、何人も殺してんだ。そういう人間なんだ……あたしは、根っからの人殺しなんだよ。あたしはそうやって、何人も何人も殺して、これからも、殺して殺して、そうやって生きていくしかないんだよ。もうあたしには、戻れる場所なんてないんだよッ」

家族も、レスリングも、柔道も、雨宮も、もう全部、あたしは、失くしちまった——。

「違う」

立つな、立つなって。

「じゃあ、なんで警察官になんてなったの。最初に犯した罪を、悔いていたからじゃないの」

「分かったようなこというなっつってんだろッ」

「いいえ。あなたは根っからの人殺しなんかじゃない。そんな人間じゃない。もともとは優しい人なの。すごく正義感の強い人なの。だから警察官になったんだし、危険な現場にだって飛び込んでいったし、私を何度も助けてくれたの。本当は凄い人なの。私なんかよりも、誰よりも、本当はずっと優しくて、強い心を持った人なの」

「違う、違う違う違うッ」

頼む、もうやめてくれ——。

「私はあなたに、愛を、思い出してほしいの」

がつんと、後ろから前から、同時に頭を叩き割られるような衝撃を受けた。

——愛だよ。

なんだ。

——だから、愛だよ。

ちょっと、なんでよ。

——だから僕はね、君を救いたいの。

嘘だろ。

——君に愛を、思い出してほしいだけなの。

雨宮さん、あ、あんたが、いわせてるの。

——そんな、気づかなかった振りなんてしないでよ。気づいてたでしょ。僕はずっと、君の中にいたじゃない。

「あなたのお腹には、雨宮さんの子供が、いるんでしょ」

違う、これは違うよ、そんなんじゃなくて、

——いや、そうなんだってば。僕は、君の中にいるの。

「それは、伊崎さんと、雨宮さんの、愛の証《あかし》なんでしょ」

違う違う、やめろよ、やめてくれよ。

——認めちゃいなよ。僕のこと、愛してたんでしょ？

「あなたは、本当は、とても強い愛を持った人なのよ」

「うるせえッ」

ふいに力が戻った。

今なら、引き鉄を、引ける。

それは、分かる。

「嫌いなんだよ、そ、そういう、そういう……」

でも、引かなかった。撃たなかった。

ふらりと、美咲が前に出てくる。

「私は……好きよ」

いつのまにか、抱き締められていた。

いつのまにか、目に涙があふれていた。

美咲の体が、あたたかだった。

美咲の体が、柔らかだった。

美咲の匂いが、優しかった。

美咲の鼓動が、懐かしかった。

同時に、雨宮のことを思い出していた。

あのぬくもり。

あの弾力。

あの匂い。

あの鼓動。

同じものが、自分の中にもある。

鼓動。

自分の鼓動。

そしてもう一つ、別の鼓動。

——ごめんなさい……。

そんな言葉が、脳裏に浮かんだ。

誰に対しての言葉なのか、それは、分からない。

殺してしまったコーチなのか。若くして未亡人になってしまった彼の妻か。父親を見ることもなく失ってしまったその子供か。一生体を不自由にさせてしまった、三人の警官か。あるいは木原か、ウタガワマイか、サイトウケンスケか、荒木か、沼口か、その他の刑事たちか——。

叫び出したくなった。叫んで、叫んで叫んで叫んで、世界中に詫びて、這って土下座をして回りたくなった。

だがそれは、許されない。

そうすることすら、自分は、もはや許されぬ身なのだ。

――でも……ありがとう。

基子は、そっと美咲の腕をほどいた。

「……ワリぃ。あたし、いくとこ、あるんだ」

踵を返し、階段を下り始めると、美咲があとからついてきた。

「ミヤジって、人のところ？」

「ま……そんなとこ」

下のフロアに下りる。いつ移動したのか、白石はバーカウンターの下に、寄りかかるようにして座っていた。

もう、基子は彼に、銃口は向けなかった。

「……白石、教えて。ミヤジは、今どこにいるの」

彼は、鼻で笑うように息を漏らした。

「どうしたんすか……急に、可愛らしくなっちゃって」

戯《ざ》れ言《ごと》に付き合っている暇はない。

「頼むよ。もう、どっちにしたって、こんな計画は終わりだよ。あんたも終わり、あたしも終わり。どうせ終わりになるんだったら、あのジジイには、この手で引導を渡してやりたいんだよ」

白石は、力を抜くようにうな垂れた。

「……そうっすね。それも、いいかもしんないっすね……ミヤジさんなら、たぶん、ハヤカワ不動産だと思いますよ」

「なにそれ」

ふいに後ろで、美咲が「あっ」と漏らした。

「ハヤカワ不動産って、あの、百人町の？」

白石が小さく頷く。

「そうです。その、ハヤカワ不動産っす」

確かに、ミヤジは不動産業を営んでいると自分でいっていた。

「じゃあ、ジウは」

「たぶん、奴も一緒でしょう」

白石は美咲に視線を移した。

「……あなた、知ってるなら、班長を、案内してやってください。俺は、いけそうにないんで……」

「それと、もう一つ」

ジョーカーって何者、と訊こうとした途端、ドツッ、とこもった音がし、白石の体が、押し出されるように前に倒れた。

「あっ」

「白石ッ」

倒れた体と、カウンターの間に、一丁の拳銃が転げ落ちた。基子がさっき、とっさに投げ捨てたP9Sだ。

グレーのスーツの背中に、見る見る血が広がっていく。

「白石さん……」

美咲が彼を抱き起こそうとする。

「……無駄だよ、門倉さん」

それこそが、あたしらの、いき着く運命——。

そう思いはしたが、いわずにおいた。

大した慰めにはならないだろうと思いつつ、目を閉じ、一応、手を合わせておく。

——ごめん、白石。それと……ありがとう。

一ヶ月足らずの短い付き合いだったが、決して、浅い繋がりではなかったように思い起こされる。それがたとえ、仕組まれた編成劇の上にのみ、成り立つ関係であったのだとしても。

——あ……？

仕組まれた、編成。

仕組まれた、復帰。

――もしかして、あの声……。

何が呼び起こしたのか、ふいに記憶の奥底から、ある言葉が浮かび上がってきた。

――君はまた、ここに戻ってきてくれるんだろう。

基子がＳＡＴから異動すると決まった当初から、すでに復帰を示唆していた、あの声。

あまりの馬鹿馬鹿しさに、基子は笑い出しそうになった。

――そうか、あいつか。……でもジョーカー、お前の首は、あと回しだ。

目を開けると、まだ美咲は愛しげに、悲しげに、白石の亡骸《なきがら》、その頰の辺りを撫でていた。

「いこう、門倉さん。その、なんとか不動産に、あたしを案内して」

美咲はこっちを見上げ、二度頷いた。

その大きな瞳からこぼれる涙を、基子は、初めて美しいと感じた。

# 5

東は、特二の女性捜査員たちと美咲を捜していた。

携帯には何度も架けてみたが、出ない。

――どこにいったんだ、門倉……。

むろん、これは事件ではないし、美咲は年端のいかない子供でもない。心配する必要はない。そう思う一方で、やはり姿が見えないと気がかりで仕方がない。

七階より上にいくことはないだろうと思い、階段で下りながら各階を見て回ったが、三階の警務課まできた辺りで、携帯で前島に呼ばれた。

『東主任、立番が美咲ちゃんを見てます』

急いで正面玄関に駆けつけると、立番の私服警官の証言はこうだった。

「わりと体格のいい男性が、先に署を出ていかれまして……ええ、うちの署員ではありませんでした。で、その女性は、先に出ていった男性を追いかけるように、走っていきました。現場方面に」

体格のいい男性といえば、ほとんどの警察官が当てはまってしまう。さらに詳しく聞いたが、グレーのスーツというのも絞り込みの条件としては弱い。

現場方面の空が白み始めている。

決戦の日の夜明け。

タイムリミットまで、もう八時間足らず。

――門倉……君は、現場に向かったのか？

また携帯が鳴った。美咲かと思ったが、表示は非通知だった。

「もしもし」

『あ……小野です』

絞り出すような声。少し、様子が変に感じた。

「どうかしましたか」

『あの、東さん……私は、本来ならば、あなたに、お詫び、しなければ、なりませんし
……お電話できる、義理では、ないのですが……』

ひどく、嫌な予感がした。

「簡潔に。小野さん、簡潔に」

『はい……』

小野は、息を整えるような間を空けた。

『いま私は、歌舞伎町の……〝新世界〟に、います』

外気の冷たさより、体の内側から湧き出す悪寒に震えた。

「あなた……現場に、入ったんですか」

『すみません……しかも、さっきまでは、門倉さんも、一緒でした』

東は硬く拳を握った。目の前にいれば、確実に殴っている。

「さっきまでっておい、じゃあ今、彼女はどこにいるんだ」

いや、いけない。冷静にならなければ——。

『い……伊崎、基子と、百人町に、向かいました……百人町の、早川不動産に』

「早川……」

そこなら、聞き込みにいったことがある。確かそこの女子社員が、数回ジウを目撃したと証言したのではなかったか。

「なぜ」

『その、早川不動産に、ミヤジという男が、いるらしく……その男が、どうも、ＮＷＯの、黒幕の、ようなんです』

早川不動産の、ミヤジ？

「それは、確かなのか」

『あの、伊崎と……白石守の、話では、そういう、ことでした』

七階の資料を見たい。東は、前島たちにも中に入るよう手で促し、自分は階段室へと走った。エレベーターは、小野との通話が切れると困るので使わなかった。

「小野さんは〝新世界〟のどこにいるんですか。これは、どこの電話なんですか」

『地下、二階か、三階の、ホールに、います。携帯も、無線も、通じない……ですが、たまたま、固定電話を、見つけましたんで、それで……』

「怪我をしてるんですか」

『いえ……致命傷では、ありません。……ご心配なく』

「状況は。周辺に暴徒は」

『ここには、いません。まったく』

「大沼総理はそこにいるんですか」

『いえ、総理は……ここには、いないです……少なくとも、地下には』

他には、と訊いたが、現状で小野にいえるのはそれだけのようだった。

「小野さん。できるだけ早く救出に向かいますから、そこから出て、どこか別の、安全なところに隠れて、安静にしていてください」

それで切ろうとしたのだが、小野は「あの」と呼び止めた。

しばらく咳き込み、また息を整える間が空く。致命傷ではないというが、決して軽傷でもないと東は察した。

『あ……東さん……私は、いいんです。大丈夫です。ですから……いえ、こんな、あなたに、こんなことを、頼める義理では、ないのですが、でも、お願いします……伊崎を……彼女を、助けてやってください』

東は強く歯を食い縛った。伊崎基子。沼口を殺した女。警視庁に、いや警察全体に、泥をかぶせた女――。

『伊崎は、その、ミヤジという黒幕と、おそらく、刺し違える、つもりです。東さん……お願いします、それだけは、させないでください……お願いします』

東は「ええ」と答えておいた。ここで四の五のいっても始まらない。

「伊崎基子は、必ず生け捕りにします。ですから、あなたは安全なところに。分かりましたね」

今度こそ切り、すぐ美咲の番号に架ける。通じない。ということは、まだ歌舞伎町にいるということなのだろうか。

七階へと急ぐ。荒く上がった呼吸と格闘しながら、懸命に足を上げ続ける。

——早川不動産に、黒幕の、ミヤジ？

七階の本部に着いた。真っ直ぐ情報デスクに向かい、地域課から持ち込まれた巡回連絡カードを探す。

「カード、ないか……カードだ、巡回カード」

「はい、それなら、こちらです」

デスク担当から小さな、だが異様に分厚いファイルを受け取る。番地順だろうから、真ん中より後ろ辺りからめくり始める。百人町、百人町、百人町、一丁目——。あった、早川不動産。代表取締役、宮地健一。なるほど、まったくのガセネタというわけではなさそうだ。だがこれが黒幕だとして、だとしたら、こっちにいる黒幕はどう出る。これから何をする。

たとえばこの早川不動産に、ＳＡＴなり特殊班なりを先頭に立てて、確保しにいったとしよう。だがそこで、また爆弾が使われる可能性はないのか。

そう、大いにあるだろう。特に今回は、西尾などという小物ではない。小野の情報が確かならば、どんな理由かはさて置き、伊崎が刺し違えようとするような大物、爆破は必至だ。警察官僚を目指す者からしたら、またとない「トカゲの尻尾切り」のチャンスだろう。

――どうする、どうしたらいい……。

小野が無線で本部に連絡しなかったのは、不幸中の幸いといっていい。このネタは、まだ東しか知らないはずだ。

――どうする。どう使う。

ここはもう、一つ芝居でも打って、ドブネズミを焙《あぶ》り出すしかないだろう。

百人町の宮地が黒幕だというネタ。

大沼総理は「新世界」にはいないというネタ。

これを使って、芝居ができる人間。

この本部で、本当に信頼できる人間。

誰だ。誰なら信頼できる。

西脇部長。あれは駄目だ。芝居ができるタマではない。

和田課長。信頼はできるが、トップに近すぎる。

その下、三田村管理官、浜田管理官、綿貫係長、脇田係長、沖係長。

――あ、麻井さんなら……。

彼なら、何度か現場を共にしたことがあり、実直で、信頼のおける警察官であると分かっている。また美咲の元上司でもあり、彼女の「麻井さん」のひと言には、並々ならぬ尊敬の念が込められていたように記憶している。

――よし。

早速、東は監視モニター全体を見渡している、彼の背中に向かっていった。

麻井との相談を終えて本部に戻ると、歌舞伎町カメラはまた現場の新たな展開を捉えていた。

「伊崎基子が、何か騒ぎを起こしています」

マズい、早くしないとすべてがご破算になる。

依然、美咲の携帯は通じない。

そのとき、どこかでベルを模したような着信音が鳴った。

西脇部長の携帯だった。内ポケットから取り出し、苛立ったように耳に当てる。

「アアー、もしもォーし……なんだこの忙しいときに……ああ？　なにィ？　よく聞こえん……なに、黒幕ゥ？　なんだそりゃお前。そんな報告聞いてないぞ……ジウじゃなくてか……あ？　ああ……ああ」

そこで西脇は耳から携帯を離した。

「オォーイ、早川不動産の、ミヤジケンイチって知ってる奴はいるかァ。ミヤジ、ミヤジケンイチだァーッ」

上手い。さすがは麻井警部だ。

「……おい、誰も知らねえってぞ。本当にそいつが黒幕なのか？　それが……ああ。そこにいるのか……本当かァ？　おい誰か、ちょっと、早川不動産ってのの所在地を調べろ」

講堂全体がざわつき始める。あちこちで「ミヤジ」「黒幕」「早川不動産」と囁かれ、一方では伊崎基子が、ハローワーク方面に向かったとかなんとかいう騒ぎが持ち上がっている。

そんな中で、すぅーっと、出口の方に向かう人影があった。

――よし、動いた。

東もそれとなくあとを追う。

男はテンヤワンヤの講堂を抜け出て、廊下を階段の方に向かっていった。彼が階段室に入った頃を見計らって、東も廊下に出る。

用心しながら階段の近くまでいく。トイレの前、自動販売機の陰に隠れていた特殊班員が顔を出し、上を指差す。頷いて返し、東も階段を上っていく。

八階。やはり同じ位置にあるトイレ入り口に、特殊班員が顔を出している。彼が廊下の奥を示す。東は頷いてその方向に進んだ。

要所要所に配置された特殊班員に導かれ、東は、男の入った部屋にいき着いた。いや、そもそもそこにしか入れないように、東が仕組んでおいたのだ。

緊急事態なので、嘘でもなんでも警務課を説得して、鍵を借りて、などとやっている暇はなかった。仕方なく、本部デスクにあった瞬間接着剤を持ち出して、空き部屋のドアのラッチをくっつけて開かなくしておいた。そして男は、予定通りの部屋に入っていった――。

あとは、特殊班員が隣の部屋の壁に仕掛けたコンクリートマイクの音声を、聞かせてもらうだけでいい。

その受信機とイヤホンは、麻井が持ってきてくれた。

目で頷いて受け取り、すぐさま右耳に突っ込む。予想していたより、遥かに明瞭に内部の音が聞きとれる。部屋の前に集まった特殊班員四名は、みな同じ音声を聞いている。

《……なんで会社にいるんですか。新世界じゃなかったんですか》

なんでもこの機材は、特殊班が歌舞伎町探査の際に持ち出して、だが使わずに持ち帰ったものを、たまたま機材車に戻していなかったのだそうだ。そうでもなければ、この短時間の内に、こうも上手くはお膳立てできなかった。

《駄目ですよ、困りますよ、勝手なことしてもらっちゃ》

もう少し、決定的な発言がほしい。

《じゃあ人質は、総理はどこに……またなんで、私に相談もなく、そんな勝手なことを……》

よし、いいだろう。

東は、その小さな会議室のドアを蹴破った。

テーブルも何も出ていない、がらんとした部屋の奥。

窓際で、驚いた男がこっちを振り返る。

「……松田警視正。その携帯電話、調べさせてもらいますよ」

彼はとっさに、反対の手をポケットに入れようとしたが、

「動くなッ」

東と特殊班員が一斉に飛びかかり、ことなきを得た。

「な、なんの真似だ」

「いまさらとぼけたって始まりませんよ」

うつ伏せに押さえつけ、彼のポケットを探ると、何かの、リモコン式のスイッチが出てきた。

# 第六章

## 1

白石が息を引き取った。

基子はしばし目を閉じ、手を合わせたあとにいった。

「いこう、門倉さん。その、なんとか不動産に、あたしを案内して」

そして、白石を拘束していた手錠に鍵を挿し、丁寧にはずす。

美咲はその彼女の横顔に、確かな変化を感じとっていた。ただそれも、決して望ましいものではない――。

深い悲しみ。人のぬくもりを捨て去った、あの「温度のない笑み」とは違うけれど、でも逆に、温度があるからこそ、痛いくらいにその冷たさが伝わってくる。そんな表情に、美咲には見えた。

——伊崎さん……私は、どうしたらいいの……。

基子は、白石が最後に使った拳銃と、フロアの片隅に投げ捨てられていたサブマシンガンを拾い、階段口に向かった。美咲もそれについていく。上ったところには、小野が仰向けに倒れている。

「伊崎……」

小野は体を起こそうとしたが、基子はかぶりを振ってそれを制した。屈み込み、彼のコートの下に手を入れる。

「これ、もらいますよ」

ストラップをはずし、サブマシンガンを抜き取る。これで基子は、同じものを三丁持つことになった。自分のと、白石の、そして小野の。

「小野さん、P9Sは」

「それは……門倉さんに」

ああ、この拳銃は「P9S」というのか。

「はい、お返しします」

差し出すと、基子はそれも手で制した。

「それは門倉さんが持ってな」

そして白石が使ったものを、小野に差し出す。

「そのうち助けがくるから、それまで頑張ってね。小隊長」

基子はニコッとし、小さく敬礼して、また階段を上り始めた。

「待って伊崎さん……」

美咲は小野の傍らにしゃがみ、せめてもと思い、自分のハンカチを彼の腿にあてがった。

腹の傷は可哀想だけれど、どうしてあげることもできない。

「すぐ、助けを呼びますから」

「伊崎を、頼みます」

小野は「大丈夫です」と頷いた。

「はい……」

なんの助けにもならないだろうけれど、美咲は最後に、小野の手を握った。やはり、あたたかい手だった。


「使える？」

通路に出たところで、基子はサブマシンガンを一丁、美咲に差し出した。

「ダメ、無理……」

ただでさえ撃たれた左肩が痛い。よく見れば弾は貫通というか、肩の肉を抉《えぐ》っただけ、小野と比べれば軽傷といってよかったが、それでも痛いものは痛い。

「でも、持っとくだけ持ってなよ。あたしだって、さすがに三つ同時には撃てないから」

受け取ったそれは、見た目ほど重いものではなかった。三キログラムとか、せいぜいそんなものだ。

基子は渡してから、引き鉄の上にあるレバーを弄った。設定は四段階あるようだった。赤で銃弾のマークがいっぱいのポジションと、三つのポジション、一つのポジション、それから白でバッテンのポジション。基子が合わせたのは「赤三つ」のポジションだ。

「これで三連射になるから。一回絞ったら、三発出るから」

「ダメ、多すぎ」

「……じゃ一発」

「うん。たぶん、撃たないけど」

フンッ、と鼻息を吹き、基子は先に歩き始めた。美咲は密かに、白バッテンのポジションに戻しておいた。

慌てて追いかけると、基子は曲がり角で先の様子を窺っていた。

背中を壁につけて、サブマシンガンを構えたまま、じり、じり、と右に出ていく。行く手に敵がいた場合、できるだけ長く距離をとれるようにするための動作なのだろう。明らかに、特殊班時代にはしなかった動きだ。

完全に向こうに出てから、さっと掌をこっちに向け、そのまま何もいわずに走り出す。

えっ、と思って追いかけ、顔を出すと、彼女はもうその次の角までいっていた。高級クラブとドアが並んでいるところだ。

速い――。

そこから手招きをされた。美咲がいき着く前に、基子はまたさっきと同じ動きで先の様子を窺い始めた。そこでいきなり撃つ。

――な、なに。

カカカッと、やけに軽い銃声が鳴った。撃って、すぐ身を引き、また半身を出して、だが、もう基子は撃たなかった。

左手で「くるな」と示して、自分だけ先に走っていく。しばらくして顔を覗かせると、あの両開きのドアのところに人が倒れている。基子はその人の喉元に手をやっていた。

――まさか、殺したの……？

基子は中腰のまま、さらに先に進み、美咲の位置からは見えなくなった。そこでまた銃声。サブマシンガンのそれが、幾重にも重なって聞こえた。

――ああ、う、撃ち合いしてる……。

体が強張って動かなかった。見える範囲には、基子も敵もいないけれど、顔を出しているだけでも、弾がくるのではないかと怖くなる。

ほんの数秒で、銃撃戦は終わった。

基子は、どうなった、だろう。無事だろうか。それとも、ちょっと当たったり、してしまったのだろうか。最悪の場合、最悪の結果になっている可能性も、なくはない。もしそうなら、敵がこっちにきて、自分なんかは――。

「ちょっと、もたもたしないでよッ」

ひょいと角に顔を出した基子が、大きく手招きをする。

――ああ、よかった……。

美咲はサブマシンガンを胸に抱えて駆けていった。

「……よかった。伊崎さん、撃たれちゃったんじゃないかって」

「あたしが殺《や》られるわけないでしょ」

見ると、上り階段には三人の男が倒れていた。みんなサブマシンガンを持ったまま、呻き声をあげている。どれくらいの怪我なんだろう、と思って見ていたら、

「心配ないよ。致命傷じゃないから」

ぽんと肩を叩かれた。

「あ、うん……」

「それよっか、これ持ってて」

四つばかり、弾倉を渡された。バナナ形に反ったタイプで、二つずつテープで括ってある。基子も同じものを持っている。

「あたしが弾切れになったら、投げてよこして」

「え、だったら、伊崎さん持っててよ」

「あたしだってもうポケットいっぱいなんだよ」

ほらいくよ、と基子が階段を上り始める。角々で、先を警戒しながら進んでいく。美咲もそろりそろりとついていく。ようやく地上に出て、例のラブホテルふうの衝立から外を窺う。よし、といった基子は、ふいに眉間に皺を寄せた。

「それ、抱えないで、ちゃんと構えなよ」

サブマシンガンの位置を直される。

「……だって、どうせ撃てないもの」

そして、吐き捨てるような溜め息。

「撃てなくてもいいけど、せめて撃てそうな感じに持つくらいはしててよ。ここじゃそれが、何よりのお守りなんだから」

「ああ、そうなの……」

「あ、勝手に弄ってるし」

レバーを白バッテンに合わせたのがバレてしまった。赤三つに戻される。

「早川不動産に着くまでは、あんたは大事な道案内なんだから、死なれたら困るんだよ。最悪の場合、自分の命くらいは自分で守ってもらわなくちゃ」

「はい……」

「いくよ」

通りに出ると、もうほとんど夜は明けていた。

外に出ている人の数は、まだ少なかった。明らかに「生きている」人は、向かいの歩道に座っているオバサンが一人、こっちに歩いてくるホストふうのが三人ひと組、すぐそこの曲がり角を、劇場前広場の方に歩いていったストリート系ファッションのグループがひと組、四、五人。そう、みんな基子のサブマシンガンを見ると、慌てたように視線を逸らす。

――なるほど……。

基子は西武新宿駅の方に歩き始めた。

美咲は外に出てみて、ふいに現実的な疑問にぶち当たった。

「ねえ、早川不動産にいくっていったって、あそこは百人町なんだから、歌舞伎町からいったん外に出なくちゃいけないのよ？」

「分かってるよ」

「外は、所轄とか本部とか機動隊とか、すっごいいっぱいきてて、取り囲んでるんだよ？」

「知ってるってばそんなこと。今どうしようか考えてんだから、ちょっと静かにしててよ」

物凄い目つきで睨まれた。

「はい……すみません」

東宝会館の角まできて、基子は「よし」と漏らした。ツカツカと、歌舞伎町交番に向かっていく。どうするの、と訊きたかったが、また「うるさい」といわれそうなので黙っておいた。

交番に入った基子は、そのまま奥の部屋に進んでいった。そこは、普段は食事をしたり、様々な業務をこなす場所だったのだろう。会議テーブルが散乱しており、ロッカーなども引き倒されている。むろん、今は誰もいない。

基子はぐるりと見回して、壁にかかっていた拡声器を手に取った。すぐさま表に面した部屋に戻って、机のペン立てに差さっていたドライバーを手に握る。

「門倉さん、手伝う気ある？」

「え、何を？」

「……いや、やっぱいいや」

そのまま外に出て、大久保病院の方を指差す。

「百人町って、あっちだよね」

「うん……もうちょっと、左の方だけど」

ああ、職安の方か、と呟いて歩き出す。

あとをついていくと、大久保公園の前を左に入って、また右に曲がる。その先、ハローワーク新宿の脇の道もご多分に洩れず、二台のパネルバン・トラックで封鎖されていた。見ると、二台はきっちり横並びになっているのではなく、左の一台の方がやや奥まっており、右の方が運転席の分だけこっちに飛び出す恰好になっているのが分かる。ちなみに両方とも、こっちに頭を向けている。

基子はその、右の一台の運転席に向かっていった。途端、柄の悪いヤンキーふうの男が飛び出してくる。第一声は「おらテメェ」だったが、基子がサブマシンガンごとそっちを向くと、その態度は一変した。

「あ、あの……何か？」

それでも一応、基子の前に立ち塞がろうとする。

「この車の鍵、持ってる？」

男は、滅相もないというふうに両手を振った。

「ないですし、それに、そこを開けたら、警察が……」

「もう、そんなこといってらんないんだよ。間もなく」

基子はさっと腕時計を見た。

「あと、七分でここは爆破される。あんただって知ってんだろ、西大井の信金爆破事件。あれみたいに、この町中に仕掛けられた爆弾が爆発するんだよ。この計画は失敗した。あたしらは、この町ごと始末されるんだ。だから早くしないと、あんたも無縁仏にされちまうよ」

「そんな、聞いてないっすよ……」

「別に信じなくたっていいけど、あたしは逃げるから」

男を押し退け、基子は運転席のドアを開けた。ポケットからドライバーを取り出し、それを、ハンドル下のイグニッション・シリンダーに差し込み、

「うりゃ」

ガツンと一発、サブマシンガンのグリップで叩く。それは完全なる、車両窃盗の手口だった。ドライバーの持ち手を捻ると、快適といっていいほど、鮮やかにエンジン始動音が鳴る。

「ほら門倉さん、運転して」

「えっ、私？」

「あたしはこっち」

基子は拡声器をひょいと持ち上げ、もときた道を戻っていった。

まずは警告音を鳴らす。通りにちらほらと人が出てきた頃を見計らって、警告音を止める。そこで、叫ぶ。

《新世界秩序のォ、計画は、失敗したァ。あと六分でェ、この町は爆破されるッ。今から

封鎖を解除するからァ、みんなァ、逃げろォ》

ついでのように、カカカッと宙を撃つ。まるで紛争地域のゲリラ兵士のようだ。そして振り返り、美咲に向かって手招きをする。

――ああ、そうか、私か。

美咲は慌てて乗り込み、サイドブレーキを解除し、ギアを、

――あ、マニュアルだよ、これ……。

どうやって入れていいのか、一瞬思い出せなかったが、クラッチを踏んだから、なんとなく体が思い出した。

――さあ、いくわよ……。

ギアをローに入れ、アクセルを踏み込む。車体は隣の車と壁にはさまれた状態で、最初はまるで、お尻がはまってしまったみたいにビクともしなかったが、

――ン！、がんばれェ……。

ハンドルを、右に左に、グリグリやっていたら、いきなり、

「おおっ」

ガクンと前に出た。ハローワークの外壁と、隣の車体を削りながら、徐々に前進を始める。

その頃には、もう百人近くの人だかりが前方にできていた。もし車体が抜けて、勢いよ

く前に出たら、何人か誤って轢《ひ》き殺してしまいそうだ。

美咲は運転席側の窓を開けた。

「どいてェーッ、前にはこないでェーッ」

その途端、ぐんと前に出た。

「うおっ……と危ない」

車体は完全に抜け出た。

群衆が、慌てて後ろに、左右に避ける。さらに五メートルほど進めて、美咲はトラックを停めた。そのときにはもう、多くの人が車体後方に走り始めており、我先にと職安通りに飛び出していっていた。もはや、美咲がドアを開けることもままならない。

「ちょっと、どいてってば、もおォ」

ようやく外に出ると、

《こっちだァ、こっちから逃げろォ、逃げ遅れるなァ、もうすぐ爆発するぞォ》

拡声器と銃声で、群衆を煽るだけ煽った基子がこっちに戻ってくる。

「さあ、あたしらも出るよ」

「でも……」

美咲は背伸びし、トラックとトラックの間にできた空間の向こうを覗き見た。

「あれじゃ、誰が暴徒だか分かんないじゃない」

基子はサブマシンガンと弾倉を、トラックの運転席に放り込んだ。

「ああ。分かんないだろうね」

「じゃあ、逮捕できないじゃない」

「うん、別にいいじゃん。あたしの知ったこっちゃないよ」

「そんな……」

「あ、もうそれ要らないから」

美咲のサブマシンガンを取り上げ、やはり運転席に放り込む。

「ちょっと、そんな適当な」

「ほら、いくよ」

そして、いきなり美咲の手を握る。

「伊崎さん……」

いつのまにか、群衆は数百人規模に膨れ上がっていた。その流れに乗って、基子はトラックのゲートを抜けようと走り出す。

《止まって、止まってくださァーいッ》

《大変危険です、勝手に動かないでくださいッ》

《コラァーッ、動くなァーッ》

あちこちで警官が、拡声器やパトカーのスピーカーを使って叫んでいるが、群衆はまったくいうことを聞こうとしない。デモとも暴動とも勝手が違うため、機動隊もジュラルミンの盾を押し付けて制止するのを躊躇っている。

無理もない。逃げ出してきた群衆には、老人も女子高生も、サラリーマンもＯＬも、割烹着姿のオバサンも着物姿のホステスもいるのだ。さらに頭から血を流した怪我人や、明らかに暴行を受けたと思しき衣服を乱した女性までいる。暴徒とて、いつまでも拳銃や鉄パイプを持っているわけではない。手ぶらで歩いていれば暴徒には見えない。もはやどれがＮＷＯでどれが被害者だったのか、警察には見分けがつかなくなっている。

挙句、

「爆発するぞォーッ」
「あと三分だァーッ」
「信金だ、信金爆破の再来だ」
「逃げろ、歌舞伎町が吹っ飛ぶぞ」

その騒ぎに、警察までもが踊らされている。群衆から一人ずつ捕まえては、どういうことだと問いただしている。

「伊崎さん、あの、爆破って」
「嘘に決まってんじゃん」

だが、ガックリうな垂れている暇はない。基子がぐいぐい手を引っ張るのだ。群衆があふれ出し、完全に通行不能になった対向車線に、基子は躊躇うことなく進んでいく。

「ちょっと待ってよ」

「なにいってんの、時間がないんだよあたしには」

肩越しに振り返った基子の顔は、真剣そのものだった。

「……あたしは、パクられたら死刑に決まってんだ。その前に、やるべきことはやっておきたいんだよ」

そこからは、もう駆け足だった。

早朝の新宿。

車も止まった職安通りを、でたらめに、斜めに渡る。

いい天気だった。

そのまま、大久保ガードを走ってくぐる。

抜けたら、右手はもう百人町一丁目だ。

「そこ、その路地を右」

いつのまにか、並んで走るようになっていた。

「えっと……もっと向こう」

ただ、互いに、手は放さなかった。

「あそこ、あのホテルの手前」

二人で手を繋ぎ、線路際の道を駆け抜ける。

なんだか、夢のような時間だった。

基子とこんなふうに、並んで走ることになるなんて、今まで、美咲は思ってもみなかった。

いくら職安通りがパニックになっているとはいえ、夜は明けてまだ間もない。この辺りは、まだ充分に静かだった。むろん、早川不動産も店舗のシャッターを下ろしたままになっている。

「伊崎さん……」

歩をゆるめ、向かい合うと、自然と、笑みがこぼれた。

基子も今までにない、やわらかな表情を浮かべていた。

「門倉さん、ありがとう。もうここでいいよ」

次の瞬間、美咲は、側頭部に衝撃——。

## 2

殴り倒して路上に放置し、車に轢かれたらいくらなんでも気の毒なので、一応、道の端に寄せておいた。まあ、こんな朝っぱらだ。いくら可愛い顔をしてるからといって、この大女を、まさか公道で、いきなりレイプする馬鹿もいないだろう。

――じゃあね、門倉さん。

基子はそこから、早川不動産のビルを見上げた。

三階建ての社屋は、基子が監禁された建物と比べると、妙にこぢんまりとした印象があった。店舗のシャッターの隣には、別個にアルミ製のドアが設けられている。上半分が曇りガラスになっており、「早川不動産」と社名も入っている。

ドアノブを握ってみたが、当然のことながら回すことはできなかった。ならば、撃ち抜くしかあるまい。

基子はＰ９Ｓの銃口を鍵穴に押し当て、引き鉄を引いた。

銃声と甲高い金属音が、誰もいない早朝の通りに響き渡る。

ぐらりと抜け出たノブを引くと、ドアは難なく開いた。

入ったそこには、一メートル四方のコンクリート床があった。左手には店舗に通ずる、やはり腰上ガラスのドアがある。正面には上り階段。

曇りガラス越しに見る店舗は暗い。一見無人のようだが、もし誰かいたら、明るいこっち側は、向こうからは丸見えになる。うっかり通ろうとして、狙い撃ちされたらひとたまりもない。

基子は体勢を低くし、そっとドアノブを回した。何か反応があるかと思ったが、銃声は疎か、物音一つ起こらなかった。

そのまま侵入。ドア枠の際にあった照明のスイッチを入れる。蛍光灯が瞬き、明るくなった店舗内部には、やはり誰もいなかった。

すぐに踵を返し、階段に戻る。

素早く二階まで上る。同じ形のドアがあり、そのフロアも確認したが、事務所であろうそこも、やはり無人だった。

残るは三階のみ。

途中までは早足で上る。最後のドアは開いており、中が見えそうになったら、カッティング・パイの要領で内部を探っていく。

まずドア口の向こうに覗いたのは、金髪の頭だった。

ジウか。

ミリ単位でこっちも顔を覗かせていくと、徐々に、あの端整な女顔が見えてきた。階段の上に、顔が完全に出たところで、いったん動きを止める。

高低差一・五メートルといった位置関係で睨み合う。

相変わらずの無表情。その真横に、ひょいと手が出てきた。

指を二本立て、こっちにこいと示す。呼ばれて出ていくのも馬鹿な気がしたが、いつまでもここでじっとしているわけにもいかない。

注意深く、一段一段上がっていく。

やがて同じ床に立つと、ジウは手ぶらで、ただ突っ立っているだけなのだと分かった。だが、一人でいるはずがない。さらに注意深く歩を進めていくと、部屋の右奥には執務机があり、そこに案の定、あの男が座っているのが目に入った。

「ミヤジ……」

普段は室内中央に配置してあったのだろう応接セットが、今は端に寄せられ、部屋の真ん中がぽっかりと空いている。

「やはり、あなたでしたか……」

ミヤジは机に肘をつき、両拳を口の前に組んでいた。

基子はわざと一つ、溜め息を漏らした。

「……あんたには、色々訊きたいこと、いいたいことがあったはずなのに……なんか、よく分かんなくなっちゃったよ」

彼は二度小さく頷き、背もたれに体を預けた。机には、液晶テレビのようなものが一台載っている。

「それは、お互い様です。封鎖を勝手に解いたりして、一体どういうつもりなのか……と、訊いたところで、もう、どうなるものでもありませんしね。ジョーカーはジョーカーで、どうやらあっちで、正体を見破られたようですし」

ジウは依然無表情、無反応だ。

「ああ、あたしもさっき思い出したよ。あれ、警備部の松田だったんだね。警備一課長の、松田警視正」

「ええ……やはり声、ですか」

「うん。あと、SATに戻ってほしい、みたいなことといわれたのを、思い出した」

「なるほど。そうでしたか」

ミヤジは、やれやれというふうにかぶりを振った。

「……それであなたは、この大変なときに、わざわざここまで、何をしにいらしたのですか」

窓の向こうに通りかかった山手線の音で、最後の方はよく聞き取れなかった。だが、意味は大体分かった。しばし、電車がいき過ぎるのを待つ。

「うん、だから……色々あったはずなんだけど、ほとんどはもう、どうでもよくなっちまった。でも一つだけ、やっぱり、はっきりさせておきたいことがある」

ミヤジが卓上のシガレットケースに手を伸ばす。

「……雨宮崇史の、ことですか」

一本抜き取り、乾いた色の唇に銜える。

「そう。雨宮は結局、あんたらの仲間だったの、そうじゃなかったの」

重そうな、これまた卓上ライターで火を点ける。

「……違うと分かったから、わざわざここまで、おいでになったのではありませんか」

「あんたの口から聞きたいんだよ。本当はどうだったのか」

彼の吐き出す、濃い、白い煙が、ジウの前に流れていく。

「……ええ。雨宮崇史が仲間だったといったのは、あれは、真っ赤な嘘です。あなたが何か、背中を押してくれるひと言を欲しがっているのが分かったので、そういってみたまでです」

もうひと口。だがそれで、ミヤジはタバコを揉み消した。

「あなたのような、単純な価値観を持つ人間をだますのは、実に容易《たやす》いことです。愛に裏切られ、図らずもその相手を殺《あや》めてしまい、だが自己を正当化するために、己の中にある〝愛〟の概念を否定するようになった。私にいわせれば、愛などというのはそもそも、社会が嵌《は》めた枷《かせ》にすぎないのですが、あなたはそれを自ら否定するに至ったのですから、こっちとしては、洗脳するまでもない、なんとも手間のかからない、都合のいい人材だったわけです。おまけに、現役の警察官でもありましたしね。あとは……あなたの心を唯一、揺るがすかもしれない要素、直前の恋人、雨宮崇史の存在を否定してやればよかった。私はそれをし、あなたはそれにまんまと乗った。……それだけのことです」

なるほど。だがこっちも、そもそも自分を利口な人間だとは思っていない。いまさら馬鹿呼ばわりされたところで、ことさら立つ腹もない。

「そう。じゃあ、単細胞は単細胞なりのやり方で、ケリをつけさせてもらうよ」

基子はP9Sをその場に捨て、両手を上げてアップライトに構えた。

「ジウ、まずはお前からだ。年寄りは……とりあえず引っ込んでな」

彼は、相も変わらずの無反応だった。

ミヤジは机に肘をつき、最初の姿勢に戻っている。

「こいよ」

また、電車が表に差しかかった。

彼はじっと、それが通り過ぎるのを待っているようだった。

「……おい、どうした」

もう一本、今度は反対方面からだ。

「こないなら、こっちからいくよ」

聞こえたか、聞こえなかったのか。

轟音は続いている。

――今、いった方がいい……。

基子は電車がいき過ぎる直前に動いた。左足を一歩大きく踏み出すと、ジウはぐっと奥歯を嚙み締め、表情を硬くした。

そのまま真っ直ぐ歩を詰める。タックルの距離。だが今日は、自分から組みにはいかない。

——こいよ、ほら。

まずは左ローキック。スッとジウがステップバックする。だが逃がさない。もう一歩詰めて左ジャブ。当然、ジウは右に避ける。

——そう……。

その目だ。こっちの攻撃を、じっと無感動に追い続ける、その目。それこそがジウの、最大にして唯一の武器なのだ。

基子は、ジウが自分の攻撃をどう避けるか、予想しながら拳を、蹴りを、繰り出していった。容易には組み付けないと分かっている。だが焦る必要はない。今日はまず、じっくり相手の動きを見るところから始める。

それにしても、相変わらずの見事なディフェンスだった。すべてを紙一重、当たるか当たらないかのところで避け続ける。それが驚異的な動体視力の賜物《たまもの》であろうことが分かっていても、長く続けていると、自分の思考まで読みとられているような錯覚に囚われていく。徒労感が積み重なり、敗北感に精神が蝕《むしば》まれていく。

——でも、大丈夫、大丈夫……。

基子は根気よく、パンチとキックでジウを動かしていった。途中でジウも、こっちに何かしらの意図があることを察したようだった。例の、巨大バタフライナイフを尻から抜き出し、動きの中でそれを開き、突き出してくる。

——おっ……と危ねえ。

だが、重要なことはもう分かっていた。

ジウはパンチを使わない。

ジウは蹴りを使わない。

絶対ではないかもしれないけれど、そういう傾向があるのは確かだった。

奴の攻撃はナイフのみ。そこだけ注意すればいいのなら、決して難しい相手ではない。そう自らにいい聞かせる。だが実際は、変則的なナイフ捌きだけでも、充分に厄介だった。刃が襲ってきたり、折れ曲がった柄の部分があとから飛んできたりする。ジウはその柄を、手首のスナップで自由自在に操ってみせる。

バックハンドブローの要領で、ジウが薙《な》ぎにきた。

——危ね……。

基子は慌てて首を引いて刃を避けたが、途中でジウは一本柄を放し、

「ングッ」

それが基子の右頬を強打した。

頬の肉が潰れ、奥歯が二、三本折れ、血と共に、口の中に転がり出た。

――マズい。

リズムが狂った。同じ柄が、今度は胸元を襲ってくる。ちょうど先っぽがみぞおちに入り、息が詰まった。

流れは、ジウのものになりつつあった。

距離をとろうと下がっても、ジウはぐいぐい前に出てくる。

苦し紛れに出した右ストレートは避けられ、挙句、上から激しく柄で叩かれた。

――くそ……。

たぶん、折れはしなかった。だがヒビくらいは入ったようだった。右手が思うように握れない。幸いなのは、ジウがあまり刃を使おうとしないことだった。そこに、どんな意図があるのかは分からないが。

どちらにせよ、基子にできることはもう、そう多くは残っていない。

それでも作戦は、ある程度練れつつあった。

どんなに目がよくても、ギリギリまで相手の攻撃を見続ける冷静さを持ち合わせていても、ジウの動き自体は、普通なのだった。決して常人離れした身体能力を持っているわけではない。つまり、身体的な限界を超えてしまえば、ついてこられない動きというのも、必ず出てくるはずだった。

――よし……。

基子は覚悟を決めた。

次の一撃を待つ。

そのための誘い水として、まずは左ジャブを出した。だが、それは避けられてお終いだった。続けて左ローを出した。これも避けられた。しかし、

——きたッ。

ジウは真横から、薙ぐように柄を振るってきた。やはり、刃ではない。柄なら、受けても痛いだけで死にはしない。

基子は左のガードを固め、柄の衝撃を受け止めるのと同時、口の中にあった歯と血を、ジウの顔面めがけて吐き出した。

ジウはそれも、実に冷静に見ながら避けた。だがそれこそ、基子が待っていた動作だった。

右利きのジウがナイフを繰り出せば、次のこっちの攻撃は同じ方向にしか避けられなくなる。ジウは、基子から見れば右に右に体を倒していっていることになる。そこにもう一発、追い討ちをかける。

「シッ」

基子は頭を低くし、前回り受け身のような恰好で床を蹴った。

浴びせ蹴り——。

むろん、柔道の技でもレスリングのそれでもない。格闘技雑誌に載っていたのを見よう見まねで、いま初めてやってみるのだ。

床を蹴った基子の右脚は宙に弧を描きながら、一本の棒となってジウに向かっていく。この至近距離で、身長差がさほどなければ、自分の踵は相手の顔面に当たる。浴びせ蹴りとはそういう技だが、むろんジウはこれも避けた。しかも右に。

――かかった。

そう、ここまでが基子の撒《ま》いたエサ、ジウはそれに食いついたのだ。踵を右に避ければ、当然その右肩に、基子の足が伸《の》し掛《か》かるように当たる。そしてそれが、ジウの視界に、少なからず死角を作ることになる。

――今だ。

ジウの、ナイフを持った右手。彼自身は今、自分でそれが見えなくなっている。

――もらったッ。

まんまと、基子はジウの右手首をつかんだ。慌てて引き抜こうとしてももう遅い。自分が肩から床に落ちる恰好になっても、基子はジウの右手を放さなかった。さらにその腕に、自分の両足を絡めていく。

組技になってしまえばこっちのものだ。腕絡みの要領で曲げさせた肘に、今度は自分の左足を絡めていく。足で仕掛けるアームロック、オモプラッタ。柔術の技だが、基子はこれが案外得意なのだ。

広く床の空いた部屋の真ん中に、ジウはうつ伏せに倒れた。

基子はその右隣に、横座りをする恰好で動きを止めた。

ナイフを取り上げ、階段の方に放り投げる。基子の股には、ジウの折れ曲がった右腕がはさまっている。

「……勝負あったな、おい」

基子は腰を浮かせ、さらにジウの腕を絞り上げた。だが、彼は呻き声一つ漏らさない。

さらに力を入れようとすると、ふいにミヤジが、

「およしなさい。無駄です」

立ち上がって手を叩いた。

「……彼には、痛覚がありません。生と死、その間に存在するあらゆる苦痛を、彼は感じません。痛みで屈服させることは不可能です。彼に勝ちたいのなら、殺すしかありませんよ」

またもや訪れた、殺すか、殺さないかの、選択のとき。

だが今、基子の脳裏に、あの白い珠《たま》のような殺意は、浮かび上がってこなかった。

「どうしたのです。その首を、あの柔道のコーチを絞め殺したときのように、サイトウケンスケを殺したときのように、思いきり絞め上げればよろしい。そうしなければあなたに

勝ちはない。さあ、殺しなさい。殺して、自分の手で、生きる道を切り拓《ひら》くのです」

急に馬鹿馬鹿しくなり、基子はかぶりを振った。

「……もういいって。もう……いいんだよ」

カタリと、何か硬い、重たい音がした。

「そうですか。では、仕方ありませんね」

いつのまにか、ミヤジは拳銃を握っていた。

「……楽しかったですよ、伊崎基子さん。私は今、猛省しておるのです。あなたとは、もっと時間をかけて、丁寧にお付き合いするべきだったと」

パンッ、と鳴り、

「クッ」

左胸に、抗いようのない衝撃を受けた。

意に反して、体が後ろに仰《の》け反《ぞ》った。

オモプラッタが、力なくほどけていく。

「伊崎さん、お別れです」

もう一度銃声。だが同時に、真っ赤な何かが基子の視界を塞いだ。

「ジウッ」

叫んだのは、ミヤジだった。

「ど、どきなさい」

膝立ちになった、ジウの背中が目の前を覆っている。

彼はまるで、基子を庇おうとするように、両手を広げていた。

「どかないか、ジウ」

もう一度銃声がすると、その赤い背中が波打った。

「どけといっているんだ」

もう一度。

「ジウッ」

さらにもう一度。そこで、がくっと彼の上半身が前に倒れた。

両手を床につき、だがなおもジウは、基子とミヤジの間に立ち塞がろうとする。

「ジウ……」

基子が呼びかけると、彼は、少しだけ肩越しに振り返った。

「……お前、生きろ……こ、ども、と……」

嘔吐《おうと》するようにその背中がうねり、口から、大量の血が吐き出された。

崩れていく上半身。

向こうに見えたミヤジの姿。

構えた銃。

そして基子に向けられた、銃口。銃声。

だが、弾け飛んだのはミヤジの銃だった。

## 3

気がつくと、コンクリートの地面に横たわっていた。

少し向こうにはアスファルトの道路。さらにその向こうには、苔《こけ》の生《む》したコンクリートの壁が立ち上がっている。

電車の音がうるさい。頭がガンガンする。

でも、電車が通り過ぎても頭のガンガンは治まらなかった。

左のこめかみ辺りが痛い。物凄く。さわってみると、腫れていることが分かった。

ゆっくりと上半身を起こす。コンクリートの壁の上に、線路があるのだと気づき、それでようやく、直前の記憶と現在の状況が一本の線で結ばれた。

自分は基子を早川不動産に案内し、そこで殴り倒されたのだ。

足の方を見ると、ドアが半開きになっている。外側のノブは、壊れたみたいにはずれかかっている。

基子は、一人でいったのだ。

美咲はよろめく体を手で支えながら、半ば這うようにしてドア口に向かった。覗くと、真っ直ぐ三階まで架かっている、わりと急な傾斜の階段が目に入った。とてもではないが、普通に立って上ることはできそうになかった。ハシゴをつかむようにして、段に両手をつきながら、できるだけ静かに上っていく。一階も二階もドアは開いており、中から誰か出てくるのではと怖くはあったが、上で物音がしているので、そっちを優先することにした。

四つん這いで三階まできた。そこもドアは開いたままになっていた。片目で覗き込むと、右奥に机があり、その向こうに立っている恰幅のいい和服の男が、拳銃を構えているのが見えた。

「楽しかったですよ、伊崎基子さん。私は今、猛省しておるのです。あなたとは、もっと時間をかけて、丁寧にお付き合いするべきだったと」

男はいきなり撃った。短い呻き声が聞こえ、もう少し顔を出して左の方を覗くと、床に座っている基子が力なく仰け反っていくところだった。

「伊崎さん、お別れです」

再び男が銃を構える。だが、引き鉄を引くより前に、床から何か赤いものが立ち上がり、二人の間に立ち塞がった。

――あっ、ジウ……。

金髪に赤装束。あの、犯行声明映像にあったままの姿。

——あれが、ジウ……。

そう思った瞬間に銃声が鳴り、ジウの腹が、ボツッと小さくささくれた。

「ジウッ」

叫んだのは、撃った男だった。

「ど、どきなさい」

つまり、彼が黒幕の「ミヤジ」なのか。

だが、ジウはどかなかった。まるで基子を庇おうとするように、両手を広げている。

——どうにかしなきゃ。

何がどうなっているのかはよく分からなかったが、とにかく今は、拳銃を持ったミヤジ対、丸腰のジウ、基子という対立関係になっているようだった。

「どかないか、ジウ」

何か武器を。そう思って探しているうちに、またジウが撃たれた。

「どけといっているんだ」

そこでようやく、まだ自分が拳銃を持たされていたことを思い出した。腰から取り出したのは、あの、P9Sと呼ばれていたオートマチック・ピストルだ。果たして、自分にこんなものが撃てるのだろうか——。

「ジウッ」

また撃たれた。早くしないと、ジウも基子も、殺されてしまう。

——ああ、あ、安全装置は、どこ……。

ジウの上半身が前に崩れる。それでもなお、彼は基子を庇おうとするように、左手をミヤジにかざす。

ミヤジは構えを解かない。どちらに照準を合わせているのかは分からないが、決して、二人から狙いを逸らさない。

——やるなら、今しか……。

美咲は恐る恐る立ち上がり、だがそのときはまだ、「威嚇の一発」という思いが頭の隅にあった。だが、ミヤジの指に力がこもるのが見え、もうそんな場合ではないと思い直し、初めて人に向けて、ミヤジの、右肩を狙って、

——えいっ。

引き鉄を引いた。

左手で支えられないので自信はなかったが、結果オーライ。弾は、右肩ではなかったが、見事、ミヤジの右手首に当たった。

拳銃は、机の前に転がり落ちた。

「伊崎さんッ」

飛び込み、どうしようか迷ったが、まずミヤジの取り落とした拳銃を拾った。それから二人のところに駆け寄る。ジウは都合四発の銃弾を浴びていた。右胸に一発と、腹に二発、右腿に一発。

「あなた、どうして……」

ジウは、眠そうに目を瞬いたが、決して痛そうでも、苦しそうでもなかった。漠然と抱いていたイメージより、穏やかな、静かな眼差しだった。

ふと、これが自分の追い続けてきた殺人鬼〝ジウ〟なのかと、疑問に思った。

虚空を見つめる目は、この世ではない、ひどく遠い場所を見ているようだった。口は血で汚れ、体も穴だらけだったが、それでも美咲は、彼を美しいと感じた。

傍らにいた基子が、静かに立ち上がる。

「……伊崎さん」

彼女もまた、左肩に銃創を負っていた。ふらりと歩き出し、ドアの手前に落ちていた拳銃を拾う。美咲の手にしているのと同じP９S。基子が持ってきた一丁だろう。

「もう終わりだよ、ミヤジさん」

銃口を向けると、彼はゆるくかぶりを振った。見れば、ミヤジは何か小さな、ライターのようなものを左手に持ち、不敵な笑みを浮かべている。

「いえ、これでは終われません……終わりというのは、こういうふうにすることです

「……」

それは、何かのリモコンのようだった。

ふいに怖気が、冷や汗と共に美咲の顔面を覆った。
一、二秒すると、ドーンと、線路の彼方に巨大な爆音が轟いた。確かめるまでもない。歌舞伎町の方だ。しかも一度や二度ではない。五回も六回も、連鎖反応のように爆発音が鳴り続ける。
「ミヤジ、お前」

「くっくっくっく……」

机に突っ伏したまま、彼は笑い始めた。

基子は詰め寄り、彼の額に銃口を当てた。

「ミヤジ……テメェは、新世界なんて、新しい世界の秩序なんて、端っから作る気なかったんじゃねえか。ただ歌舞伎町を封鎖して、シャブ工場作って、何もかも滅茶苦茶に、グチャグチャにしちまいたかっただけじゃねえかッ」

さらに強く押しつけても、まだミヤジは笑い続けた。

「……そ、それは違いますよ、伊崎さん。歌舞伎町は、それは私どもにとっては、大変魅力的な街でしたし、治外法権さえ獲得できれば、真面目に運営していくつもりだったのですよ。ただ、それが失敗に終わったとしても、まるっきり無駄だったというわけではありません。日本政府の危機管理意識や、自衛隊、警察の実力を測る、恰好のテストケースにはなったわけです。そして私は、その点においては、今回のこれが、充分な成果を挙げたと思っております。次に繋がる、確かな手応えを感じています」

するとそれまでぐったりしていたジウの背中に力が伝った。

膝を立て、立ち上がろうとする。

「ダメよ、動いたら」

彼が、たらたらと血を吐きながら頷く。

「だい、じょぶ……」

手には、いつのまにか拳銃が握られていた。ミヤジが取り落とし、美咲が拾ってきたやつだ。それを、ミヤジに向けながら歩いていく。

「……最後……俺……」

ひと言発するたび、ぼこり、ぼこりと血がこぼれる。

やがて基子の隣に立ち、彼女を押し退ける。

「お前たち……いけ……生きろ」

だが、押した反動で、彼自身の姿勢が崩れる。

美咲は思わず駆け寄り、彼の背中を支えた。

「ダメよ、あなたもいくの。病院にいけばまだ」

それにもジウはかぶりを振り、美咲の手を、そっとよける。

「……ウォ、ザイ、ズゥ、リィ……」

ミヤジに銃を向けたまま、その場にひざまずく。

「ウォザイ……ズゥリィ……」

体を起こしたミヤジは、途切れ途切れにだが、まだ笑い続けていた。

「ジウ、そんなもの、こっちによこしなさい。撃ったのは悪かったよ。謝るから、だから」

ガンッ、と鳴り、ミヤジの、太った着物の腹に穴が開いた。

「ンッ……ん。ジウ、だから、謝るといっているだろう。……すまなかった、悪かったね。でも、もう気はすんだろう。さあ、こっちにおよこし。そして、私と一緒にいこう。次の目的地は、お前が選んだらいいじゃないか。北海道か。それとも沖縄か。私は寒いのは平気だが、お前はどうかな」

もう一発。血が広がり始めていた腹に、また新たな穴が開く。

「ンッ……ん……そうか、いかないか……それじゃあ、仕方が、ないね」

いつ取り出したのか、ミヤジの手には、また別のリモコンが握られていた。

「……どうやら、お別れのときがきたようです。……ただ、これだけは、いっておきますよ。ミヤジタダオは、決してこの、私一人では、ないのだということを」

「あっ」

美咲が止める間もなく、彼の親指が赤いスイッチを押し込む。同時に彼の背後にある柱が吹き飛び、そこから大蛇の如き亀裂が、壁を伝い――。

## 4

東はとにかく、取り押さえたその場で松田を締め上げた。

「大沼総理はどこにいる」

もう人権も糞もなかった。殴ったし、首も絞めた。髪の毛をつかんで床に叩きつけたりもした。アナクロもはなはだしい、特高警察さながらの暴挙だとは思ったが、他に方法を考える余裕もなかった。

「どこだと訊いているんだッ」

ボロボロになった松田が教えたのは、百人町一丁目九番、「ニュートピア新宿」という古いラブホテルだった。そこの地下室。ポケット地図で確かめると、それはなんと、あの早川不動産の隣のようだった。

前線本部に戻ると、歌舞伎町の現場がとんでもない騒ぎになっていた。

あの伊崎基子が群衆を扇動した挙句、いきなり封鎖を解除したというのだ。場所はハローワーク横のせまい通り。いま職安通りは、現場から逃げ出してきた群衆であふれ、ひどいパニック状態になっているという。

そんな騒ぎの場に、東と特二のメンバーがボロ雑巾のようになった松田を連れ込んだものだから、さらに収拾のつかない事態になってしまった。

「なんなんだ、なんなんだお前たちは一体ッ」

こっちが説明をしようとしても、西脇はがなり立てるばかりで一向にいうことを聞こうとしない。業を煮やした和田が「部長、落ち着いてください」と抑えにかかったが、それもさほど効果がない。

東は、隣にいた特殊班員の懐を覗いた。ちらりとホルスターが見えている。現場の探査にいった彼らは、全員拳銃を携帯しているのだ。

「すまない」

まさかこんなところで、仲間の刑事に拳銃を奪われるとは思っていなかったのだろう。そのデカ長は「えっ」と漏らしたきり、なぜだか両手を上げて固まってしまった。

「西脇部長ッ」

東はそのニューナンブの銃口を、自分のこめかみに当てて叫んだ。

「私の話を聞いてくださいッ」

さすがにこれには、幹部連中も黙った。西脇から、警備部長の太田、和田一課長、各署の署長まで、講堂内のすべての警察官が動きを止め、東の方を見た。

「……お願いします。今すぐ特殊班とＳＡＴを、百人町一丁目九番にある、『ニュートピア新宿』というホテルに向かわせてください。そこの地下に大沼総理は監禁されています。即座に強行突入を仕掛け、総理を救出してください」

西脇は、呆気に取られた顔で、うん、と頷いた。


そこからは、もう一気だった。

特殊班二係、ＳＡＴ第三小隊と、制圧一班を欠いた第一小隊、その他約四十名の捜査員が現場に向かった。

百人町は歌舞伎町の北西、職安通りを渡ってすぐのブロックだ。だが、その職安通りがパニックに陥っている以上、歌舞伎町の南西に位置する新宿署からも、また歌舞伎町の現場からも、車両を出すことは難しかった。結局、八十名超の警察官が、列を成して通りを走ることになった。ただ、西脇から現場指揮を直々に仰せつかった和田一課長だけは、新宿署で自転車を借りて参じた。

集団で西新宿の裏通りを抜け、北新宿百人町の交差点まできたら右に折れる。一丁目九番の前まできたら、ＳＡＴ第三小隊と三十名を現場の反対側に迂回させ、第一小隊と特二、残りの十名はその場に待機となった。東自身は特二と行動を共にする。

《こちらD班。現場裏手に侵入、あるいは逃走可能な通路はありません》

今回は急遽、SAT第一小隊をA班、特二をB班、その他十名をC班、第三小隊第一分隊をD班、第二分隊をE班、その他三十名を十名ずつ、F班、G班、H班と呼称することとした。

「本部了解。そこにはH班を残し、他班は迂回路に進め」

《D班了解》

その瞬間、大きな爆音が轟いた。後方、歌舞伎町方面のようだった。だが、それに対する和田の判断は早かった。

「我々は総理の救出を優先する。後方は気にするな」

各班が位置についたら、即座に前進開始。

右手にはコンクリート土手が立ち上がっており、その上には山手線と埼京線の線路が通っている。道幅は車一台がやっとといったところ。そこを、三十人からの私服警官が姿勢を低くして進んでいく。

向こうからD班が進んでくるのも見える。双方とも現場まであと三十メートル、というところで、どこからか銃声が聞こえた。

現場からのようだった。

一瞬足が止まり、すぐに総員駆け足になった。

双方が現場前に集まる。

道路から、車一台分奥まって建っている早川不動産。店舗シャッターの横には開け放たれたドア。そこを、二人の男が覗き込んでいる。

「あっ」

先に振り返り、辺りの異変に気づいた白いダウンジャケットの男は、右手に拳銃を握っていた。

「おいっ」

男は仲間の肩を叩き、隣の「ニュートピア新宿」の入り口に走ろうとする。

「待てッ」

二人に飛びかかったのは、SAT第三小隊の隊員たちだった。

間髪を入れず和田が指示を送る。

「E班F班、注意してホテル内部に進め。地下だ。地下室への入り口を探せ」

だが二班が内部に入った数秒後、今度は現場上空に爆音が響いた。

――なにッ。

見上げると同時に早川不動産三階の窓は割れ、火を噴き出し、外壁にも大きな亀裂が入った。

「おい、退避しろッ」

和田が叫ぶまでもなく、外にいた捜査員の多くは現場から離れようとした。ただ東だけは、無意識のうちに、早川不動産のドアに走っていた。

――門倉……。

頭の中にあったのは、美咲の笑顔、泣き顔、怒った顔、つぶらな瞳、スーツの背中、セミロングの髪、傷痕の残った耳、細く長い指――。

――美咲ッ。

降り注ぐガラス片、コンクリート片。飛び込んだドア口の中は暗かった。階段を見上げても、砂埃か煙か、とにかく黒く霞んでいて状況がよく分からない。

目を細め、こすり、だがしばらく注視していると、二階の踊り場辺りに、見慣れたパンプスの足が現われた。一緒に伊勢丹までいって買った、三足のうちの一足。

「美咲ッ」

彼女は、誰かを背負っていた。そのため上手く階段を下りられず、二階踊り場で立ち往生しているようだった。ほとんど真っ暗といっていい状況だったが、その困ったような顔が、泣きそうな目が、東の存在を認めて、ぱっと輝くのだけは分かった。

「主任」

「今いく」

もう、そこからは無我夢中だった。

四つん這いで上っていく。途中で、美咲が背負っているのは伊崎基子なのだと分かった。爆発で傷ついたのか、背中がズタズタになっている。

「伊崎さん、私を庇って……」

「いいから」

強引に伊崎を引き取り、右肩に担ぎ、東は左手で、美咲の右手をつかんだ。

「いくぞ」

駆け足で階段を下りていく。勢いでそのまま飛び出すつもりだったが、下りきったところで大きな瓦礫《がれき》が目の前に落ちてきた。あと一瞬早く出ていたら、間違いなく直撃を受けていた。

砂埃が舞い上がる。その瞬間、目に刺すような痛みを感じ、開けられなくなったが、

「東さんッ」

麻井の声がし、

「今ですッ」

それに従って、思いきってドアロを駆け抜けた。

何も見えなかったが、何度もつまずきそうになったが、麻井たちの声を頼りに、とにかく止まらずに走った。少しでも安全な方に、右隣の建物の方に――。

途中で誰かに抱き取られたのか、急に伊崎を載せた肩が軽くなった。さらに多くの腕に抱かれる感覚があり、もう少し歩いたところで足を止めた。

大丈夫ですか。そんな声に身振りで応えていると、近くから《総理確保、総理確保ッ》と無線機の声が聞こえた。途端、体が重くなるのを感じ、東はその場にへたり込んだ。

そうなって初めて、引きつけるような息遣いが、自分の耳元でしていることに気づいた。

覚えのある、柔らかな髪の匂い。

自分の頭を掻き抱く手。細い腕と、指。

「主任……」

その声で、自分を抱いているのは、たった一人の女であるのだと分かった。

「……門倉」

首に回った腕に、キュッと力がこもるのを感じた。

東も、そっと彼女の背中に手を回す。

「門倉……無事で、よかった」

顔を見られないのは残念だが、その存在は、目で見る以上に体で感じとれた。あたたかく、やわらかな、優しい存在――。

「主任、さっきは……美咲って……呼んだのに……」

それ以上は、彼女も言葉にならないようだった。

周りは状況の報告、確保した被疑者を搬送するＰＣや、総理を乗せる救急車の手配で大忙しのようだった。だが東は、目が見えないのをいいことに、なんとなく、その場に座り続けていた。

とにかく、よかった。

そう心で呟きながら、美咲を抱き締めていた。

# 終章

　大沼堅次郎総理大臣の拉致・監禁に端を発した今回の大規模籠城事案、通称『歌舞伎町封鎖事件』は、十一月十四日午前七時四十三分、同氏の無事保護をもって一応の終息を見るに至った。

　警視庁本部と新宿署は、歌舞伎町現場内にいた人物をいったん全員拘束、身元を確認してから怪我のない者は解放、怪我人は病院に搬送、何かしらの暴動に加わったと思しき者は取り調べ、銃刀法違反や公務執行妨害など、罪状が明らかな場合はその場で緊急逮捕した。ただし、身元確認のできなかった者も数千人単位でいるものと思われ、それについての対応は今現在も協議中である。

　逮捕者は、十四日当日の現行犯逮捕が二十二名、現場内で発見された銃器を含む凶器から指紋が検出され、三日以内に逮捕された者が十六名、映像記録や目撃者の証言なども加わり、一週間以内に逮捕された者が三十七名の、計七十五名だが、警視庁本部に設置された捜査本部はこれらの他にも三十名ほどの被疑者氏名を把握しており、すでに逮捕された者の供述から浮かんだ新たな被疑者まで芋蔓《いもづる》式に検挙していくと、最終的には二百名、三百名規模の逮捕者が出るものと考えられた。ただ、その中から殺人罪、傷害致死罪でどれくらい立件、起訴できるかとなると、その見通しはまだまったく立っていないというのが実情だった。

一方被害者は、当日現場内で遺体で発見されたのが二百四十三名、怪我人が千七百名前後。軽傷で帰宅した人数を入れると、三千人規模の死傷者が出たのではないかと見られている。

ただし、封鎖解除後に起こった爆発による被害は予想より遥かに小さく、数十名の怪我人を出した程度と思われた。現場内で発見された遺体のほとんどは死後数時間以上が経っており、主に暴動による死者であろうと考えられたからだ。そして生存者の中には、刑事部捜査一課殺人班三係の佐々木巡査部長や、ＳＡＴ第一小隊長の小野警部補など警察官も十数名含まれていた。これは大きな朗報であった。

また主犯格の二人に関して、警視庁は「被疑者死亡」とし、警察内部に協力者がいたことも併せて発表した。警視庁警備部警備第一課課長、松田浩司警視正と、同課特殊急襲部隊員の、伊崎基子巡査部長。特に松田浩司の供述は事件の真相解明の要《かなめ》であると同時に、驚くべき日本国家の腐敗を示すものでもあった。

捜査開始当初、主犯と目されたのは、死亡した早川不動産代表取締役、宮地健一、六十七歳だったが、この身元がまず事実でないことが分かった。

戸籍や住民票から、宮地健一は東京都北区の出身、十六年前に妻を亡くしてからは身寄りがなく、練馬区内のアパートで一人暮らしをしていたと分かったが、十二年前に家財道具一式を残したまま失踪。のちに親戚と名乗る人物が処分に訪れたが、その後の消息は一切分かっていなかった。

捜査本部は、早川不動産社長であった宮地健一の最近の写真を入手できなかったため、同社社員や松田浩司の協力のもと似顔絵を作成し、失踪前の宮地健一を知る人物に見せて回ったところ、まったくの別人であるとの証言が相次いだ。さらに捜査を進めても、宮地健一が宮地健一であるという確証の一切が得られない。それに関しては松田の証言から類推するほかなかった。

松田が宮地健一と知り合ったのは十三年前の新潟、新津警察署署長時代。当時の彼は「宮路忠雄」と名乗っており、松田に覚醒剤を与えて懐柔したのだという。

東京で警察庁に戻り、その他の省庁に出向し、県警本部などを渡り歩く間も、松田と宮路の関係は続いていた。やがて宮路は〝ジウ〟と呼ばれる中国人少年を寵愛《ちょうあい》するようになり、その頃から、彼の「新世界構想」も始まったようだった。「宮路忠雄」が「宮地健一」になったのも同じ時期らしい。

ただここ数年、松田自身は宮路の誇大妄想ともいうべき犯罪計画に付き合いきれなくなっていた。それでも、いきなり手を切ることはできなかった。自身が覚醒剤の常習者であること、過去に殺人を犯していることなど、弱みを数多く握られていたからだ。

そこで松田が仕掛けたのが、今回の『歌舞伎町封鎖・治外法権獲得計画』だった。松田は宮路に、総理を拉致して歌舞伎町に監禁し、その命と引き替えに同所の治外法権を認めさせ、「新世界」という独立国家を作ろうと持ちかけた。宮路はまんまと計画に乗り、準備にとりかかった。そればかりか、北朝鮮の軍部と連携して沖縄を、ロシアの地下組織と北海道を封鎖する計画まで、具体的に考え始めていたという。

だが、松田自身はこの計画の裏で、ある別の作戦を進行させていた。なんとその共謀者は、あの総理代行に就任した、船越幸造であった。二人は共に東大法学部の出身で、同学部の親睦団体を通じて知り合った先輩後輩の仲であるらしい。

松田と船越は、宮路忠雄、ジウ、伊崎基子らを総理拉致計画の首謀者に仕立て上げ、その裏で、もう一人の「ポスト大沼」と目される現官房長官、渡辺和智を殺害し、NWOの求めに応ずる形で総理代行の椅子を確保するのが目的だった。そして最終的には大沼もろとも、宮路もジウも伊崎も、歌舞伎町ごと吹き飛ばすつもりでいた。

ところが、事はそう上手くは運ばなかった。どこで松田の裏切りを察知したのか、宮路もジウも、計画の途中で歌舞伎町から抜け出していたのだ。いや、状況から考えると、ほとんど最初からいなかったのだと考えた方が辻褄が合う。ジウは大沼総理を引き取ってすぐその足で、早川不動産に向かったのかもしれない。

松田はそれを、東と麻井の仕掛けた芝居を通して知り、緊急用の携帯電話を使用して宮路に連絡、そこで東に「御用」とされてしまった、というわけだ。

現在捜査本部は、総理代行の任を解かれた船越幸造にも事情を聞いている。船越は松田浩司との関係、犯行計画への関与などの容疑に関しては否認しているものの、血液検査で覚醒剤の使用が認められたため、本部はまずはその線で起訴する方針だ。

そしてもう一人、忘れてはならないのが、伊崎基子である。

彼女の取り調べは現在、捜査一課長である和田警視正が直々に行っている。早川不動産で爆発に巻き込まれ重傷を負ったものの、命に別状はなく意識もはっきりしているため、警察病院内で取り調べに応じている模様だ。

質問に対しては素直に答え、供述内容も筋の通ったものであるようだった。その供述で明らかになりつつあるのは、主に総理拉致計画の全貌と、自身の犯した殺人についてだが、彼女はすべての容疑を認め、反省の弁も述べているという。また彼女は現在妊娠中であり、あれだけ危険な目に遭ったにも拘らず、三ヶ月の胎児は今も元気に育っているという。彼女自身は出産を希望しているらしい。罪状を考えれば極刑以外はあり得ないが、刑の執行までに出産することは時期的に見ても充分可能である。

ちなみに出産予定日は、来年の五月十七日ということだった。

あれから八日が経った。美咲は東と共に、現場内で殺人を犯した疑いのある二十六歳の男性、砂田理彦《すなだみちひこ》の取り調べをする日々を送っていた。

その間、一昨日の日曜日には予定通り衆議院選挙が行われ、民自党の惨敗、新民党に政権が交代するという結果で幕を閉じた。『歌舞伎町封鎖事件』を逆手に取り、事件後すぐに、歌舞伎町の復興に公的資金を導入すると公約したのも、新民党勝利への追い風になったといわれている。

そして昨日は、たまたま警視庁本部の玄関で顔を合わせた東と公安一課の間山警部補が、朝っぱらから殴り合いの喧嘩を演じるというひと幕もあった。幸か不幸か、美咲自身はその場に居合わせなかったのだが、聞くところによると、ほとんど東が一方的に殴っていただけのようだった。

「お前が松田をいつまでも泳がせておくから、こんなことになったんだって、そういってもあの野郎……黙ってやがった」

そう息巻く東の唇も、左端が少し紫になっている。

「やられちゃったんですか」

美咲が指差すと、東は怒った顔で「取っ組み合っているうちに額が当たっただけだ」と言い訳した。

　そして今日、十一月二十二日、火曜日。

　午前の取り調べを終え、いつものように一階の食堂で昼食をとっていると、美咲の携帯が鳴った。

「あ、ちょっとすみません……」

　ディスプレイには「番号非通知」と出ているが、警察関係はたいがいそうである。一々不審に思ってもいられない。ボタンを押して髪にくぐらせる。

「はい、もしもし」

『あ、あの』

　聞こえてきたのは女性の声だった。

『本部の、門倉美咲さん、で、よろしかったでしょうか』

　正確には碑文谷署生活安全課の所属だが、まあいい。

「はい、門倉ですが」

『私、新宿署通訳センターの、田丸です』

　すぐに、人の良さそうな丸顔と黒縁眼鏡が脳裏に浮かんだ。

「あ、はい、お世話になっております」

　用件は訊くまでもなかった。何しろ、彼女に頼みごとをしたのは美咲の方なのだ。

美咲はあの、犯行声明映像に映っていたジウの、口の動きがずっと気になって仕方がなかった。

オ、アイ、ウ、イ。

音はほとんど聞こえなかったので、分かるのは母音部分だけだったが、思いがけずあの事件当日、美咲はジウと対面し、生でその台詞を聞いた。

「ウォ、ザイ、ズゥ、リィ」

そのときは分からなかったが、捜査が始まってから犯行声明映像を見直す機会があり、同じ言葉だと気づいた。好都合にも、外国人犯罪を扱うことが多い新宿署は、九階に「通訳センター新宿分室」というのを置いていた。美咲はそこに映像を持ち込み、自分の記憶と照らし合わせ、それがどういう意味の言葉なのかを解明してほしいと依頼しておいたのだ。

「何か、分かりましたか」

田丸は遅くなったことを恐縮した調子で詫び、本題に入った。

『今、何か書き取るものはお持ちですか』

「はい、あります。ちょっと待ってください」

慌ててポケットから手帳を取り出す。

「お願いします」

『はい……ええと、これは、漢字で四文字になる言葉です。まず最初が、自我の「が」ですね。これが「我《ウォ》」。その次が、存在の「ザイ」、次が、這いつくばるの「這う」という字です。「しんにょう」に「言う」の。それが「這《ズゥ》」で、最後が里で「里《リィ》」です。あるいは衣偏に「さと」の「裡」でもいいんですが、まあ普通に「里」でいいと思います。この四文字で「我在這里《ウォザイズゥリィ》」。ここまで、大丈夫ですか』

我在這里。たぶん、これでいいと思う。

「はい、大丈夫です。分かります……で、これは、どういう意味なのでしょうか」

『ええ。直訳すると「我、ここにあり」ということでしょうか。私はここにいる、という意味です』

なるほど、そういうことか。

『これで、何かお分かりになりますか』

「あ、はい……とても。大変、参考になりました」

美咲は丁重に礼をいって切った。次回新宿署に出向くときは、菓子折りの一つくらいは持っていかねばなるまい。

東が、番茶を飲みながら手帳を覗き込む。

「……なんだそれは」

美咲が犯行声明映像のあれだと説明すると、東は怪訝な顔をした。

「それが、『我ここにあり』の意味なのか」

「ええ、そのようです……『我』が『在』で、『私はいる』。『這う』は分かんないですけど、『里』が『ここ』なんですかね。それか『這う里』が『ここ』なんですかね……とにかく、ジウが最後にいったのも、この言葉なんです」

東は口を尖らせた。

「つまり、自分は宮路とここに残る、といいたかったわけか」

そう、なのだろうか。

「でも、それまでジウは、ほんのちょっとですけど、私たちに日本語も喋っています。伊崎さんには、お前は生きろ、とまでいいました。ここだけ中国語って、なんか変です。何か、中国語にする意味が……」

美咲は自分でいって、思わず息を呑んだ。その意味を、東も解したようだった。

「これが、奴の犯行動機……すべての、行動原理だったというのか」

すぐには、頷くこともできなかった。

「つまり奴の、すべての犯行は、自己の、存在証明のため……」

それには、かぶりを振った。

「違います、そうじゃないです……」

どうしよう。

涙があふれてきて、止まらない――。

その週末、十一月二十六日の土曜日は、ごく一部を除いて捜査本部の全体休暇になった。『歌舞伎町封鎖事件』の本部設置から、ほぼ二週間。美咲たちにしてみれば今月の二日以来だから、三週間と三日ぶりの休みということになる。

本当は基子に面会したいところだが、それは叶わなかった。今現在は本部庁舎の留置場にいるのだから、会おうと思えばいつでも会えそうなものだが、本人が一切の面会を拒否している。聞くところによると、親にも会わないといっているらしい。基子らしいといえばそれまでだが、やはり美咲は、それを寂しく思う。

特に、あの事件の日――。

宮路がリモコンのスイッチを押し、コンクリートの柱が破裂した瞬間、基子は美咲の手をとり、引き倒すようにして床に伏せさせ、自らその上に覆いかぶさった。

四度の爆発が収まり、美咲が起き上がったとき、基子の背中には炎が踊っていた。それ自体は間もなく消えたが、後頭部は髪も焦げ、何か破片でも当たったのか背中は血だらけだった。建物は倒壊を予告するように大きな音を立てて軋んだ。美咲はすぐさま基子を背負い、階段に急いだ。

そのとき、基子は美咲の背中でいったのだ。

「……捨てて、逃げて……あんただけ、逃げてよ」

あれこそ、彼女の本質がいわせた言葉だと美咲は思っている。自己犠牲を厭《いと》わない強さ。彼女の心の真っ芯にあるのは、実はそういう献身的な性質だったのだと、今は確信している。だからこそ、もう一度会いたい。しかしどうも、それは叶いそうにない。手紙でも書こうかと思ってはいるが、返事がもらえるとは到底思えない。さて、どうしたものか――。

結局あのとき、美咲は彼女の言葉を無視して階段を下りた。だが煙と粉塵で視界が閉ざされ、また二階に踊り場があることも忘れていたため、そこで不覚にも足をくじいてしまった。膝と腰にも妙な痛みが走った。

瞬間的に、とんでもない恐怖が襲ってきた。

このまま踏み出したら、自分たちは間違いなく階段を転げ落ち、気を失い、倒壊する建物の下敷きになり、押し潰されて死ぬ。二人はどっちがどっちだか分からない肉片となり、交じり合い、後日発見される。もう両親にも、東にも会えない――。

そんな絶望を覚えた直後だったから、余計に、あの東の声が嬉しかった。涙で目の中の煤も流れたのか、あのときだけは、はっきりと東の顔が見えた気がした。

その後のことも覚えている。強くこの手を握った、あの太い指、厚い掌。現場の外で抱き合ったときの感触。逞《たくま》しい胸の弾力。嗅ぎ慣れた整髪料の匂い。少しヒゲの生えていた頬――。

だからといって、その後の二人の関係に何かしら変化があったのかというと、そんなことはまったくなく、相変わらず捜査や取り調べのパートナーというだけで、休日を一緒に過ごそうなどという話はこれっぽっちも出てはこなかった。

まあ、東とて一人の独身者。たまの休日に片づけなければならない雑事は山ほどあるだろうし、それは美咲とて同じことだった。

美咲はまず朝一番、溜まりに溜まった洗濯物を一気に片づけ、次いで日頃はルームメイトに任せっきりになっている部屋の掃除をし、十時の開店に合わせて清澄《きよすみ》通りの向こうにあるクリーニング店に向かった。

スーツ二着を出し、一度では持ちきれなかったので、二往復してでき上がっていたスーツ九着を持ち帰った。それから身支度を整え、昼食に間に合うよう浅草の実家に出かけ、豆腐の味噌汁とがんもどきの煮付けと茄子《なす》のぬか漬けでご飯を食べた。

「もう帰るの？」

「うん。ちょっと約束があるの」

そして早々に暇《いとま》を告げ、入谷《いりや》駅に向かった。

日比谷線から東横線に乗り継いで、都立大学駅で降りた。久々に、碑文谷署を訪ねるのだ。

四階の生活安全課にいくと、課長の吉野警部は非番とのことだったが、少年係長の都筑《つづき》警部補はいた。

「久しぶりだなァ、門倉くん」

「ご無沙汰して、申し訳ございません」

それでも自分はここに所属する警察官なのであり、都筑の部下なのだと思うと、余計に申し訳ない気持ちで一杯になった。

「今は例の、歌舞伎町事件の帳場なんだろ？　大変だろう、あれは」

他人行儀というのも変だが、都筑は美咲を応接セットにいざなった。恐縮して応じ、美咲はそこで緑茶を一杯ご馳走になった。

「……はい。もう何しろ、マル害もマル被も数えきれないほどいるものですから、本部はほんとに、毎日が戦争です」

「変な話、解決したって、何をもって解決とするのかね、ああいう事件は」

「そう、ですよね……和田一課長は過労で二度倒れて、毎日医務室で点滴を打ってもらってますし、西脇刑事部長は、早く異動したいって、口癖みたいにいってます」

そんな世間話程度に近況を語り、美咲は三十分ほどで碑文谷署を辞した。

午後三時五分前。

十一月末の公園は、ジャングルジムも、ブランコの鎖もベンチの板も、すべてが冷たく凍えていた。どうせ冷たいのなら少し茶目っ気を、と思い、美咲はすべり台に登って待つことにした。

二、三分すると、待ち合わせの彼が息を切らし、通りを走ってくるのが見えた。

「おーい、利憲くーん」

立ち上がって手を振ると、見上げる顔に驚きの色が広がるのが分かった。手を上げながら近づいてきた彼と、落ち合うようにすべり下りる。むろん、汚れては困るのでお尻はつけなかった。

利憲は、照れたようにぺこりと頭を下げた。

「ちょっと見ないうちに、大きくなったんじゃない？」

顔色もいいし、表情も明るい。何よりだ。

「そんな、急に大きくなんか、なんないです」

「えー、なったよなったよォ」

肩をつつくと、また照れたように首をすくめる。

「み、美咲さんこそ、傷……どうですか。治りましたか」

へえ、「美咲さん」って呼ぶことにしたんだ、と思いながら、頷いてみせる。

「うん。あのあとまた怪我しちゃったんだけど、それも治った。大したことなかったの」

うそ。基子に撃たれた左肩は、まだけっこう痛い。

「……なんか、ごめんね。こんな、寒い日に呼び出しちゃって」

「いえ、大丈夫です」

「なんか、あったかいもの、飲もうか」

それから、二人で近くの販売機までいき、同じミルクティーを買って戻ってきた。利憲はちょっと嫌がったが、二人で寄り添うようにベンチに座ると、思ったより寒くは感じなかった。

ひと口すすり、あち、と顔をしかめた利憲は、少し茶色がかった目で美咲を見上げた。

「そういえば、あれ、見ました……総理大臣が捕まってるところ。あの後ろにいた人が……」

美咲はふいに、自分も迂闊《うかつ》な大人の一員なのだという思いに囚われた。

「そっか……見たんだ」

メディアは事件発生時から例の犯行声明映像を放送し、あまつさえ後ろに控えている人物が、連続誘拐の主犯格青年であるとまでアナウンスした。彼が未成年だと分かったら、その時点からモザイクを入れればいい。そんな安易なメディアの姿勢も、そこには見え隠れしていた。

そして今、自分は最初の被害者である利憲を訪ね、その犯人について報告しようとしている。それが勇気を出して捜査に協力してくれた彼に対する礼儀だと思ったからだが、見方を変えれば、嫌な過去をほじくり返すだけなのだともいえる。

美咲の迷いを察したように、利憲は話を継いだ。

「……あの人、死んじゃったんでしょ」

「うん、そう……しかも私、その場に、いたの」

少し、驚いた顔をされた。

「どうして、死んじゃったの」

どういうべきか迷ったが、真っ直ぐ見上げる利憲の目を見れば、如何《いか》なるぼやかしも、中途半端な装飾も不要であることが分かった。利憲は利憲なりに、あれから強くなったのだ。なんとなく、そんなふうに感じた。

「うん……爆弾、だった。最後はね、あの人の、仲間が仕掛けた爆弾で、それが爆発して、死んじゃったの。爆発するって、分かっててそこに残った感じもあるから、ある意味、自殺……とも、いえるのかも」

利憲は、ちょっと怒ったように鼻息を吹き、正面の、誰も乗っていないブランコの方に目をやった。

「……なんか、ずるいね」

サクッと、胸元にすべり込む刃のようなひと言だった。

「そうだね……ずるいよね……」

それでも、自分には彼に報告する義務がある。

美咲は自分に頷き、利憲の横顔に語りかけた。

「本当は、私たちが犯人を捕まえて、利憲くんの前に連れてきて、謝らせなきゃ、いけなかったんだよね。ひどいことして、ごめんなさいって……」

利憲は、視線を前に向けたままだ。

「でもね、利憲くん。ちょっと、聞いてほしい話があるの。それはね……その、犯人のこと。別に、利憲くんに、犯人を許してあげてほしいって、いうつもりはないし、その犯人……彼は〝ジウ〟って呼ばれてたんだけど、そのジウのことを、分かってほしいんでもない。ただ……なぜこんなことが起こってしまったのか、その、本当のところだけ、利憲くんに、伝えておきたいって思ったの。それで今日、君をここに誘ったの。……話しても、いいかな。聞いてくれるかな」

うつむくように、利憲は浅く頷いた。

「ありがとう」

美咲もひと口、喉を湿らせてから始めた。

「……その、ジウって、実は両親が、中国人だったのね。それも、パスポートも何もないで、勝手に日本に入ってきちゃった、ちょっと、法律違反っていうか」

「密入国？」

「あ、そう、それ……密入国」

難しい。八歳の知識レベルがどの程度なのか、美咲にはよく分からない。いや、もう九歳になっているのかもしれない。

「……で、その、密入国だった二人は、それでも仕事は、とても真面目にやっていたらしいの。そんな二人の間に生まれたのが、ジウだったんだけど、でも彼は、中国で生まれたわけじゃないから中国人じゃないし、そもそも両親が密入国なわけだから、もちろん日本人でもない。そういう、ジウは、どこの国の人でもない子供だったの。

でも、彼が十歳くらいの頃……あの、利憲くんに見てもらった写真の、あの男の人、あの男がジウを、誘拐したことがあったのね。両親は真面目に働いてるんだから、お金を持ってるだろう。そのお金を、ジウと交換に奪い取ろうって、企んだ……ところが、運の悪いことに、ちょうどそのときジウの両親は、入国管理局っていって、密入国者を捕まえる人に見つかって、中国に帰らされちゃってたのね」

はっとした利憲が、再び美咲を見る。

「そうやってジウは、日本で、独りぼっちになっちゃったの。お父さんもお母さんも中国に帰らされちゃって……だからって、誘拐犯の男が、その後の面倒なんか見てくれるはずないしね。言葉も分かんない、お金もない、親も親戚も、友達もいない日本の、東京の、歌舞伎町って街で、ジウは一人で、生きていかなきゃ、ならなくなっちゃったの……」

　互いにひと口ずつ、ミルクティーを飲む。だいぶ、冷えてしまっている。

「それから十年……ジウが歌舞伎町で、たった一人で、どんなふうに暮らしてきたのか、実はあまり、よく分かっていないの。知ってそうな人は、この前の事件で死んでしまったから……で、今年になってジウは、利憲くんの事件を始めとして、たくさん、悪いことをした。でもそれ、実は、お金のためじゃなかったんじゃないかって、私は思ってるの。むろんお金をよこせって、要求はしたけれど、本当の目的は、違うところにあったんじゃないかって」

　利憲は、ほんの小さな声で「どういうこと」と訊いた。

「うん……ジウは、利憲くんのときみたいな誘拐事件を、全部で三回、起こしてるんだけど、その都度ジウは、身代金を、最後は自分で、必ず自分で、受け取りにいっているの。それって……」

　この見解を、利憲に伝えるのは残酷だろうか。

　だが、それでもという思いが、美咲にはある。

「親の顔を、見たかったんじゃないかって、私は思ってるの。自分の子供のことを心配して、必死な顔で、身代金を届けにくる、そんな親の顔を、ジウは見たかったんじゃないかって……自分のときはきてくれなかった、親の代わりに、今度は自分が犯人になって、他の子の親でもいいから、見たかったんじゃないかって、そこから何か、感じたかったんじゃないかって」

小さな横顔が、つらそうに歪む。

「ごめん。どんな理由があったって、利憲くんに怖い思いをさせていいことにはならないし、傷つけていいはずがない。でも、そこになんの理由もないんじゃ、ただ理由もなく傷つけられるんじゃ、私ね、その方が、もっと堪《たま》らないと思うの。怖いことだと思うの……違うかな」

また、小さく頷く。泣かずに堪えた利憲に、美咲は逞しさすら感じた。

「うん……それで、今回の事件。利憲くんは、総理の後ろにいるジウが、何かいってたの、気づいたかな」

それには、かぶりを振った。

「そう、気づかないよね……でも、実はいってたの。中国語が分かる人に訊いてみたらね、それ、『我在這里《ウオザイズウリイ》』って、いってるんじゃないかって、教えてくれた」

怪訝な目をされる。

「うん……それね、僕はここにいる、って、意味なのね。私それ……実はジウが、中国にいるお父さん、お母さんに、送ったメッセージだったんじゃないかって、思ってるの。大事件を起こして、テレビで放送されて……日本の総理大臣が誘拐されたくらいだから、もうあれは、確実に、世界中で流されたんだと思う。もちろん、中国でも……ジウがそういう、社会とか、国とか、犯罪とか、自分の立場とか、そういうこと、どこまで分かっててやってたかは分かんないけど、でもジウが、カメラのレンズの向こうに見ていたのは、中国にいる、お父さんお母さんだったと、私は思うのね。お父さんお母さんに向かって、ジウは、僕はここにいるよ、日本で、独りぼっちになったけど、でも、僕はちゃんと、こうやって生きてるよって……伝えたかったんじゃないかって、私は思うの」

利憲が、美咲の膝に、そっと手を置く。

「ジウは、爆弾が爆発するって分かってて、そのビルに残って、思った通り、瓦礫の下敷きになって、死体で発見された。確かに、自殺みたいにして死ぬのはずるいし、彼のやったことは何一つ、許されることじゃないけど、でも、ほんのちょっとだけ……死んでも誰一人、泣いてくれる人なんていないこの東京で、たった一人で、言葉も分からずに生きてきた彼を……憎んでもいい、許さなくていい、ずるいと思っていい……でも、ほんのちょっとだけ、可哀想だったんだって、思ってあげられないかな……」

頬に当たる風は、冷たかった。

でも、膝に載った利憲の手は、あたたかだった。

「美咲さん」

「……うん？」

「ジウはきっと、そんなに、可哀想じゃないよ。だって、こうやって、美咲さんが、泣いてあげてるじゃない。きっともう、ジウはそんなに……寂しくないよ」

彼が貸してくれたハンカチで、美咲は自分の涙を拭った。

同じそれで、利憲の頰も拭う。

「ありがとう……利憲くん」

そして彼は、また照れたようにうつむいた。

「あのさ……僕、美咲さんと、なんか、約束したい」

すぐには、意味が分からなかった。子供らしく、将来お嫁さんにしてあげるとか、そういう話かとも思ったが、どうもそれとはニュアンスが違う。

「なに？　約束って」

「なんでもいい」

「そんな、なんでもいい、約束なんて……」

迷っていたら、結局、利憲からいい出した。

「じゃあ、もう大怪我するような、危ない仕事はしないって、約束して」

それは約束できないよ、と思ったが、美咲だって、別にしたくて大怪我をしているわけではない。自分に自分の安全を誓うつもりで、約束くらい、したっていい。

「……うん、分かった。じゃあ、約束するよ」

「うん。指切りげんまんね」

右手を出そうとしたが、利憲が出したのが左だったので、美咲も慌てて左手を出した。小指を出し、だが絡めようとすると、なぜだか利憲は、それをよけた。よけて、からかうように、その小指をクイクイ、と曲げてみせる。

「あっ」

驚いた顔をすると、利憲は、満足そうな笑みを浮かべて頷いた。

「利憲くん」

「そう」

また、クイクイ。

「動くように、なったのね」

「うん」

思わず抱き寄せると、利憲は今度こそ、小指を絡めてきた。

細く、短い小指だけれど、それは実に力強い、げんまんだった。

参考・引用文献

『警視庁捜査一課特殊班』　毛利文彦／角川書店
『警視庁捜査一課殺人班』　毛利文彦／角川書店
『警視庁特殊部隊の真実』　伊藤鋼一／大日本絵画
『SAT、警視庁に突入せよ！』　佐々木敏／徳間書店
『ミステリーファンのための警察学読本』　斉藤直隆／アスペクト
『日本の警察』　佐々淳行／PHP新書
『公安アンダーワールド』　別冊宝島編集部・編／宝島社
『警察【裏】バイブル』　別冊ベストカースペシャル／三推社・講談社
『最新　軍用銃事典』　麻井雅美／並木書房
『「クスリ」という快楽』　別冊宝島編集部・編／宝島社
『北朝鮮自壊』　重村智計・長谷川慶太郎／東洋経済新報社
『歌舞伎町案内人』　李小牧／根本直樹・編／角川書店
『歌舞伎町アンダーグラウンド』　柏原蔵書／KKベストセラーズ

# 新装版解説

友清　哲

「ジウ」三部作といえば、誉田哲也フリークにとってお馴染《なじ》みの金看板のひとつ。しかし、当の誉田さんが間もなくキャリア二十年を迎えようとしていることを思えば、二〇〇五年発表のこのシリーズは、はや〝初期の作品〟になりつつあると言えます。

それだけに、驚きました。本稿の執筆に合わせて久しぶりにシリーズを通読してみたら、何ら古びることなく初読のときと同様、いや、それ以上の興奮と感激を味わわせてくれるではありませんか。

それはこの三部作が今日、〈ジウ〉サーガという括《くく》りで脈々とその世界観を継承し、『国境事変』や『ハング』、『歌舞伎町セブン』など、数々の傑作に通じていることと無関係ではないのでしょう。

だからこそ、近作から誉田作品の虜《とりこ》になった方にも、ぜひあらためてこの物語の魅力を知ってほしい。その意味で、今回の新装版の登場は実に意義深いことであると感じます。

本作『ジウⅢ　新世界秩序』は、壮大な三部作の大トリに位置する作品です。簡単にまとめるならば、今どきの女の子を地で行く心優しい門倉美咲《かどくらみさき》と、格闘技の達人でドライな性格の伊崎基子《いざきもとこ》、二人の女性警察官を中心に据えたダブルヒロインもので、彼女たちがいくつもの事件に立ち向かいながら、最終的に大きな陰謀と対峙《たいじ》する物語、ということになるでしょう。

といっても、有り体な女性バディものの形を採っていないのがこの作品の大きなポイント。美咲と基子がコンビで動くことはなく、むしろまったく異なる立場から頻発する事件にコミットしていくことになります。

シリーズの幕開けである『ジウⅠ　警視庁特殊犯捜査係』では、特殊犯捜査係「SIT」に所属していた美咲と基子。ところがある人質籠城事件において、失態を演じた美咲は所轄へ飛ばされ、逆に手柄をたてた形の基子は女性初の「SAT（特殊急襲部隊）」隊員に任命されます。

そもそも水と油のように対照的だった両者は、ここでキャリアを違《たが》えることになりますが、次々に発生する事件の背後に、ジウという中国人の少年、ミヤジと名乗る謎の人物、そして「新世界秩序」なる犯罪組織の存在を知り、それぞれの視点からこの大きな悪意に巻き込まれていきます。……と、およそこんなところが前作『ジウⅡ　警視庁特殊急襲部隊』までの大まかな流れ。

特筆すべきはなんと言っても敵役の描写で、ジウのミステリアスな人物造形、そして怪人ミヤジの生い立ちを描いたサイドストーリーは、それだけで惹《ひ》き込まれること請け合い。優れた勧善懲悪のエンタテインメントに魅力的なラスボスは不可欠ですが、生まれながらに戸籍を持たない黒孩子《ヘイハイズ》という出自に加え、アイドルばりの美形と冷酷性を兼ね備えたジウは、その内面が一切描かれないことも手伝って、底の知れないモンスターとして暗躍します。

果たして、彼らが主張する「新世界秩序」とは何なのか？

数々の犯罪によって目指す目的は何なのか？

そんな疑問を撒《ま》き散《ち》らしながら、敵方の存在感が着々と肉付けされていく構成手法は圧巻の一言で、読者諸氏は最高のお膳立てのもとに本作『ジウⅢ　新世界秩序』を迎え撃つことができるでしょう。

その「新世界秩序」が、いよいよその野望を剝《む》き出しにする本作では、彼らが新宿でテロを敢行。あろうことか総理を人質にとって歌舞伎町全体を封鎖し、国に対して治外法権を要求するという、日本の警察ミステリー史においてもなかなか類を見ない大掛かりな犯罪を演じてみせます。

そのあまりのスケールの大きさに、思わず「こんなエンタテインメントを読みたかった！」と膝を打ったのは僕だけではないでしょう。ただし、フィクションだから何でもあり割り切るほど、今日びの読者は甘くありません。本作が極上のエンタメとして長く存在感を維持しているのは、そこに一定のリアリティが担保されているからです。

とりわけ警察機構の仕組みや内情に関して、とことんリアリティと整合性にこだわるのは誉田作品の大きな魅力のひとつ。もちろん「ジウ」三部作も例外ではなく、有事における刑事たちの動きや、刑事から見たＳＡＴや公安とのパワーバランスなど、さまざまな描写の集積がいっそうの緊迫感を煽《あお》ります。

だからこそ、思うのです。こうしたリアリティの追究は、キャリアを重ねるほどに貪欲さを増しているように見え、もしかすると今後の誉田さんはもう、（少なくとも警察ミステリーのジャンルにおいては）これほどとてつもない大事件を描くことはないかもしれない、と。

猟奇的な犯人や非人道的な事件を描こうと思えば、バリエーションはまだまだ枚挙に暇《いとま》がないでしょう。しかし、ひとつの街をこれほどまでに蹂躙《じゅうりん》する大掛かりな犯罪となると、フィクションとはいえそうそう仕掛けられるものではありません。まして警察ミステリーとしてのリアリティを維持しながらとなれば尚更《なおさら》であり、そう想像を巡らせると、ますますこの三部作が貴重に思えてなりません。

「ジウ」シリーズに関して、「構築した世界観をぶっ壊すつもりで始めた物語」とは、誉田さん自身がたびたび用いる表現です。

この言葉の真意は三部作を通読すればよく理解できるはずで、いわばすぐに畳む前提で広げた大風呂敷のようなもの。そうでなければ表現できない世界を、誉田さんは構想段階からこの物語に見出《みいだ》していたわけです。

実際、終盤にはシリーズを続けたくても続けることのできない展開が待ち受けています。美咲や基子、ジウにミヤジなど、得難いキャラクターを多数起用している作品でありながら、創出したすべてのものをすべて惜しげもなく手放すことで生まれるダイナミズムは、この物語の一番の醍醐味《だいごみ》であると言えるでしょう。

ただし、冒頭でも申し上げたように、怒濤《どとう》のラストは次への布石。三部作は〈ジウ〉サーガへの足がかりであり、むしろ物語はここからより深い世界へと展開していくことになります。

『国境事変』では東《あずま》刑事を主役に据え、刑事VS公安の対立を描きながら国家間の事変を。続く『ハング』では、自白強要の疑いをかけられた特捜一係堀田《ほった》班を襲う死の連鎖を。そして『歌舞伎町セブン』では、「ジウ」から六年後の歌舞伎町を舞台に、かつて暗躍した謎の仕事人・歌舞伎町セブンの復活を。それぞれ、あくまで独立したストーリーとして描きながら、ついに『歌舞伎町ダムド』では、ジウに影響を受けた殺戮者《さつりくしゃ》「ダムド」が登場し、いよいよもって〈ジウ〉サーガというひとつの背骨が浮き彫りになります。

　さらに、誉田さんが作家生活十五年の節目に描き下ろした『硝子の太陽Ｒ――ルージュ』（光文社刊）と『硝子の太陽Ｎ――ノワール』（文庫化の際に『ノワール　硝子の太陽』に改題）は、姫川玲子シリーズと〈ジウ〉サーガのコラボレーションを試みた意欲作であり、後者ではしっかりと「新世界秩序」の影が描き出されてもいます。〈ジウ〉サーガにおける今のところの最新作、『歌舞伎町ゲノム』まで含め、読者の皆さんはまだまだこの世界をたっぷりと堪能《たんのう》することができるわけです。

　美咲と基子のその後に思いを馳《は》せる人も多いでしょうが、「ジウ」の残滓《ざんし》や後日談が随所にさりげなくちりばめられているのは、舞台や時間軸を共有している誉田作品の妙味。彼女たちが我々の目に入らないところでちゃんと時を刻んでいることを示す描写が、〝わかる人にはわかる〟ように仕掛けられているのは、誉田さん一流のファンサービスのように見えますが、あるいは〈ジウ〉サーガの今後を見据えた重要な伏線である可能性だって否定できません。

　言うなれば〈ジウ〉サーガとは、誉田哲也という鬼才が読者をどこまでも深いところまで引きずり込むために創り込んだ、深謀遠慮の結晶のようなもの。先に『ハング』や『歌舞伎町セブン』を読了している人であっても、「ジウ」三部作に触れたことで、きっと一連の作品の見え方や感じ方はまた変わるでしょう。

誉田作品における原点的物語でありながら最先端に通ずるこの三部作。この世界観を徹底的に味わい尽くすためにも、どうか心してお楽しみください。

（ともきよ・さとし　書評家）

この作品はフィクションであり、作中に登場する人物、団体名、場所等は、実在するものとまったく関係ありません。

この本は、『ジウⅢ　新世界秩序』として二〇〇六年七月にC★NOVELSから刊行され、のちに文庫化した『ジウⅢ　新世界秩序』（二〇〇九年一月刊　中公文庫）を新装・改版したものです。

中公文庫

新装版《しんそうばん》
ジウⅢ
——新世界秩序《しんせかいちつじょ》

2009年2月25日　初版発行
2021年3月25日　改版発行

著　者　誉田哲也《ほんだてつや》
発行者　松田陽三
発行所　中央公論新社
〒100-8152　東京都千代田区大手町1-7-1
電話　販売　03-5299-1730　編集　03-5299-1890
URL http://www.chuko.co.jp/

DTP　ハンズ・ミケ
印　刷　三晃印刷
製　本　小泉製本


Published by CHUOKORON-SHINSHA, INC.
Printed in Japan　ISBN978-4-12-207049-3 C1193

定価はカバーに表示してあります。落丁本・乱丁本はお手数ですが小社販売部宛お送り下さい。送料小社負担にてお取り替えいたします。

# 中公文庫既刊より

ほ-17-10
**主よ、永遠の休息を**　誉田哲也
この慟哭が聞こえますか？　心をえぐられた少女と若き事件記者の出会いが、やがておぞましい過去を掘り起こす……驚愕のミステリー。〈解説〉中江有里
206233-7

ほ-17-12
**ノワール　硝子の太陽**　誉田哲也
沖縄の活動家死亡事故を機に反米軍基地デモが全国で激化。その最中、この国を深い闇へと誘う動きを、東警部補は察知する……。〈解説〉友清　哲
206676-2

ほ-17-11
**歌舞伎町ダムド**　誉田哲也
今夜も新宿のどこかで、伝説的犯罪者〈ジウ〉の後継者が血まみれのダンスを踊る。殺戮のカリスマvs.新宿署刑事vs.殺し屋集団、三つ巴の死闘が始まる！
206357-0

ほ-17-7
**歌舞伎町セブン**　誉田哲也
『ジウ』の歌舞伎町封鎖事件から六年。再び迫る脅威から街を守るため、密かに立ち上がる者たちがいた。戦慄のダークヒーロー小説！〈解説〉安東能明
205838-5

ほ-17-5
**ハング**　誉田哲也
捜査一課「堀田班」は殺人事件の再捜査で容疑者を逮捕。だが公判で自白強要の証言があり、班員が首を吊った姿で見つかる。そしてさらに死の連鎖が……誉田史上、最もハードな警察小説。
205693-0

ほ-17-4
**国境事変**　誉田哲也
在日朝鮮人殺人事件の捜査で対立する公安部と捜査一課の男たち。警察官の矜持と信念を胸に、銃声轟く国境の島・対馬へ向かう。〈解説〉香山二三郎
205326-7

ほ-17-14
**新装版　ジウⅠ　警視庁特殊犯捜査係**　誉田哲也
人質籠城事件発生。門倉美咲、伊崎基子両巡査が所属する警視庁捜査一課特殊犯捜査係も出動する。だが、この事件は〝巨大な闇〟への入口でしかなかった。
207022-6

各書目の下段の数字はISBNコードです。978－4－12が省略してあります。

ほ-17-13
**アクセス**　誉田哲也
高校生たちに襲いかかる殺人の連鎖。仮想現実を支配する「極限の悪意」を相手に、壮絶な戦いが始まる！　著者のダークサイドの原点！〈解説〉大矢博子
206938-1

ほ-17-6
**月光**　誉田哲也
同級生の運転するバイクに轢かれ、姉が死んだ。殺人を疑う妹の結花は同じ高校に入学し調査を始めるが、やがて残酷な真実に直面する。衝撃のR18ミステリー。
205778-4

ほ-17-8
**あなたの本**　誉田哲也
読むべきか、読まざるべきか？　自分の未来が書かれた本を目の前にしたら、あなたはどうしますか？　当代随一の人気作家の、多彩な作風を堪能できる作品集。
206060-9

ほ-17-9
**幸せの条件**　誉田哲也
恋にも仕事にも後ろ向きな役立たずOLに、突然下った社命。単身農村へ赴き、新燃料のためのコメ作りに挑め⁉　人生も、田んぼも、耕さなきゃ始まらない！
206153-8

お-87-1
**アリゾナ無宿**　逢坂剛
時は一八七五年。合衆国アリゾナ。身寄りのない一六歳の少女は、凄腕の賞金稼ぎ、謎のサムライと賞金稼ぎのチームを組むことに⁉〈解説〉堂場瞬一
206329-7

お-87-2
**逆襲の地平線**　逢坂剛
〝賞金稼ぎ〟の三人組に舞い込んだ依頼。それは十年前にコマンチ族にさらわれた娘を奪還してほしいというものだった……。〈解説〉川本三郎
206330-3

お-87-3
**果てしなき追跡（上）**　逢坂剛
土方歳三は箱館で銃弾に斃れた――はずだった。一命を取り留めた土方は密航船で米国へ。友を、そして記憶を失ったサムライは果たしてどこへ向かうのか？
206779-0

お-87-4
**果てしなき追跡（下）**　逢坂剛
西部の大地で離別した土方とゆら。人の命が銃弾一発より軽いこの地で、二人は生きて巡り会うことができるのか？　巻末に逢坂剛×月村了衛対談を掲載。
206780-6

こ-40-26 新装版 パラレル 警視庁捜査一課・碓氷弘一3 今野 敏

首都圏内で非行少年が次々に殺された。いずれの犯行も瞬時に行われ、被害者は三人組で、外傷は全くないという共通項が。「碓氷弘一」シリーズ第三弾、待望の新装改版。

206256-6

こ-40-25 新装版 アキハバラ 警視庁捜査一課・碓氷弘一2 今野 敏

秋葉原を舞台にオタク、警視庁、マフィア、中近東のスパイまでが入り乱れるアクション&パニック小説。「碓氷弘一」シリーズ第二弾、待望の新装改版！

206255-9

こ-40-24 新装版 触 発 警視庁捜査一課・碓氷弘一1 今野 敏

朝八時、霞ヶ関駅で爆弾テロが発生、死傷者三百名を超える大惨事に！　内閣危機管理対策室は、捜査本部に一人の男を送り込んだ。「碓氷弘一」シリーズ第一弾、新装改版。

206254-2

こ-40-23 任俠書房 今野 敏

日村が代貸を務める阿岐本組は今時珍しく任俠道を弁えたヤクザ。その組長が、倒産寸前の出版社経営を引き受け……。『とせい』改題。「任俠」シリーズ第一弾。

206174-3

こ-40-22 任俠病院 今野 敏

今度の舞台は病院⁉　世のため人のため、阿岐本雄蔵率いる阿岐本組が、病院の再建に手を出した。大人気「任俠」シリーズ第三弾。〈解説〉関口苑生

206166-8

こ-40-19 任俠学園 今野 敏

「生徒はみな舎弟だ！」荒廃した私立高校を「任俠」で再建すべく、人情味あふれるヤクザたちが奔走する！「任俠」シリーズ第二弾。〈解説〉西上心太

205584-1

こ-40-17 戦 場 トランプ・フォース 今野 敏

中央アメリカの軍事国家・マヌエリアで、日本商社の支社長が誘拐された。トランプ・フォースが救出に向かうが、密林の奥には思わぬ陰謀が⁉　シリーズ第二弾。

205361-8

こ-40-16 切り札 トランプ・フォース 今野 敏

対テロ国際特殊部隊「トランプ・フォース」に加わった元商社マン、佐竹竜。なぜ、いかにして彼はその生き方を選んだか。男の覚悟を描く重量級バトル・アクション第一弾。

205351-9

各書目の下段の数字はISBNコードです。978-4-12が省略してあります。

こ-40-20
エチュード　警視庁捜査一課・碓氷弘一4
今野　敏
連続通り魔殺人事件で誤認逮捕が繰り返され、捜査は大混乱。ベテラン警部補・碓氷と美人心理調査官・藤森のコンビが真相に挑む。「碓氷弘一」シリーズ第四弾。
205884-2

こ-40-21
ペトロ　警視庁捜査一課・碓氷弘一5
今野　敏
考古学教授の妻と弟子が殺され、現場には謎めいた古代文字が残されていた。碓氷警部補は外国人研究者を相棒に真相を追う。「碓氷弘一」シリーズ第五弾。
206061-6

こ-40-33
マインド　警視庁捜査一課・碓氷弘一6
今野　敏
殺人、自殺、性犯罪……。ゴールデンウィーク最後の夜に起こった七件の事件を繋ぐ意外な糸とは？　藤森紗英も再登場！　大人気シリーズ第六弾。
206581-9

こ-40-27
慎治　新装版
今野　敏
同級生の執拗ないじめで、万引きを犯し、自殺まで思い詰める慎治。それを目撃した担当教師は彼を見知らぬ新しい世界に誘う。今、慎治の再生が始まる！
206404-1

こ-40-28
孤拳伝（一）　新装版
今野　敏
九龍城砦のスラムで死んだ母の復讐を誓った少年・剛は苛酷な労役に耐え日本へ密航。暗黒街で体得した拳を武器に仇に闘いを挑む。〈解説〉増田俊也
206427-0

こ-40-29
孤拳伝（二）　新装版
今野　敏
松任組が仕切る秘密の格闘技興行への誘いに乗った剛は、賭け金の舞う流血の真剣勝負に挑む。非情に徹し、邪拳の様相を帯びる剛の拳が呼ぶものとは！
206451-5

こ-40-30
孤拳伝（三）　新装版
今野　敏
中国武術の達人・劉栄徳に完敗を喫し、放浪する朝丘剛。忍術や剣術など、次々と現れる日本武術を極めた強敵たちに、剛は……⁉。
206475-1

こ-40-31
孤拳伝（四）　新装版
今野　敏
岡山に美作竹上流の本拠を訪ねた剛は、そこで鉢須賀了太に出くわす。偶然の再会に血を滾らせる剛。果たして決戦の行方は――⁉　シリーズ第四弾！
206514-7

こ-40-32
孤拳伝（五）新装版
今野敏
それぞれの道で、本当の強さを追い求める剛とそのライバル達。そして、運命が再び交差する——。武道小説、感動の終幕へ！〈解説〉関口苑生
206552-9

こ-40-34
虎の道 龍の門（上）新装版
今野敏
極限の貧困ゆえ、自身の強靭さを武器に一攫千金を夢みる青年・南雲凱。一方、空手道場に通う麻生英治郎は流派への違和感の中で空手の真の姿を探し始める。
206735-6

こ-40-35
虎の道 龍の門（下）新装版
今野敏
「不敗神話」の中、虚しさに豪遊を繰り返す凱。「常勝軍団の総帥」に祭り上げられ苦悩する英治郎。その二人が誇りを賭けた対決に臨む！〈解説〉夢枕獏
206736-3

こ-40-36
新装版 膠着 スナマチ株式会社奮闘記
今野敏
老舗の糊メーカーが社運をかけた新製品。それは——くっつかない糊⁉ 新人営業マン丸橋啓太は商品化すべく知恵を振り絞る。サラリーマン応援小説。
206820-9

こ-40-37
武打星
今野敏
一九七九年、香港。武打星（アクションスター）という夢があった——。ブルース・リーに憧れた青年が白熱の映画界に挑む、痛快カンフー・アクション。
206880-3

さ-65-1
フェイスレス 警視庁墨田署刑事課 特命担当・一柳美結
沢村鐵
大学構内で爆破事件が発生した。現場に急行する墨田署の一柳美結刑事。しかし、事件は意外な展開を見せ、さらなる凶悪事件へと……。文庫書き下ろし。
205804-0

さ-65-2
スカイハイ 警視庁墨田署刑事課 特命担当・一柳美結2
沢村鐵
巨大都市・東京を瞬く間にマヒさせた〝C〟の目的、正体とは⁉ 警察の威信をかけた天空の戦いが、いま始まる‼ 書き下ろし警察小説シリーズ第二弾。
205845-3

さ-65-3
ネメシス 警視庁墨田署刑事課 特命担当・一柳美結3
沢村鐵
人類救済のための殺人は許されるのか⁉ 日本警察、そして一柳美結刑事たちが選んだ道は？ 空前のスケールで描く、書き下ろしシリーズ第三弾‼
205901-6

さ-65-4
シュラ 警視庁墨田署刑事課 特命担当・一柳美結4 沢村鐵
八年前に家族を殺した犯人の正体を知った美結は、復讐鬼と化し、警察から離脱。人類最悪の犯罪者と対峙する日本警察に勝機はあるのか⁉ シリーズ完結篇。
205989-4

さ-65-5
クランⅠ 警視庁捜査一課・晴山旭の密命 沢村鐵
渋谷で警察関係者の遺体を発見。虚偽の検死をする美人検視官を探るために晴山警部補は内偵を行うが、そこには巨大な警察の闇が――！ 文庫書き下ろし。
206151-4

さ-65-6
クランⅡ 警視庁渋谷南署・岩沢誠次郎の激昂 沢村鐵
同時発生した警視庁内拳銃自殺と、渋谷での交番巡査銃撃事件。警察を襲う異常事態に、密盟チーム「クラン」がついに動き出す！ 書き下ろしシリーズ第二弾。
206200-9

さ-65-7
クランⅢ 警視庁公安部・区界浩の深謀 沢村鐵
渋谷駅を襲った謎のテロ事件。クランのメンバーは「神」と呼ばれる主犯を追うが、そこに再び異常事件が――書き下ろしシリーズ第三弾。
206253-5

さ-65-8
クランⅣ 警視庁機動分析課・上郷奈津実の執心 沢村鐵
包囲された劇場から姿を消した「神」。その正体を暴く鍵は意外な人物が握っていた。警察に潜む悪との戦いは佳境へ！ 書き下ろしシリーズ第四弾。
206326-6

さ-65-9
クランⅤ 警視庁渋谷南署巡査・足ヶ瀬直助の覚醒 沢村鐵
警察閥の大量検挙に成功した「クラン」。だが「神」の魔手は密盟のトップ・千徳に襲いかかり――。迫り来るクライマックス、書き下ろしシリーズ第五弾。
206426-3

さ-65-10
クランⅥ 警視庁内密命組織・最後の任務 沢村鐵
非常事態宣言発令より、警察の指揮権は首相へと移った。「神」と「クラン」。最後の決戦の行方は――。シリーズ最終巻、かつてないクライマックス！
206511-6

さ-65-11
雨の鎮魂歌《レクイエム》 沢村鐵
中学校で見つかった生徒会長の遺体。次々と校内を襲う異常な事件。絶望の中で少年たちがつかんだものとは。「クラン」シリーズの著者が放つ傑作青春小説。
206650-2

各書目の下段の数字はISBNコードです。978－4－12が省略してあります。

と-26-9
SRO I 警視庁広域捜査専任特別調査室
富樫倫太郎
七名の小所帯に、警視長以下キャリアが五名。管轄を越えた花形部署のはずが——。警察組織の盲点を衝く、連続殺人犯を追え！ 新時代警察小説の登場。
205393-9

と-26-10
SRO II 死の天使
富樫倫太郎
死を願ったのち亡くなる患者たち、解雇された看護師、病院内でささやかれる『死の天使』の噂。SRO対連続殺人犯の行方は。待望のシリーズ第二弾！ 書き下ろし長篇。
205427-1

と-26-11
SRO III キラークィーン
富樫倫太郎
SRO対〝最凶の連続殺人犯〟、因縁の対決再び!! 東京地検へ向かう道中、近藤房子を乗せた護送車は裏道へ誘導され——。大好評シリーズ第三弾、書き下ろし長篇。
205453-0

と-26-12
SRO IV 黒い羊
富樫倫太郎
SROに初めての協力要請が届く。自らの家族四人を殺害して医療少年院に収容され、六年後に退院した少年が行方不明になったというのだが——書き下ろし長篇。
205573-5

と-26-19
SRO V ボディーファーム
富樫倫太郎
最凶の連続殺人犯が再び覚醒。残虐な殺人を繰り返し、日本中を恐怖に陥れる。焦った警視庁上層部は、SROの副室長を囮に逮捕を目指すのだが——。書き下ろし長篇。
205767-8

と-26-35
SRO VI 四重人格
富樫倫太郎
不可解な連続殺人事件が発生。傷を負ったメンバーが再結集し、常識を覆す新たなシリアルキラーに立ち向かう。人気警察小説、待望のシリーズ第六弾！
206165-1

と-26-36
SRO episode0 房子という女
富樫倫太郎
残虐な殺人を繰り返し、SROを翻弄し続けるシリアルキラー・近藤房子。その生い立ちとこれまでが、ついに明かされる。その過去は、あまりにも衝撃的！
206221-4

と-26-37
SRO VII ブラックナイト
富樫倫太郎
東京拘置所特別病棟に入院中の近藤房子が動き出す。担当看護師を殺人鬼へと調教し、ある指令を出すのだが——。累計60万部突破の大人気シリーズ最新刊！
206425-6